クセつよ異種族で行列ができる結婚相談所
〜看板ネコ娘はカワイイだけじゃ務まらない〜
JN034650
五月雨きょうすけ
ill. 猫屋敷ぷしお

Contents

interspecies dating service

interspecies Dating service

クセつよ異種族で行列ができる結婚相談所

～看板ネコ娘はカワイイだけじゃ務まらない～

五月雨きょうすけ

イラスト 猫屋敷ぶしお

プロローグ

prologue

「世界が百人くらいの村だったら、簡単に治めてみせるさ」


十七種族の人類が歴史上はじめて同じ円卓に座ったとされる新世界会議の場で。

只人(ヒューマン)の長(おさ)である神聖エルディラード帝国皇帝ベルトライナーが漏らした呟(つぶや)きが先述のものである。彼自身、この呟(つぶや)きに深い意味を持たせたつもりはない。

有史以来続いてきた戦争を終結させたにもかかわらず、自分が率いる種族の都合を押し付け合うばかりの出席者達に嫌気が差して漏らしてしまっただけの軽口だった。

しかし、口にした瞬間、聡(さと)い種族の代表者達とベルトライナー自身が立ち上がって、

「それだ！」

と歓喜の声を上げた。

「良(い)いですね！　やりましょう、それ！」

「あいかわらず只人(ヒューマン)の王は突拍子もないことを思い付かれる」

まず、猫人族(レオーネ)や人狼族(ワーウルフ)を始めとする獣人系(じゅうじんけい)の種族が声を上げてその発想を褒(ほ)め称(たた)えた。

「なるほど。悪くない」

「うむ……」

戦争終結直前まで只人(ヒューマン)の軍勢と激しい戦いを繰り広げていた悪魔族(デーモン)や巨人族(ギガース)も異論を挟まなかった。

「無形の子らしき卑小な発想。されど現況においては最上と呼べよう」

「お遊びにしかならないかもしれませんが、何もしないよりはマシでしょう」

気難しく高慢な亜神族(デミゴッド)、長耳族(エルフ)も咎(とが)めはしなかった。

一方、知性に乏しい種族……もとい、文明が未発達な種族の代表者達は、

「よし！　じゃあ百人になるまで殺し合いだ！」

「ヒャッハアアアア！」

ベルトライナーの言葉をそのまま受け入れて再び戦争を開始しようとした鬼人族(オーガス)や蟲人族(バグズ)。

大声を上げて立ち上がった彼らを間髪を容(い)れず悪魔族(デーモン)の長(おさ)は殴りつけた。その様子を見て円卓の上に座っていた小人族(ハーフリング)の長(おさ)は手を叩(たた)いて笑った。

「アハハ、将軍さまも落ち着いて。講和会議で暴力沙汰はカンベンです」

「ああ、すまんな。殴って躾(しつ)けるのがクセになってしまっていて」

「よくないですよー、そういうの」

ついこの間まで悪魔族(デーモン)の長(おさ)は鬼人族(オーガス)や蟲人族(バグズ)を従える立場だった。この新世界会議が行われる少し前に従属契約は解消し、対等な立場になっているのだが、染(し)み付(つ)いた上下関係はいきなり変えられるものではない。

「それはそうとベルトライナー様、たしかに言葉が足りていません。今はこの円卓だけの話ですが、いずれは無学の民にも伝えなければならないお話。彼らにも分かるようその深謀遠慮を言葉にしていただけますか？」

小人族(ハーフリング)の長(おさ)はわざとらしいほどに慇懃(いんぎん)な態度で解説を求め、ベルトライナーは答えた。

「この世界の何十億といる全てのヒトに目を配ることはそこにおわします亜神(あしん)様にもできやしない。だけど、百人の村……いや、数万人の民が暮らす程度の都市ならば我々でも管理できなくはない。種族の異なる民たちが暮らすその都市で起きる問題がこの世界で共に我らが生きていく上で直面している、または今後現れる問題だ。逆に、その都市で民たちが上手(うま)くやっていける術(すべ)が確立されたのならば、それを世界中で真似(まね)ていけばいい。さすれば我々は種族間で争い合うことのない真の平和を手に入れることになるだろう」

おおっ、と理解が及んでいなかった種族からも感心の声が上がった。それに気を良くしたベルトライナーを諫(いさ)めるように長耳族(エルフ)の長(おさ)は居丈高な態度で問う。

「土地は？　資源は？　どのようにしてその住民を選定する？」

「それを今から話し合おう。愚かしい戦争は終わったんだ。新しい時代を描くならば、今あるものを守ろうとするより、新しくより良いものを創ろうじゃないか」

この会議も、造る街も。とベルトライナーは言外に意味を込め、演説を続ける。

「身体的特徴は勿論、文化も価値観も異なる種族を代表する者たちが一堂に会している。しかも議論がまとまり、全ての種族が同じ方向を見据えている。この光景こそが私たちが望んでいた世界の形だ。ともに歩んでいこう。十七種族の同胞たちよ」

神はこの世界に三種のヒトを作り給うた。

はじめに神の代行者として世界を守護する強大な力を持った『亜神族』を。

つぎに神に仕える者として献身と奉仕を行う『天使族』を。

そして他の動物たちを支配すべく、自分の姿を写した『只人』を。

しかし、『只人』は神の写し身としては、あまりに非力であった。その出来に満足できなかった神は精霊を元に新しきヒトをつくることとした。

森の精霊から賢き『長耳族』を。土の精霊から器用な『鉱夫族』を。空と海の精霊から頑丈な『龍鱗族』を。

只人を遥かに上回る力を持った彼らを見て気を取り直した神はつぎに獣に目をつけた。

オオカミの牙から『人狼族（ワーウルフ）』を。トリの羽から『飛鳥族（ウイングス）』を。ネコの爪から『猫人族（レオーネ）』を。ウマの足から『駿馬族（ダービー）』を。ウサギの耳から『兎耳族（ラビッツ）』を。サカナの鱗（うろこ）から『魚人族（マーマン）』を。ムシの触覚から『蟲人族（バグズ）』を産み出した。


強く多様な種族をつくることに成功した神は、その経験を生かし、自分の写し身たる『只人（ヒューマン）』を完璧な種族として新たに作り直そうとする。しかし上手（うま）くいかず、大きくなりすぎた『巨人族（ギガース）』、小さくなりすぎた『小人族（ハーフリング）』、形の崩れた『鬼人族（オーガス）』を産み出してしまう。

神は苛立（いらだ）ちながらも新たなヒトをつくり続けるが、どれもこれも失敗し、その時期に産み落とされたヒトはすべて『悪魔族（デーモン）』と呼び神は忌（い）み嫌（きら）った。

神による創造の日々はこの悪魔族（デーモン）の反乱によって終わりを告げる。

自らの創造物に裏切られたことに傷ついた神はこの世を去り、主人を失った世界に残された十七種の人類は互いを敵とみなし――戦争を始めた。


と、人類創生の神話にもある通り、この世界には十七種のヒトがおり、その歴史は血で血を洗う戦いの歴史だった。空に昇る太陽が消えないのと同じで種族間の戦争も終わることはない、というのが世界の定説だった。

その戦争が先の新世界会議にて完全に終結した。

平和を維持し、すべての種族が共存するために必要なさまざまな取り決めについて、三日三晩協議し続けた会議の議事録を各種族の代表者は自国に持ち帰った。

議事録の冒頭には「新世界会議が閉会し、バラバラだったこの世界が統一の道を歩み始めたこの日を『統一暦元年の一月一日』と定める」と記されている。新時代の幕開けである。

それからまもなく、十七種族による最初の共同事業――『実験都市ミイス』の建設がはじまった。

chapter 1

1 新参者のアーニャとマリーハウス

長耳族(エルフ)の男は椅子に腰掛け、長い脚を組みながら早口でまくしたてる。

「長耳族(エルフ)の女はな、本当に結婚に向かんのだ。プライドは高いし、浪費癖があるし、執念深いし、すぐへそを曲げる。にもかかわらず、他の種族がこぞって求婚に来るようになったものだから自分達の市場価値が上がったと思い込み図に乗っている。だから私は同族との結婚は絶対に嫌だ！」

「なるほどなるほど」

「当然だが、鉱夫族(ドワーフ)なんてもってのほかだぞ。魔王軍に加担していた悪魔族(デーモン)や鬼人族(オーガス)、蟲人族(バグズ)も許せん。獣人(じゅうじん)も趣味じゃない」

「だったら只人(ヒューマン)や天使族(エンジェル)なんていかがでしょう？　素敵な女性がたくさんいますよ」

「只人(ヒューマン)の女はがめつい！　天使族(エンジェル)なんて浮気者(うわきもの)ばかりだ！」

「だったら小人族(ハーフリング)などは――」

「貴様っ！　私のナニには小人族が似つかわしいとでも言うのか⁉」

（ナニ言ってるんだろう、この人……）

　全方位に向かって偏見に満ちた物言いをする自分より二百歳以上も年上の長耳族の男に、猫人族の少女は呆れ返っていた。もっとも、このようなことは日常茶飯事。

　なかなか良縁に恵まれない鬼人族の男は懲りもせず、

「ケツがデカくて太ももがムッチリしててふくらはぎより下はスラッとしているEカップ以上の女は入ったか⁉」

「いたとしても開口一番そんなこと言う人には紹介できません！」

　さらには暇を持て余した長耳族の女性がふらりと訪れ、

「ねえ、アーニャ！　学院が休校になっちゃったから、これからお茶に行くわよ」

「お誘いありがとう！　でも、ここは職場！　見ての通り！　私は仕事中です！」

「だったらなに？」

「行けるワケないでしょ！　って言ってるんですよ！　真顔でボケないでください！」

　ここは実験都市ミイスに設けられた結婚相談所『マリーハウス』。

　結婚相手を求め、あらゆる種族が訪れる。建物の前やロビーには行列ができるほどの盛況ぶり。そして、彼らはだいたい――

「どいつもこいつも、クセが強いなぁっ！　も〜〜っ！」

　ワシャワシャと髪の毛をかきむしって、猫人族（レオーネ）の少女は机に突っ伏した。スムーズに進まない仕事に対して嘆きの声を上げる彼女のことを周りの同僚達は、クスクスと笑っても呆（あき）れたりはしない。むしろ、田舎育ちで街に出てきて日が浅い彼女を応援している。

　彼女がどのような経緯でこのマリーハウスで働くことになったかは、これから語る上京物語（ラブストーリー）でご覧いただこう。

　統一暦九年の春。

　十七種族が暮らす実験都市ミイスは世界で最も人口の増加率が高い都市となった。庶民でも最先端の暮らしができる都市と期待して世界中から人々が流入していたからだ。

猫人族（レオーネ）のアーニャもその一人だった。

猫人族（レオーネ）はその字の通り、猫の身体的特徴を持つ十七種族の一つである。三角型の耳が頭部の上の方に生えており、自在に動く尻尾を持つ。かつては長い爪や牙も生えていたが進化の過程で道具や武器を扱うようになり、獣的な特徴は退化していき、体型は只人（ヒューマン）に近いものになっている。顔の彫りは深くないが、小動物的な愛らしさと愛嬌（あいきょう）を備える者が多く、他の種族からも好印象を持たれやすい。

とりわけアーニャは星をちりばめた夜空のように煌（きら）めく紫の瞳と艶やかな小麦色の毛を持ち、整った顔立ちと均整の取れた体型をしていたことから、里一番の美少女、と評判だった。しかし…………

「アンタは元の素材に頼りすぎなのよ！　こんな格好で街なかをうろつかれたら猫人族（レオーネ）全体の評判が下がっちゃうわ」

「う、うん！　わかった！　わかったからシルキ姉ちゃん！　それは勘弁して――」

「勘弁しないっ！」

　ビリビリビリィッ！　と音を立ててアーニャの腕の毛は接着剤が塗布された布によって引き剝がされた。

「ギニャアアアアアアアア!!　あああああああっ!!　焼けるっ!?　腕が焼けるぅっ!!」

「十二歳（成人済み）のレディが体毛の処理もしてないなんて！　この街じゃあり得ないんだからね！」

「ご、ごめんなさい！　で、でもせめて剃るとか！」

「毛穴のブツブツが目立っちゃうでしょうが！」

　ビリビリビリィッ!!

「ビギニャあああああああああっ!!」

　アーニャがミイスにやってきたその日、先住している姉貴分のシルキと待ち合わせをしていた。三年ぶりの再会に胸を高鳴らせていた両者だったが、お互いを見つけた瞬間の姿も反応も対照的だった。

　シルキは人気デザイナーがデザインした衣服に身を包み、カリスマ美容師に髪を整えてもらい、派手な顔立ちがより映える化粧を施し……要は垢抜けた都会的な美人になっていた。そんな彼女をアーニャは羨望の眼差しで見つめた。

　一方、体毛は伸ばしっぱなしで獣の毛皮を切って繋いだだけの服を着たアーニャの姿を見たシルキの頭に最初に浮かんだ感情は「恥ずかしすぎて同類に見られたくない」だった。

待ち合わせ場所だったカフェを風の速さで後にすると、自室にアーニャを連れ込み、強制全身脱毛に取り掛かったのだった。

「ヒック……ヒック……シルキ姉ちゃんは変わっちゃったんだ。都会の水に染まって私たちとの絆を失くしちゃったんだ」

「人聞きの悪いことを言わないでちょうだい。同郷のあなたのことが可愛いから、しばらく居候させてあげるってことになったわけでしょ」

「まあ、そうなんだけどさ……」

シルキは霧吹きでアーニャの髪を濡らした後、櫛やハサミを取り出すためにタンスに向かう。

首にケープが巻かれ窮屈そうにしながらアーニャは部屋の中を見渡した。

コンクリートで造られたアパルトマンは頑強な造りで隙間風など入る余地はなく、床に敷き詰められた木の板はニスが塗られ清潔感と温かみを醸し出している。台所と食事部屋と居間が一つになった部屋の他に寝室が一つ。地上四階にあるにもかかわらず屋上に設置された貯水タンクの水を使うことで井戸水を汲みに出ることなく水道から水が出る。魔石を利用した着火装置のおかげで労なく安全に火を利用した家事もできる。壁の中に埋め込むように作られたクローゼットの中には春夏秋冬の季節ごとの装いがぎゅうぎゅうに収納されており、鉱夫族の職人が作った高品質なソファやベッドが心地よく体を包み込む。

他国の首都でもこれだけの設備のある家屋は珍しく、特別に注文して取り付けているのは一部の大金持ちだけだ。それがシルキの家に当然のように備え付けられていることにアーニャは衝撃と羨望を覚えた。

「すごく良い暮らししてるんだもん。シルキ姉ちゃんも綺麗になってて見違えちゃった。これが都会で成功するってことなの？」

「こういうことわざ知ってる？『女の成功とは鉱夫族の建てた一軒家に住み、小人族のお手伝いを雇い、長耳族の容姿と給料を持つ只人の夫を持つことである』ってやつ。賃貸のアパルトマンに住んでカフェでウエイトレスしている独り身の私なんてスタートラインに立ったばかりよ」

シルキは喋りながらアーニャの髪の毛をハサミで切り整えていく。その手際の良さにアーニャは感心した。

「シルキ姉ちゃん、その、うえいとれすって毛を抜いたり切ったりする仕事なの？」

「そんなわけないでしょう。これは美容師の真似事。でもいずれはこっちを本業にするわよ。ガッツリ働いてガッポリ稼いで、ゆくゆくはノーススクエアにお店を構えて、女優や歌手御用達の美容師になるんだぁ」

恍惚とした表情で夢を語るシルキ。村にいた頃からしっかり者で年長者からの評判も良く嫁入り先には困らなかった彼女だが、迷うことなくミイス移住の道を選んだ。自分の進む道を誰かに曲げられることなく突き進んでいく。そんなシルキの鮮やかさにアーニャはずっと憧れを抱いており、少しでもあやかろうとミイスへの移住を決めた。

そして、今。ミイスで流行りの身なりに整えられていく自分を鏡で見て、その判断は正しかった、と実感するのだった。

◇◆◇◆◇

ミイスの街は円形に広がるように建設が進められている。新世界会議で発案された当初は三万人程度の街を想定していたが、既に十万人を超える人口を有するようになった。

街の中心部はカテドラルスクエアと呼ばれる官公庁街。都市議会が開かれる議事堂を中心に役所や保安隊本部、裁判所などが立ち並んでいる。直方体の建物が整然と並んでいる光景は無機質な印象を与えており、そこに勤める人々も機械のように整然とした動きで往来を移動していく。

カテドラルスクエアを出た北方はノーススクエア、東方はイーストウイング、南方はサウスタウン、西方はウエストテイルとそれぞれ名付けられている。これらのエリアはミイスの商業施設が集合している繁華街である。

そのうちの一つ、サウスタウンの往来をアーニャはシルキに連れられて歩いていた。

腕や足の体毛を引き抜き、髪を肩の長さで切り揃えたので次は衣服だ、とシルキに引っ張られるようにしてブティック巡り。シルキから借りたワンピースは丈や胸周りが合わず、どこか不恰好なアーニャだったが、大衆的な値段のお店で購入したシャツの上にショートジャケットを羽織り、キュロットパンツに脚を通して厚底のブーツを履けばすっかり垢抜けたシティガールに変貌した。

周囲の視線が自分に寄せられるようになって、アーニャはキョロキョロと警戒し始めた。

「シ、シルキ姉ちゃん。やっぱり私どこかおかしいのかなぁ？」

「目立っちゃってるだけよ。アンタ美少女だから」

「そ、そうかな？」

「うんうん。いっそ磨きに磨いて女優とか歌手とか目指しちゃう？　そしたら私がお店開いた時には大きな花輪を贈ってもらったりしてねぇ」

「お仕事かあ……この街で私にもできる仕事ってあるのかな？」

アーニャとシルキが生まれ育った場所はジャングルの中にポツンとある小さな集落。ツリーハウスに住み、川の水を汲んで、木の実を集め、モンスターや獣を狩って、その肉を食べ、毛皮を物々交換するなどして生計を立てているかなり原始的な部族だった。

アーニャからすれば未来の世界にやってきたようなもので、自分の能力が通用するイメージが湧いてこない。不安そうな妹分を励まそうとシルキは背中を叩く。

「なんとかなるって。できない人を街に送り出すほど村のみんなは薄情じゃないでしょ。さっさと仕事見つけて、稼いで部屋借りて居候を卒業してくださいな。じゃないとオトコ連れ込めないじゃない」

「アハハ、がんばりま――――って⁉　オトコ⁉　えっ！　シルキ姉ちゃん結婚するの⁉」

「ちがうちがう、ただの彼氏、恋人、ボーイフレンド。分かる？」

「よ、よくわからないけど……部屋に連れ込んでナニするの？」

「ナニって、そりゃあ男女が部屋で二人きりでヤることなんて全世界十七種族共通でしょ。あ、里では草むらとか木の上でコソコソ隠れてヤるのが定番だっけ」

蠱惑的な笑みを浮かべ反応を窺うシルキだったが、アーニャはジトー……っと暗く蔑むような視線を返した。

「見損なったよ……シルキ姉ちゃん。結婚前にいろんな男の人と交尾するなんて」

「交尾言うな、交尾。ていうか、あんた古臭いねえ。そんなんじゃ、この街を楽しめないわよ。『自由とは、長耳族と鉱夫族が愛し合っても咎められないことだ』って偉い人が言ってるんだから。世界で一番自由な街を堪能するにはジャンジャン愛し合わなきゃ。でしょ？」

芝居がかった調子で街の楽しみ方を説くシルキ。だが、アーニャは鼻で笑って返す。

「さすがに田舎者の私でもそんな冗談に引っかからないよ。長耳族と鉱夫族は恐ろしく仲が悪いってのは常識じゃない」

有史以来続いてきた種族間戦争。といってもすべての種族がいがみあい続けたというわけではない。比較的相性の良い種族同士は不戦の約定を結び、交流を持つこともあった。

逆にどうあがいても仲良くはなれない種族同士も存在し、その代表格が長耳族と鉱夫族だ。『鉱夫族の山から出た水は長耳族の森を避けて流れる』なんてことわざができるくらいに仲が悪く共存は不可能だ——というのが時代に取り残されたアーニャの故郷の一般常識だった。

「まー、種族的にあまり仲良くないのは事実だけどね。酒場で引っ掛けた長耳族の男が鉱夫族の作ったベッドではシたくないなんて言い出したこともあるし」

聞きたくない、と言わんばかりに耳を折りたたむアーニャだった——が、そんなことでは防ぎきれないほど大きな鐘の音が鳴り響き、直後、歓喜の声が上がった。

驚いたアーニャが音のした方に目を向けると、柵で囲まれた広い庭園があった。緑色の芝生に色とりどりの花が植えられた大小の花壇。それらで囲まれた背が高く尖った屋根をした白い建物の鐘楼で鐘が揺れている。その麓では大きな扉が開いていて、庭へと繋がる石畳を白く豪奢な衣装を着た男女がゆっくりと練り歩いている。そして彼女達を囲むようにドレスアップした人々が集い、拍手に加えて「おめでとう」「お幸せに」と祝福の言葉と手に持った花びらを投げかけている。

「おー、良いタイミングで実例が転がり込んできた！　こういうのに出くわすのがミイスって街の良さだよね」

声を弾ませてシルキが指を差す。アーニャは見慣れない光景に首を傾げる。

「アレは何？」

「ふふーん、なんとアレがミイス式の結婚式よ。里のものとは違うから驚いたでしょう」

「結婚式⁉　アレが？」

そう。アーニャやシルキの住んでいた里において結婚式というのは地味な儀式に過ぎない。村の長老たちに連れられて、嫁入りする娘と両親が相手の家に行き、向かい合ってお酒を一杯飲むだけで終わる。

「賑やかでお祭りみたいでしょう。実際、お祭りみたいなものかな。家族や友達、職場の同僚なんかを呼び集めてお祝いして、このあと酒場を貸し切りにして飲めや歌えやの大宴会でしょうね」

「な、なんで結婚するだけなのにそんなに盛り上がれるの？」

「へ？　だって……あー、そうだった。里とミイスじゃ根本から結婚に対する考え方が違うものね。すっかり忘れちゃってたわ」

苦笑しながらシルキはアーニャに説いて聞かせ始めた。

「結婚は十二歳の誕生日を迎える娘の親が長老たちに嫁ぎ先を決めてもらいにいく、ってのは今でも変わっていない？」

「うん。私はミイスに来ることを決めていたから何もなかったけど」

「へぇ、その点では私の時より年寄りたちも、もの分かりが良くなったのかもね。まあ、とにかく里での結婚ってのは家同士のつながりを強くしたり里の営みが円滑に回るようにしたりするのが目的でしょ。でもさ、この街は移住者だらけで見知らぬ人ばかりだから、結婚するようお節介焼いてくる人がいない。要するに結婚相手は自前で調達する必要があるの。つまり、私が結婚前にいろんな男と遊んでいるのはその選定作業だから何も憚るようなことじゃないってワケよ」

合意を求めるようにポンポン、とアーニャの肩を叩くシルキ。だが、アーニャの混乱は収まらない。結婚式場から響いてくる幸せそうな笑い声を聞いて、

「祭りってことは……アレは狩りの成功を喜び合っているようなものってこと？」

とシルキに尋ねて笑われてしまう。

「その発想をしている内は、結婚は遠いわね。もっとロマンチックで素敵で神聖な喜びがあるのよ。だからあんな二人でも一緒になって家族を作っていけるのよ」

「あんな二人？」

アーニャは目を凝らして人だかりの真ん中にいる新郎新婦を見て驚愕する。

男の方は金髪碧眼の涼やかな顔立ちに長い耳で長身痩躯。典型的な長耳族だ。

女の方は赤毛で手足が短く背も低い。まるで子どものように見えるが彼女側の参列者に髭の濃い樽のような体型の男が多いのを見てアーニャは気づく。

「もしかして……あれって長耳族と鉱夫族!?」

アーニャの驚いた顔を見てシルキは満足そうに笑う。

「ビックリするわよね。でもね、これがこの街の当たり前よ。十七種族が共存する街ってのは建前じゃない。異種族との結婚が祝福されるくらいに考えが進んだ街がこのミイスってワケ！」

盛り上がりを見せる結婚式場では、赤いドレスを纏った司式者の女性が二人に手のひらに収まるほど小さい剣の形をしたアミュレットを手渡し、式を締めくくる言葉を紡いでいく。

「この結婚は愛し合う二人を結ぶものですが、もう一つ大きな意味があります。この結婚はすべての種族が愛し合える新時代への第一歩です。これからも私達『結婚相談所マリーハウス』はこの街の皆様の結婚を支援します。ご希望に沿った相手とのマッチングからデートコースのご提案、プレゼントや記念品のお取り寄せ、結婚式の企画運営など結婚にまつわるすべてをお任せください」

遠目からも分かるほどに美しいその女性は、よく通る伸びやかな声で祝福の言葉とともに結婚相談所の宣伝を行っている。シルキは「ソツがないわねぇ」と彼女のやり手ぶりに苦笑しているが、アーニャは憧れと尊敬の熱を持った視線を注いでいた。

街を歩き、シルキのオススメの店で食事をとった後、家に帰ってきたアーニャは寝床に入っても興奮のあまり寝つけなかった。憧れていたミイスは故郷とはまるで違う世界だった。豊かな暮らし、異なる文化、そして異種族との共存。

長耳族（エルフ）と鉱夫族（ドワーフ）の結婚式を見た後、種族に着目して辺りを見渡してみれば繁華街の往来を行き交う人々の多くは異なる種族同士で歩いていた。強面（こわもて）の鬼人族（オーガス）の男と腕を組む柔和な笑顔の兎耳族（ラビッツ）の女。腰ほどの背しかない小人族（ハーフリング）の少年と口喧嘩（くちげんか）しながらも歩調を合わせる体格の良い駿馬族（ダービー）の少女。屈強そうな獣人（じゅうじん）たちと肩を組んで歩く痩せた只人（ヒューマン）の男。

姿形が違っても、捕食者と獲物にしかならないほど力の差があっても、相手を軽蔑することも恐れることもせず、一緒に仲良く連れ立って歩いている人々の姿はアーニャが知らない、見たことがない、考えたことすらない光景だった。しかし、その存在を知ってしまった。

「寝つけない？　ホットミルクでも作ってあげようか？」

一人で寝るには大きすぎるベッドで一緒に寝ているシルキが声をかける。子ども扱いされたように感じたアーニャはむくれてそっぽを向く。

「あはは。ミイスの街は進歩的だったでしょ。私たちみたいなハミ出し者でも気にせず生きていけそうなくらい」

「……うん」

シルキは自分とアーニャをハミ出し者、と評したが、彼女たちは村で迫害を受けていたわけではない。むしろ際立った美しさとその血の持つ希少さはある種の崇敬を集め、特に年配者たちからは特別扱いされていた。

しかし、その環境が二人にとって決して居心地の良いものではなかったのも事実。シルキは周囲を嫌って、アーニャは自分を嫌って、それぞれ村を出ることを望んでいた。

「ミイスにはね、十七種族の中でも選りすぐりの綺麗な人が集まるの。舞台役者だったり歌手だったり踊り子だったり。そんな人たちがキラキラ輝いているのを見て、私もあの世界に関わりたい、って思ったの。だから、美容師になりたくって、仕事終わった後、職業訓練校に通ったりしてるんだ」

「ふぅん……でも、どうして美容師なの？　シルキ姉ちゃんだって綺麗なんだし、女優や歌手目指したら」

「ダメダメ。スターにスキャンダルは御法度だもの。軽い気持ちで男遊びできなくなっちゃう」

「やっぱ不純じゃん」

クスクスと笑うアーニャ。しかし、夢を語るシルキに触発され決心がついた。

長耳族と鉱夫族が結ばれ、幸せになるという夢のような光景。あんな結婚があるのなら、そのお手伝いがしてみたい。

◇　◆　◇　◆　◇

善は急げ、とアーニャは早速マリーハウスに足を運んだ。サウスタウンの一等地に聳える白亜の建築物。それがマリーハウスの社屋なのだが、正面玄関には「本日休業」の看板がかけられていた。ガックリと肩を落とし、背を向けて帰ろうとするアーニャ。するとガチャリとドアノブが回る音がした。

玄関が開き、出てきたのは結婚相談所に似つかわしくないやさぐれた中年の只人だった。雑に後ろで結ばれた黒の縮れ髪に口周りを覆う無精髭。落ち窪んだ瞳は光がなく、せっかくの高身長を台無しにする猫背とそれを包むヨレヨレのジャケット。

ポケットから取り出した鍵で戸締まりをしなければマリーハウスに盗みに入った空き巣と間違えてもおかしくない。

「あ、あの～……マリーハウスの関係者の方ですか？」

おずおずとアーニャが尋ねると、男は面倒そうに頭をかきながら言葉を返す。

「看板の文字読めねえのか？　今日はやってねえよ。また明日、昼のうちに来てくれ」

立ち去ろうとする男を阻むようにアーニャは回り込み、

「あの！　私、ここで働きたいんです！」

胸の内をぶつけるように声を張った。キラキラと輝く瞳から放たれる熱望の視線を向けられた男は、眩しい光から目を逸らすように顔を背け、

「めんどくせぇ……だが、採用希望とあっちゃ無視もできねえしなあ……」

と大きくため息を吐いた後、「ついてきな」と手招きした。

男がアーニャを連れていったのはありふれた大衆酒場だった。それでも酒や食事を店でとるという習慣がない村で育ったアーニャにとっては物珍しい場所で、別のテーブルの客たちの様子や並んだ料理に気を取られていた。

「騒がしい店で気分を害したかい？」

「いえ！　賑やかでみんな楽しそうで良いお店だと思います！」

ハキハキと答えるアーニャを見て、男は相好を崩す。

「へえ、悪くねえな。元気と愛嬌は仕事のデキる女の必須アイテムだからな。これは期待できるかもなあ」

「え～～～そうですかぁ？」

褒められたアーニャは頬を赤らめて後頭部を掻きむしった。あからさまに照れている様子に男は「チョロいなー」と小さく呟いた。

「じゃあ、面接を始めるかね。俺の名前はショウ。一応、マリーハウスの経営者だ」

「経営者⁉　本当に⁉」

「ケケ、そうやってすぐ顔に出すところは減点だぜ」

ショウに指摘されてアーニャは慌てて口を隠す。コロコロと変わる表情を見てショウの胸にイタズラ心が芽生える。

「で、アーニャちゃんだっけ。年齢はいくつ？」

「十二歳です」

「若いね～、猫人族の十二ってことは只人換算だと十六歳ってところか。じゃあ、お胸の大きさは何カップくらい？」

「カップ…………いえ、お皿くらいです」

正直に申告するアーニャを前にショウは笑いを必死で堪える。

「へ、へぇ〜まあ、まだまだ成長期だからな！　諦めるなよ！　諦めたら成長が止まるぞ！　えーと、次の質問はそうだなぁ。初体験の年齢は？」

「ハツタイケン？」

アーニャはキョトンとした顔で首を傾げて聞き返す。するとショウはニヤニヤと下卑た笑みを浮かべる。

「初めてヤった時のこと。オトナになった日とも言えるな。ウチで働きたいって言うんなら経験は当然あるでしょ？」

　ショウの言葉を聞いて、アーニャは「ああ、それか」と膝を打った。

「だったら四歳の時ですね！」

「へぇ四歳かぁ、早いね〜……よんさいっ⁉　マジで⁉」

「ええ。里の中でも最年少でしたから。結構騒ぎになったんですよ」

「そ、そりゃあ大事件だからな……ち、ちなみに誰としたの？」

「里の長老です。普段は優しいおじいちゃんなんですけど、その時は豹変して野獣さながらで……少し怖かったんですけど、とっても上手だったので――」

「いやいやいやいや！　ヤバすぎるだろ⁉　まさかそんなとんでもない経験をしているとは思

ってもみなくて……すまん」

「別にウチの里なら普通ですよ。男の子も女の子も結婚前には村の偉い人たちに面倒見てもらってオトナになるんですから」

「怖っ⁉　田舎の因習怖っ‼」

自分を抱きしめるようにして体を震わせるショウ。

なお、アーニャが言っているのは里のしきたりである『初狩りの儀』のことだ。

猫人族(レオーネ)にとって狩猟の技術は生活に必須のものであると同時にアイデンティティにもなる重要なものである。年長者に連れられて森に入り獲物を狩ることで一人前のオトナとして扱われることになる。

すれ違いに気づかぬまま面接は続く。

「べ、別の質問にしようか。えー、好みのタイプは？」

「好み……獲物の好みってことですか？」

「エモノ⁉　見た目は幼いくせにそんな肉食系なのお前⁉」

「ムッ、当然じゃないですか。猫人族(レオーネ)はみんな肉食なんです！」

「た、たしかに心当たりはあるが……」

「そうですねえ。いろいろありますけど、やっぱり毛むくじゃらで肥え太った豚みたいなのが好きですねえ」

「ブ、ブタみたいなの⁉」

なお、アーニャが言っている豚みたいなのとは彼女の故郷の近隣の森に棲むターミネートボアという猪型のモンスターである。捕獲難度は高いが、ジューシーかつ後味がさっぱりとしていて食用肉として人気が高い。

「何をそんなに驚いてるんですか？」

「驚くだろ！　若い娘が毛むくじゃらのブタが好きとか言ったら！」

「まあそこは最年少でオトナになった私ですから。一晩で二十匹はヤりましたね。アイツら一対一でヤり合ってると臭いを嗅ぎつけて集まってきて一斉に私に襲いかかってくるんです。夜が明ける頃にはもうドロドロで」

「ストップ！　もういい……もういいんだ……」

ショウは嘆くようにグラスに入った蒸留酒を呷る。彼の目尻に浮かんだ光るものにアーニャは気づいていない。

「お前さんの身の上は分かった。その上で嬉々として喋れるならそれはちゃんとした才能だ。泥の中だからこそ咲く花もある。俺が責任を持っていい娼館を紹介してやる」

「ショーカン？」

「大人の遊び場だ。とは言えお前さんの故郷みたいな無茶苦茶はされない。娼婦といえど市民だからな。ちゃんと『ゲスペラーズ』お墨付きの優良店を紹介してやるから、強く生きろ」

「ショーフ？　『ゲスペラーズ』？　いえいえ、私はマリーハウスで働きた――」

とアーニャが言い切る前に、スパ――ン！　と小気味よくショウの後頭部が張られた。

「お前は何をしているんだ！」

「げぇっ！　ドナ⁉　どうしてここに⁉」

ショウの頭を叩いた相手を見てアーニャは思わず息を呑んだ。

黒曜の輝きを持つ山羊の角。紅いルビーのように煌めく長い髪と瞳。その顔貌は美術品のように整っており、細身の肢体には不釣り合いなほどに豊かな胸や手脚の長さが際立つ。高名な芸術家が理想の美を詰め込んだような淑女、ドナ・マリーロード。しかし、彼女がショウに向けている表情と語気はお淑やかには程遠い。

「お前が珍しく商売女らしからぬ娘と店に入っていくのを見かけたからな！　そしたら案の定……女衒の真似事なんてしてして！　いくらなんでもハメ外しすぎだろ！」

「誤解だっ！　俺は真面目にマリーハウスの面接をしようと思ったらこのネコ娘が想像を絶する悲惨な体験を聞かせてくるもんだから！」

「ひ、悲惨な体験⁉　どーいうことですかっ⁉　私は自己PRのつもりだったんですけど⁉」

この後、冷静に話を聞いたドナによって誤解は解け、あらためて面接が行われた。

「ミイスに来たのは昨日。就業経験はなし。公用語の読み書きは初等教育相当で算術はできない。そして、恋愛経験は0……」

ドナは頰を手で支えるようにしてため息を吐く。一方、アーニャはドナが結婚式場でマリーハウスの宣伝をしていた女性と同一人物であると気づいていた。さらに面接の前にマリーハウスの所長であることも知らされた。憧れのスターに向ける眼差しで彼女の一挙一動を見つめていたのだが、

「不採用だ。申し訳ない」

「そんなっ⁉」

天から叩き落とされたような衝撃を受けるアーニャ。

「ウチの仕事は分業が進んでなくてね。一人でなんでもこなさなきゃいけない。君の能力では到底追いつかないだろう。それに、ウチは結婚相談所だぞ。相談者の気持ちに寄り添い、時に優しく時に厳しく適切なアドバイスを与えながら結婚への道筋を示してやらなきゃならない。恋愛経験のない君が何の指南をする？」

容赦なく浴びせられるドナのダメ出し。しかし、アーニャは落ち込んだりはせず抱いた疑問を口にする。

「……あの、レンアイってなんでしょうか？」

ガクリと手に乗せていた顎を落とすドナ。ショウは腹を抱えて笑っている。

「ギャハハハハ！　いいね、お前面白いわ。娼館（しょうかん）がダメだったら接待酒場（キャバクラ）で稼ぐってのも、グハッ！」

ドナの恐ろしく速い裏拳でショウはノックアウトされた。

「もう少し経験を積んでから出直してきなさい。マリーハウスはなくならないから」

ドナは自分なりに丁重に断ったつもりだったが、アーニャは自分が否定されたような気がして悔しかった。

その後、アーニャは街歩きをした。ただ漫然と歩いていたわけではない。

「酒場——夕方から夜遅くまで営業。料理担当二人、配膳担当三人、呼び込み、挨拶、案内、受注……」

アーニャに高度な教養はない。読み書きですらシルキの影響を受けていなければ習得できていないだろう。外界と遮断されたジャングルの中の集落において最も必要なのは狩りの腕前。それ以外は全部後回しだ。現状ミイスの食糧供給は外地に頼っている。狩猟の仕事はない。だが、アーニャの狩りの経験が何の意味もないかといえば、そんなことはない。

「服屋――昼から夕方まで営業。従業員二人。呼び込み、挨拶、説明、試着、会計……」

狩りの基本は観察すること。獲物のことは勿論(もちろん)、地形や天候、空気の匂いすらも成否に関わる。アーニャはただへこたれて街を歩いているわけではない。街の営みを観察してどのような仕事があり、どのような能力が求められるのかを調べているのだ。

（経験が足りないなら補えばいい。どのみち仕事は探さないといけないのだから、後々マリーハウスの仕事に繋(つな)がるものを選ぼう）

アーニャは貪欲で前向きだった。

とっぷり日が暮れて夜になった。そろそろシルキが家に帰る頃だろうと思って踵(きびす)を返そうとするアーニャだったが、

「待って！　話だけでも聞いてくれよぉ～！　そのデッカい尻に惚(ほ)れ込(こ)んじまったんだ！」

下品さを隠しもしない鬼人族(オーガス)の男が駿馬族(ダービー)の女に追(お)い縋(すが)っている。

鬼人族(オーガス)は名前のとおり鬼を思わせるツノが額にあり、筋肉質な体格をした種族だ。もっとも

その男の身長は低くオーガというより、ゴブリンに喩えられそうな見た目をしている。

一方、駿馬族は馬の耳と尻尾を持つ獣人系の種族で、背が高く下半身の筋肉が発達している。その女も例に漏れずロングスカートの上からでも分かるグラマスな下半身をしていた。

口説き文句のマズさはさておき、全く振り向いてくれない女に追い縋る小男という図はなかなかに哀れで、思わずアーニャも同情してしまい、地面に突っ伏した男に声をかけた。

「あのー……大丈夫ですか？」

自分にかけられたのが女の声ということに気づき男はパッと顔を向ける——が、まだ大人の女というにはほど遠いアーニャの姿を見て顔を曇らせる。

「なんだよ、見世物じゃねえぞ」

「いや見ごたえありましたよ。すごくかわいそうで見てるこっちが恥ずかしくなりました」

「……それを聞いて俺も恥ずかしさで死にそうだよ」

地面に尻をつき大きなため息をつく男。

アーニャは恋愛を知らない。だが発情期に大人たちが交尾にお盛んになるのを里で嫌というほど見聞きしていた。なので目の前の男もそうなのだろうと推測できた。

「あのお姉さんはあなたの奥さんですか？」

「いーや。酒場のカウンターで呑んでる時に後ろ姿見かけて、グッと来たから声かけてみた」

要するにナンパである。アーニャは呆れ返った。

「それはオキテ破りでしょう。結婚もしてない相手と交尾しようとしちゃダメでしょう」

「交尾とか言うな、はしたない。そもそも結婚できるような人間ならこんなバカなことしてねえよ」

呆れた様子で男は立ち去ろうとする。その時、アーニャはピンとひらめいた。

「ねえ、結婚できないなら結婚相談所に行けばいいんじゃないですか？　マリーハウスとか」

「ヘッ、マリーハウスの名前は知ってるよ。だがあそこはマジメに結婚相手を探す場所だろう。俺みてえのはお呼びじゃねえよ」

と、ズレたことを言う小娘を笑ったつもりだったが、

「マジメに向き合ってくれない男の人に女の人ってついてきてくれるんですか？」

と綺麗な正論で打ち返され言葉を失った。アーニャにとっては極めて自然な疑問だったのだが、男にとっては盲点だったようだ。

「……お嬢ちゃんの言うとおりだな。たしかにこんな男についてくる女はいねえよな！　ガハハ！」

「そうですよ！　アハハ！」

憑き物が落ちたように笑う男を見てアーニャは少し胸がすく思いだった。

「ありがとよ。悪い友達につられて不毛なことしちまうところだった。覚悟決めるつもりでマリーハウスに行ってみるわ！」

そう言って男は去っていった。

「良いこと、したんだよね？」

アーニャは自分に問いかけたあと、キュッと顔を皺くちゃにして嬉しがった。役に立たないと言われた自分がマリーハウスにお客を送り込んだことでドナを見返せたと思えたからだ。

この成功体験と先ほどまでの観察結果がアーニャにひらめきを与えた。

この街のお店の仕事のほとんどにお客を呼び込む作業があった。当然だよね。だって店の数が多くって何もしなければ気づいてもらえないか他の店にとられちゃうもん。お客が多ければ多いほどお店は儲かる。だったら、私がマリーハウスにお客を呼び込もう！　その成果を持っていけば今度は採用してもらえるかもしれない！

一度は挫折したマリーハウスへの就職に一筋の光明を見出したのだった。

その後、アーニャは街を歩き回り、自分の勧誘に引っかかりそうな人間を探して回った。店の看板を使うわけではなく、ただの一市民が結婚相談所などと敷居の高い場所に勧誘するのは至難の業――なのだが、アーニャは苦もなく一日に三、四人は送り込んでいた。

◇◆◇◆◇

「なんかぁ、彼氏にフラれてぇ落ち込んでたらぁ猫耳のヤバ可愛(かわい)い女の子がめちゃ親身に話聞いてくれてぇ、ここを紹介してくれたんだぁ」

と語ったのは飛鳥族(ウイングス)の女性。

「株で儲(もう)けた金で豪遊していたんだけどなんか虚(むな)しくって……そんな時に街を歩いていたら猫人族(レオーネ)の女の子に出会ったんです。自分なんかと違って星空みたいにキラキラした目をしていて、コロコロ変わる表情を見ているとこっちも嬉(うれ)しくなって。その子が、マリーハウスに行けばもっと楽しいことが待っている、って言ったから……」

と語ったのは魚人族(マーマン)の男性。

新規の利用者が突然増え始めたマリーハウスは大忙しだった。登録の事務手続きやプロフィールの分からない状態での初回相談は時間と手間がかかる。だがそれ以上に普段は結婚相談所に寄り付かないタイプの人間ばかりだったので相談に乗るマリーハウスの職員達も戸惑っていた。残業代は出ているものの疲弊が溜(た)まっているのは明らかだった。

繁盛（はんじょう）することはありがたいが諸手（もろて）を挙げて喜べない、というのがドナの感想だった。執務机に彼らの入会申込書を並べて宙を仰ぎ嘆くようにボヤく。

「やれやれ……予想外にもほどがある」

目頭を押さえるドナにショウはからかうように声を掛ける。

「逃した猫は大物だったみたいだなぁ。良くも悪くも」

「まったくだ。戦後世代の連中はもはや異世界人だよ。こちらの常識が通用せん」

「へっ、若いやつってのはいつの世もそういうもんさ。お前だって絶対そう思われていたぜ」

「クク……違いない。じゃあ年長者らしくお迎えに行ってこようか」

「あいよ。こっちの始末は俺に任せとけって」

立ち上がったドナにショウはストールをかける。慣れた所作に二人の関係性が垣間見（かいまみ）える。

「……珍しいな？　お前が仕事に乗り気なんて」

「失敬だな。俺だって共同経営者だぜ。むしろ出資に関してはほとんど俺だ。なのでほんのちょっとくらいは配当ってヤツを」

「お前に暇とこづかいを渡しても酒と女に消えるだけだ。くだらんこと言ってないで仕事しろ」

上等なドレスを纏（まと）い一分の隙もない装（よそお）いをした絶世の美女の追及を、ヨレヨレのジャケットを着た無精男がのらりくらりとかわす。一見、女主人とヒモのように見えなくもない二人だが、彼女らはれっきとしたマリーハウスの共同経営者である。

◇◆◇◆◇

朝と昼間はカフェのウエイトレス、夕方からは美容師の職業訓練。シルキは多忙な日々を送っているので、自分がいない間、居候（いそうろう）しているアーニャが何をやっているのかは詳しくは知らない。街歩きを楽しんでいるようだが、仕事や自立のことを何も考えず遊び歩いているだけなら叱ってやろう、と思い訓練校の休みを利用してイーストウイングのレストランで一緒に夕食をとることにした。

「仕事は見つけたよ。あとは採用されるだけ」

オイルの効いた濃厚な味のパスタを頰張りながらアーニャはそう言った。

「採用されるだけ、ってそこが重要じゃない？」

「大丈夫大丈夫。獲物は追い詰めてるから。もうすぐ向こうから口に飛び込んでくるよ」

自信満々のアーニャを見てシルキは少しホッとした。

（そうよね。アーニャはやればできる子だものね。ちょっと常識足らずだけど地頭は悪くないし、見映えはいいし愛嬌（あいきょう）もある。こんな子が転がり込んできたなら雇い主も笑いが止まらないでしょうよ）

と、油断しきっていたその時だった。

「探したぞ。イタズラ猫め」

背後からドスの利いた女の声がしてシルキは振り向いた。すると立っていたのは彼女の予想外の人物だ。マリーハウス所長ドナ・マリーロード。美貌と名声を兼ね備えたミイス屈指の有名人の出現に店内は色めきたつ。シルキも背筋を正して席を立った。

「ど、ドナさん⁉　お、おひさしぶりです！」

「おやおや……シルキの知り合いだったか。知っていればお前の店に押しかけていたのになぁ」

「ハハハ……ドナさんにそんな、御足労を……」

優美な笑顔の端々から凄みが滲み出ていることに気づいたシルキは震え上がったが、当のアーニャは危険に気づかない。それどころか自信満々に微笑んで、

「お待ちしていましたよ。そろそろ気づいてくれる頃だと思いました」

と言い放った。アーニャの言っていたやりたい仕事がマリーハウスであることに気づいたシルキは、怖いもの知らずの田舎者を野放しにしていたことを後悔した。

「クク……シルキ。なかなか面白い同胞を連れているじゃないか。私にも少し貸しておくれ」

「あっ、はい。どうぞ」

一切の抵抗をせずシルキはアーニャを譲り渡した。


「このバカモンがっ!!」

建物と建物に挟まれた路地裏にドナの声が響────かない。防音結界が張られているためドナの半径二メートルよりも外に音は出ていかないのだ。道具もなく即座に結界を張ることは超高等魔術なのだが、そんなことよりも突然怒られたことに面食らうアーニャ。彼女の脳内では「すまない。キミを落とした私の目が節穴だった。まさか採用されてすらいないのにお客を寄越してくれるなんて素晴らしい心掛けだ！　ゆくゆくは私の後を継ぐつもりで、マリーハウスで働いてくれ！」と懇願される光景がシミュレーションされていたからだ。

「な、なんで怒られるんですか？　私はお客さんをマリーハウスに送って」

「ああ来たさ！　傷心ぶった顔をした不届き者が大量にな！　結婚相手を夜の相手もしてくれる家政婦程度にしか思っていない偉そうな男！　スカートの中をチラつかせて金を引っ張ろうとする売春婦紛い(まがい)の女！　お陰でマッチングさせてしまった相談者からクレームが殺到だ！　怒りたくもなる!!」

そう。アーニャの観察眼は獲物を見る目としては優秀だった。勧誘に引っかかりやすそうな自信を無くしていたり、異性を強く欲していたりする男女を的確に見抜いていた。しかし逆に言えば、そういう男女の多くは何かしら人間性に問題があってそうなっているのだ。

「相手に対する敬意に欠けていたり、結婚を生活手段としてしか見ていなかったり！　そういう連中にとってウチは堅苦しいからな！　普段なら寄り付きもしないんだよ！　なのにどこぞのイタズラ猫が大量に送り込んでくるものだから大惨事さ！」

激昂するドナの様子にアーニャは失敗したのだと悟りはしたが不満げに口を尖らす。

「案外、夢のない話なんですね」

「なんだと？」

「長耳族と鉱夫族が結婚してるから奇跡みたいに思えたけど、結局ウチの長老たちと同じであなたの言うことを聞く人同士を適当に組み合わせるだけじゃないですか。ガッカリです」

愚弄にも近い物言いだったし、アーニャもそのつもりだった。しかし、ドナは怒ることはなく憐れむような目でアーニャを見つめ肩を叩いた。

「まったく……嫌がらせをしにきたのかと思いきや何も知らない子供だったとは」

「どういう意味ですか!?　これでも猫人族では成人の年齢で」

「悪魔族に成人の儀式はない。物の道理が分かっていれば大人。でなければ子供だ。結婚をただ男女が生計を一緒にすることとしか思っていないお前はまぎれもない子供だ」

子供子供と連呼されアーニャは腹を立てる。

「じゃあ、結婚ってなんなんですか。子供の私にも分かるように教えてくださいよ」

もうマリーハウスで働く目はなくなったと思い自棄気味に問いかけた。しかし、ドナは

「元よりそのつもりだ。お前のような子供にこそ伝えたい話なんだからな！」

◇◆◇◆◇

アーニャ達が食事をしていたイーストウイングからサウスタウンに向かう近道は、カテドラルスクエアの宙空を貫く空中歩道を渡ることだ。夜警飛行中の有翼種をも見下ろす地上五十メートル近い高さの歩道の上からは、ミイスの街並みがよく見える。繁華街を中心に火の粉のように散らばったオレンジ色の光の一つ一つが人々の営みである。

「あらゆる宗教の創世記や神話にて先の戦争の始まりは描かれているが、本当のところは誰も分からない。にもかかわらず人類はあの種族間戦争をやめられなかった。分かりやすいからな、自分と違う姿をしたヒトモドキを殺せという命令は。激化と停滞を繰り返しながら、いずれは自分達の種族がこの世のすべてを手にしようと、争い続けた」

ドナは空中歩道をゆっくりと歩きながら隣にいるアーニャに語り聞かせる。物心つく頃には戦争が終わっていたアーニャにとっては歴史の授業を聞くようなものだった。

「結局、あの戦争を終わらせたのは人々のあきらめだ。世界の半分を制圧し、星を降らし大地を割る『星落としの魔王』ですら脆弱な只人の冒険者に過ぎないベルトライナーに討たれた。世界を滅す力を以てしても勝者になれない、戦いの果てに自分達の求める世界などありはしない、と。故に人類は共存の道を選び、その道を探るためにこの実験都市ミイスを建てたんだ」

「あまり、他の街を見たことはありませんが私もすごい街だと思います。姿形の違う種族が争うことなくみんなで仲良くしているし、いろんなものがあって楽しくて、便利で……まるで夢みたいな街だなぁって」

「夢か。たしかに。この街の暮らしは豊かで快適だ。日雇い労働者の給料でも清潔な住宅で寝起きし、衣服の洗濯も食事の用意も金を払って他人にやらせて、最低限の家事も質の良い道具を使えば短時間で済ませられる。それでもなお酒を呑んで遊ぶ程度のこづかいが残る。人類史上もっとも理想郷に近い街かもしれないな」

「まるで里の暮らしとは違いますね。里では暮らしに必要なことを代わってくれる人なんていないし、水を汲むのだって川まで行かなきゃいけないから子どもだって朝から晩まで家の手伝いをして」

「つまり家族が必要だ」

ドナは強調してそう言うとアーニャの方を向いて彼女を試すように笑みを浮かべる。

「……この街は、違うんですか？」

恐る恐る尋ね返してきたアーニャ。ドナは口角を大きく上げて表情だけで「そのとおり」と告げ、アーニャの周りを囲むように歩きながら語りかける。

「さっきも言った通り、簡単に生活ができてしまうからな。むしろ稼ぎを分け合ったり、対価なく相手の生活の面倒を見たりする方が割に合わない。加えて、結婚相手をあてがってくれる権力者も世話焼きもこの街にはいないからな。ほとんどの人間は結婚の仕方が分からないのさ。事実、このミイスは他国の首都に比べて未婚の若者が著しく多い」

アーニャにも思い当たる節がある。特定の相手を作らず自由奔放に快楽を求めるシルキ。真面目に向き合いたくないくせに女性を求める鬼人族(オーガス)の男。まさにドナの言った通りの事態だ。

「結婚は社会の維持のために必要だ。結婚せず、子供を残さないまま生涯を終える人間が増えれば増えるほど、どんどん人間の数が減っていく。下手をすれば戦争で人が死ぬよりも早いペースでだ」

「さ、さすがにそれは⁉」

誇張しすぎだと反論しようとするアーニャをドナは遮って問いかける。

「算数はできるかな？　二百人の若い男女が集まった村があるとする。そのうち半数しか結婚しなければ百人つまり五十組しか夫婦ができない。夫婦の間で二人の子を産んだとしても次の世代の人口は百人。その百人が再び半数しか結婚しなければ次の世代は五十人。子供は減り続け、老人はどんどん死に、百年も経つ頃にはその村は終わりだ。少なすぎる人口では村は維持できないからな」

アーニャも簡単な割り算ならできる。ドナの言っていることが数字で理解でき、息を呑んだ。

「ミイスも……どんどん人が減っていくってことですか？」

「いや、しばらくは大丈夫だ。お前のような移住者がいるうちはな。だが、期待を背負って送り出した者どもが結婚せず、血を絶やすことが続けば各種族の長達も考え直すだろう」

それがミイス終焉の合図だ。と一日会話を締めくくり、重苦しい空気を背負ったまま、二人は空中歩道を渡り切った。

二人はサウスタウンに入った。サウスタウンはミイスにおいて最も夜間人口が多いとされている。酒場が多く他の地区で仕事を終えた者やコンサートや観劇帰りの者達が流れてくるからだ。中でも今、ドナとアーニャがいる『ティターンストリート』は地区の中央を走る道幅が三十メートルもある大通りであり、大河のように人が流れている。

夜とは思えないほど街は明るく、たくさんの人が往来を歩いているが、アーニャは先ほどまでとは違った目で周りを見る。

夜の街に人の賑わいがあるということ。しかも男女問わず。人々が家族に拘束されていない証でもある。

誰もが自由と平和を謳歌し、この夜の街を楽しんでいる。だが、その先に何があるのか。

結婚し、一人の異性をつがいとし、子を作り育み次代に血を残すという仕組みを窮屈なものと捨て去るのは、現代まで命を繋いできた先祖達への裏切りではないだろうか。

アーニャはこの時初めて、社会というものを意識した。だが、その表情は病気かと思うくらいに暗く重い。隣を歩いているドナは気を遣い、

「仔猫には刺激が強すぎるお話だったかな？」

と声を掛けると同時に、アーニャの尻尾をサッと握り擦るように撫でた。

「ギニャァっ⁉　な、な、なにするんですかっ！」

「スキンシップというヤツだ。気持ちがほぐれたろう」

ほぐれるどころか初めて味わう感触にアーニャの鼓動は速くなり顔は真っ赤になった。尻尾は獣人系の種族共通のデリケートゾーンである。飛び退いて距離を取ったアーニャを見てドナはニンマリと意地悪そうに微笑む。

「フフフ、悪かったよ。シュン……としょげていてカワイかったものだからな」

「こ、今度やったら引っ掻きますからね！　まったく――――」

よたよたとおぼつかない足取りのアーニャだったが、街角を曲がった次の瞬間、「あ」と声を漏らし、目を見開いて足を止めた。

道の左右に連なるように植えられた背の高い街路樹には魔力じかけのイルミネーションが付けられていた。その光景に目を奪われたのはアーニャだけではない。街ゆく人々も皆、普段より視線を上げて瞳の中に美しい光を映し出している。

「今夜から始まった『ティターンイルミネーション』だ。これもウチが企画に関わっている」

「マリーハウスが？　どうして？」

「よーく、歩いている人間達を観察してごらん」

ドナに言われて目を凝らそうとしたアーニャだったが、そうするまでもなくすぐに理由が分かった。

「ここにいる人……ほとんどつがいですか？」

「クク、つがいなどと原始的な呼び方をするな。カップル、または恋人達と呼べ」

広いティターンストリートを埋め尽くす人々の多くは男と女の組み合わせで、誰もがパーソナルスペースの内側に相手を入れている。中には指を絡(から)めて手を繋(つな)ぐ者、男の腕に女がしがみつくようにして身体(からだ)を密着させている者もいるし、獣人系(じゅうじんけい)種族の中には互いの尻尾を絡(から)ませている者もいる。通り全体が俗に言うデートスポットと化している。

「人間というものはな、モノや体験を共有することに喜びを見出(みいだ)す。珍しくて美しい光景を恋人同士で共有する時間を尊く感じるんだ」

ドナの言葉通り、往来の恋人達は幸せそうな表情で、この場所この時間を堪能(たんのう)している。只人(ヒューマン)の男は背の低い小人族(ハーフリング)の女の歩幅に合わせるようにゆっくり歩き、陸上歩行できない魚人族(マーマン)の女が乗る水槽付きの車椅子を押す飛鳥族(ウイングス)の男が彼女の耳元に口を寄せる。

「私がマリーハウスを作ったのは、この街の男女に道を示したかったからだ。自由で快適な街の魅力に取(と)り憑(つ)かれるのは分かるが、古き時代の何もかもを否定することは愚かしい。結婚もその一つだ。窮屈で煩わしいからと結婚する者がいなくなれば人の歴史は終わる。それでは戦争が終わった意味がない」

幸せそうな恋人達を瞳に映しドナは微笑(ほほえ)む。まるで子どもを遊ばせる母親のような慈愛に満ちた表情で。

「お前は『恋愛』の意味を知らなかったな」

「い、一応シルキ姉ちゃんに聞きましたよ。男と女が好き同士になってセッ……交尾することだって」

覚えたての単語を言いかけてやめるアーニャを見て苦笑するドナ。

「シルキの奴め……まぁ、アイツらしい答えだ。だがもう少しココに注目しろ」

ドナはアーニャの胸を指差す。

「恋愛とは相手を大切に想い、想われ、分かち合うこと、共有すること、繋がること、それらを求める心が胸の中に芽生えることだ。そしてこの心こそがミイスを救う鍵となる」

ドナが今までアーニャに語りかけた言葉はいわば前奏。主題を聴かせるために理解と感情を整える下準備だった。ティターン通りの恋人達を背景にして、プリマドンナのように際立つ美貌と存在感を放ちながら朗々と歌い上げるようにドナはアーニャに伝える。

「ミイスで結婚している数少ない若者達について調査をしたところ、みな恋愛を経て結婚に至っていた。恋愛した相手と別れ難くなり、結婚という契約で強く結びつくことを選んだというわけだ。当人同士の気持ちによって結婚するなんて、旧時代には極めて珍しかったことだが、ミイス……いや、これからの世界にふさわしい結婚のあり方だろう。そう思ったから私はマリーハウスを作った。この実験都市ミイスで恋愛結婚が浸透することにより少子化を食い止め市民の幸福度を上げることができたのなら、このやり方は世界中にフィードバックされる。いわば、革命となりうるんだよ」

イルミネーションは魔力に反応して発光する特殊な鱗粉（りんぷん）を応用して作られており、見慣れたランプのオレンジ色だけではなく、青、黄緑、マゼンタ、シルバー、ゴールドと色とりどりの光が夜空に浮かび花園のようだった。その中で朗々と語るドナを前にしてアーニャは圧倒された。

結婚の革命――封建的な社会システムの維持のための結婚から、人間の自由意思を尊重し幸福を追求するための結婚への転換。それは世界の構造そのものを変えてしまいかねない大それたことである。

「ま、そういうわけでな。ウチはただ適当に男女を引き合わせているんじゃない。結婚に繋（つな）がる恋愛が始まりそうな相手同士を引き合わせているんだ」

「じゃ、じゃあ、『自由とは、長耳族（エルフ）と鉱夫族（ドワーフ）が愛し合っても咎（とが）められないことだ』って言葉もその革命の一環ですか？」

「もちろん。ミイスの中では同じ種族と知り合う方が難しい。結婚対象が全ての種族に広がれば結ばれる確率が十七倍に上がるからな。それに異種族友好や相互理解の証（あかし）として結婚以上のものはないだろう。恋愛結婚と異種族結婚。この二つが世界中に広まった時に先の戦争は真の意味で終結する。そう思っているんだ」

アーニャは生まれて初めて、世界規模で物事を考えている人間に出会った。その崇高な目標にひれ伏すように頭を下げる。

「………ごめんなさい。何も考えずにとにかく人が集まれば喜んでもらえると思って、手当たり次第に人を送り込んだりして」

心底申し訳なさそうなアーニャの顔を見て、ドナは溜飲を下げた。

「だがまあ……すごい才能だと思うぞ。食べ物や服を売るのならともかく、ウチのような形のないものを扱っているところに人を送り込むなんて」

「えっ？　だったら雇ってくれるんですか⁉」

褒められたことで気を取り直したアーニャがドナに迫る。さあ、どうしたものか、とドナが腕を組んで考えていると、その背後の店から、

「ガッハッハッハ‼　皇帝遊戯‼　はじまるぞっ‼」

「「はは――――っ！」」

「選帝！　選帝！　次の皇帝はだーれだ！」

「俺だ――！　よーし！　じゃあ三番の臣が五番の臣の椅子になれ！」

「キャアー！　五番アタシだー！」

「ウッソ！　三番オレじゃん……ありがたき幸せ！」

「ガハハハ、愉快愉快！　別の皇帝が廃止の勅令出すまで続けるように！」

「アハハハ！　バーカ、バーカ！　鬼畜皇帝！」

「うおおおお！　オレはショウ皇帝の世が永遠に続くように願うぞ！」

カップル達が作る甘い空気を壊すほどに大きな声で乱痴気騒ぎをしている輩がいる。ドナは聞き飽きた声と怒鳴り慣れた名前に反応して振り向いて叫ぶ。

「ショ――ウ!!　何をやっとるんだ!!　お前は！」

テラス席だというのに品なく大騒ぎしていたのはショウを中心とする男女の集団だった。アーニャは彼らを見て驚く。自分がマリーハウスに送り込んだ者達ばかりだったからだ。

「何って、合コンだよ、合コン。お前が言ったんじゃねえか。ウチにそぐわない不良在庫を始末しとけって。不良客同士共食いさせておけば本来の客には被害ないだろ」

「私はそこまで露骨な言葉は使ってない！　場所を考えろ！　せっかく恋人達の甘い空間を作り上げたのに！」

「そういうのを妬んだり羨んだりしながらバカ騒ぎして飲む酒って美味いんだよ。なーっ！」ショウが同意を求めると周囲の男女も「だねーっ！」と呼応する。頭を抱えるドナの傍らにアーニャがいることにショウは気づいた。

「おう。ネコ娘。ドナのお説教は喰らいきったか？」

尋ねられたアーニャはバツが悪そうにうなずく。

「ガハハハ、そりゃあいい。ま、こういう悪い子連中の相手は俺が引き受けるからよ。お前は真面目な客の相手でもしてやりな」

「真面目な客？」

アーニャが問い返すとショウは椅子にもたれ宙を仰ぐ。

「鬼人族のグエン。思いつめた顔でマリーハウスに来てな。『真面目に向き合うから女性を紹介してくれ！』とか言い出しやがって。だからこの場にも呼んでない」

アーニャはピンときた。一番最初にマリーハウスに送り込んだ鬼人族のことだ、と。

「責任取ってやれよ。女のケツしか追っかけてなかったアホをその気にさせちまったんだから」

ヒヒっ、とショウは意地悪そうに笑うと、再び皇帝遊戯なる遊びを再開した。

やれやれ、とため息をついたドナがアーニャに声をかける。

「あのバカ皇帝が言ったとおりだ。真面目な相談者には応えてやりたいところだが、ウチも人手不足だからな。まさに猫の手でも借りたいところさ」

「じゃあ――――」

「見習い、ということで雇ってやる。バリバリ働いてもらうからな」

そう言って肩を抱いてきたドナにアーニャは満面の笑みで「ハイ！」と返事をした。

こうして、世間知らずの仔猫(こねこ)は崇高な夢を追う女王に仕えることになった。

とはいえ、結婚相談所で働くというのにアーニャは恋を知らない。仕事以外にも知らなければならないことだらけの彼女の日々は新鮮で驚きに満ちたものになっていくのだが――それはまた、誰かのラブストーリーと共に語るとしよう。

◇◆◇◆◇

「……ちょっと待て。あのネコ娘を雇うのに異論はねぇが、どうして俺が指導係なんだ？」

他の職員は全員退勤した夜のマリーハウスの執務室。ドナから「アーニャの指導係を務めるように」と命令を下されたショウは不満げに反論する。ドナはニヤリと笑って、

「いい娘(こ)だからな。ちゃんと育ててウチの看板娘にしたい」

と答えて、「どんな服が似合うだろうか」などと呟(つぶや)いている。ショウは面倒くさそうに顔を歪(ゆが)めて頭をかきむしる。

「だったらお前や他の秘書係が教えろよ。あんな小娘に俺から教えることなんて」

「無論、私も教えてやるさ。だが、私は多忙の身だからな。ヒマして過ごすくらいなら若い連中の役に立てよ。副所長」

「なんてこった。こんなことなら落としておけばよかった」

そうボヤくショウにドナは苦笑する。

「別にお前にまともな仕事の指導なんて期待していないさ。あの娘が潰れないよう支えてやったり、揉め事に巻き込まれないようにしてやってほしい。得意だろ？　そういうの」

「………誰かさんのおかげでな」

閉口するショウ。とはいえ、彼自身も危機管理の必要性は感じている。

戦後十年近くが経過し、実験都市ミイスは想定を上回る発展を見せている。華やかな街並みや豊かで自由な暮らしが目立つ一方、急速すぎる発展は外界の羨望だけでなく反感も集めている。

(何か悪いことが起きるってのは上手くいき過ぎている時、ってのは今も昔も変わらないよな)

ショウは普段は見せない鋭い目つきで浮かれ気味のドナを見つめた。

chapter 2

2 花集めのビリーとアーニャの初恋

統一暦九年の夏。

人通りの多いサウスタウンの中では比較的閑静な場所に建つ白亜の高層建築物が、太陽の光を浴びて満月のように輝いていた。装飾は少なく、シンプルな造りであるが清潔さと温かみを感じさせる外観。扉を開けてすぐ目を引くのは、建物の四階部分まで吹き抜けになっている高い天井。白を基調とした壁に設(しつら)えられた窓は広く、太陽の光が燦々(さんさん)と差し込んでいる。インテリアは自然との調和やつながりを意識させる色や材質をしているものが多く、街の建物の中とは思えないほどマリーハウスのロビーは開放感に満ちている。

そこに集まるのは多種多様の風貌をした異なる種族の人々。

人狼族(ワーウルフ)、猫人族(レオーネ)、駿馬族(ダービー)、兎耳族(ラビッツ)といった獣人系(じゅうじんけい)と括(くく)られる種族は基本的に人懐(ひとなつ)こい。初対面にもかかわらず近くの席にいるというだけで飲み物を片手に歓談している。

水棲(すいせい)の魚人族(マーマン)と暑さを嫌う龍鱗族(ドラグニュート)は床を掘って造られたプールに浸(つ)かり寛(くつろ)いでいる。

羽を持つ天使族（エンジェル）と飛鳥族（ウイングス）、それから高いところを好む長耳族（エルフ）は、吹き抜けに設置された高い樹木の形をしたオブジェの枝の部分に腰掛けている。

高慢そうな悪魔族（デーモン）や気難しい鉱夫族（ドワーフ）、おとなしい只人（ヒューマン）や警戒心の強い小人族（ハーフリング）は一人がけのソファに腰をかけ周囲の人間観察を行っている。

気性の荒い鬼人族（オーガス）が静かに書類を書き、情緒に疎（うと）いとされる蟲人族（バグズ）が備え付けの本棚に置かれた恋愛小説に目を落としていたりする。

文字通り神格化されているため、このような場に来られない亜神族（デミゴッド）と、物理的に建物に入れない巨人族（ギガース）以外の十五種族が全て集まっている光景は盛況そのものである。

今日初めてマリーハウスを訪れた大人しそうな只人（ヒューマン）の青年は、慣れた様子で飲み物を片手に恋愛のハウツー本を読んでいる鬼人族（オーガス）の男、グエンに声をかけた。

「ねえ、ノリで来ちゃったんだけど、ここで待っていれば女の子がやってくるの？」

「娼館（しょうかん）じゃないんだぞ。まず、受付でもらう『紹介シート』っていう書類にお前の情報を書くんだ。名前や種族、年齢、仕事に給料みたいなステータス、それから『どういうタイプが好み』だとか逆に『こういうタイプは絶対ＮＧ』みたいなことも書く。それを持ってあっちの相談室に行くんだ。すると秘書係（セクレタ）ってスタッフがいろいろ話を聞いてくれて、条件に合う相手を探してくれるって寸法だ」

「じゃあ、そこに女の子が通されるのか？」

「焦るなって。結婚相手を探しているからっていつもここにいるわけじゃない。みんな仕事とかあるんだから。さっき言った秘書係って人が条件に合う相手を見繕った上で会う機会をセッティングしてくれるんだ。場所は近所のカフェやレストラン。お茶や食事をしながら語り合って仲を深めていくんだ」

「それだけ？　仲を深めるのが難しいと思うんだけど」

「そういうタイプはオプションで秘書係の人を立会人に呼ぶこともできる。会話のフォローや賑やかしをしてくれるおかげで会話が弾みやすくなる」

「それだったら安心かな。俺はそのオプション使おうっと」

「他にもデートプランの提案やプレゼントのお取り寄せ。結ばれる時には結婚式場やパーティ会場のセッティングもやってくれるらしい。出会いから結婚まで至れり尽くせりだよ」

「へえ、詳しいな。アンタ」

「そりゃそうよ！　俺はここに通い始めて早三ヶ月！　今までに十人以上の女とデートさせてもらってるからな！」

とのたまう男を羨望の眼差しで見る青年。しかし、裏を返せば三ヶ月もの間、それなりのペースで女性を紹介してもらっているにもかかわらずフリダシに戻り続けているだけである。

「あと、秘書係の女の子にすごくかわいくて良い子がいるんだ。俺が道端でしょげかえっている時に声掛けてくれて、その時にここを紹介してくれたんだ」

「へえっ！　そいつは楽しみだなあ！　なんて名前？　種族は？」

「種族は猫人族。紫水晶みたいなキラキラした瞳の若い子さ。名前は――」

「秘書係のアーニャでございます！　良いお相手を見つけられるよう、全力を尽くします！」

快活に、だが圧を感じさせない柔らかなトーンでアーニャはマリーハウスに結婚相談をしにきた人――相談者に挨拶した。

雇ってもらってから三ヶ月。見習い期間は終わっていないが、ドナの見立てで揃えた爽やかなライムグリーンのスカートとノースリーブのブラウスを纏う姿は、高級感のある結婚相談所のスタッフとして馴染みきっている。

明るく人懐こい性格と男女ともに好かれる嫌みのない整ったルックス。加えて親身になってくれる接客姿勢から人気を集めており、今やマリーハウスの看板娘などと持て囃されはじめている。肝心の仕事の方も雑用係から着々とステップアップし、最近では相談所の花形業務である秘書係となり、相談者への恋人候補の紹介もさせてもらえるようになった。

順風満帆の都会暮らしを送っている彼女だが、人生というのは必ずしも上手くいくことばかりではない。これから語るのは彼女の胸に刻まれた失敗談である。

◇◆◇◆◇

「ホント！　これまで苦労してきたんですよ！」

唾を飛ばしながら只人(ヒューマン)の青年ビリーは自らの半生をアーニャに語り聞かせていた。

農家の五男に生まれ、上の兄は皆健在。子どもの頃から労働力としてこき使われるも、穀潰(ごくつぶ)しと疎(うと)まれ追い出されるようにして街に出てきた。伝手(つて)もなければ取り柄もない男がありつける仕事なんて人手不足の冒険者ぐらいのものだが、特別な才能も鍛錬の経験もない農家のせがれでは冒険者になったところで華々しい活躍などできるわけもなく、ケチな仕事で僅かな日銭を得て糊口(ここう)を凌(しの)ぐので精一杯。この時代、この世界ではありふれた話である。

「だけどある日、有力なパーティに加入することができまして……それからは暮らしも安定して、毎日が楽しかったんですよ。今思っても……すごくいいパーティだったなあ。親友でもあった立派なリーダー、豪快で破天荒な戦士、寡黙な美人の女魔術師、元気いっぱいで人懐(ひとなつ)こい女格闘家、奥手で不器用な女僧侶、姉御肌で好色家の女弓士、不思議ちゃん気味の女盗賊、ツンデレで情の深い女騎士……本当にみんな大好きだったんだ。ああ……楽しかったなあ……ずっとあんな日が続けばよかったのに」

酔っ払ってもいないのに同じ話を何度も繰り返す青年に辟易(へきえき)としていたアーニャは、半ば強引に話を進めることにした。

「うんうん。楽しかったんですねえ。じゃあ、ビリーさん。あらためて良いご縁を一緒に探しましょうね！　私は秘書係(セクレタ)のアーニャです！　当社のサービスについてご説明しますので一旦黙ってくださいね！」

ニコニコとした笑顔でアーニャが一喝すると、ビリーは恥ずかしそうに黙りこんだ。

「まず、当相談所のご利用料金ですが」

「あのー、おいくらくらいかかるんでしょう？　恥ずかしながらこの街に来たばかりでまだ仕事もなくて」

「ご安心ください！　お見合いの席のセッティングやプレゼントのお取り寄せなどをせず、お相手を紹介するだけならほぼ無料です。だから、黙って聞いていてください！」

アーニャはコホン、と軽く咳払(せきばら)いをして説明を続ける。

「ええ、ご希望は『結婚を前提としたパートナーとの出会い』とされていますね。この場合はご交際が成立した段階で業務完了とさせていただきます」

「あの！　交際の成立ってどの段階を言うんですか⁉　相思相愛になったら？　相手が渋々了承しても？　体の関係……いや、それでも一夜限りなんかは」

「大丈夫です！　ちゃんとビリーさんがご満足いただける結果に至った時に報告してください！　だから質問はまとめて後で！」

アーニャのこめかみに青筋が浮かび始めているが、ビリーは気づかない。

「弊社はミイスに初めてできた結婚相談所で、たくさんの方にご利用いただいております。お支払いの際のご相談者様の満足度はほぼ一〇〇％！　きっとビリーさんにもご満足いただけるお相手をご用意できると思います！　今後、希望条件に合致したお相手とお会いしていただくことになりますが、特に守っていただきたいルールがございます。

①まず、初めて会うお相手とは我々の指定する時間と場所で会っていただくこと。これはお互いの安全や個人情報を守るための措置ですのでご了承ください。

②次に、交際とは関係のないことにお相手を巻き込まないこと。怪しい商売や宗教の勧誘は言語道断です。

③最後に、お相手にご不満がある場合は、できる限り我々を通すようお願いします。

以上を守ってくだされば周辺のケアはこちらで引き受けますので」

ようやく自分のペースで話すことができたアーニャはフゥ、と小さなため息をつく。

(多弁で落ち着きがないところはあるけど、悪い人じゃなさそう、かなあ……)

と、アーニャはビリーを評していた。

猫人族(レオーネ)は他人の機微に敏感な者が多いが、中でもアーニャはそれに長(た)けている。

先日、彼女は相談者である只人の男に激しい嫌悪感を抱いたため紹介を拒んだことがあった。当然相手は激昂し、訴訟も辞さない構えだったが所長はアーニャの判断を信じ、見習いの立場であるにもかかわらず相談拒否を追認した。

その後の調査で男は結婚詐欺の常習犯で、素性を隠したままミイスに移住してきていたことが発覚し保安隊に突き出すこととなった。他の職員が対応していれば相談者が被害に遭い、マリーハウスの看板にも傷がつくところだったかもしれない、とドナは胸を撫で下ろし大いにアーニャを褒め称えた。

マリーハウスは粗悪な女衒宿とは違う。恋愛を経て結婚という契約を結ぶに足る男女を引き合わせることが経営方針であるからだ。

『清流に棲める魚は川を汚さない魚だけである』

品質の良い仕事を行っていると自然と質の悪い連中は近づかなくなるという意味を持つ魚人族に伝わることわざをマリーハウスの職員は胸に刻んでいる。

「そもそもなんですが……どうして、ビリーさんは結婚したいんですか？」

情報を収集するためアーニャが質問すると、ビリーは口をモゴモゴさせて俯いた。

(いらん時にベラベラ喋るクセにこっちの質問にはダンマリか!?)

と、内心で苛つきながらも営業用スマイルをアーニャは崩さない。

夜間学校に通い、仕事で使えるレベルの読み書き算術の他に、社会の仕組みなども学んだことで世間知らずの田舎者から脱却した。元より見ず知らずの人間を結婚相談所に呼び込めるくらい社交性の高い娘である。相手を不快にさせないように事情を聞き出すくらいは朝飯前だ。

「ビリーさんが所属していたSクラス冒険者パーティ『華馬路』。ネメリア大陸でモンスター狩りや魔境探索を行っている冒険者パーティの中でも屈指の実力……ということですけど、普通に名声の届く範囲で暮らしていれば選り取りみどりだったんじゃないですか？　なんでこんな遥か遠くにあるミイスに来られたんです？」

野生の獣、中でも敵意を以て人に害を及ぼす種はモンスターと呼ばれており、人間同士の争いがほとんどなくなった現代においては人類共通の脅威とみなされている。民の平和を脅かすそれらの駆除や希少な素材を収集するために危険地帯の探索をする冒険者達は、庶民の間では英雄扱いされることも少なくないし、上級の冒険者は下手な貴族などよりも裕福な暮らしをしている。さらにビリーは若く顔立ちも悪くなく、アーニャの見立てでは性格も大人しい。どう考えても優良物件なのだ。

「おっしゃりたくなければそれでも構いません。ですが、ビリーさんに喜んでいただける仕事をするためには聞いておきたいことなんです。ここだけの話にしておきますから」

アーニャはメモ紙を裏にしてペンを置くと、ビリーの瞳をじっと見た。純粋無垢であることを感じさせる澄んだ瞳に見つめられ続け、いたたまれなくなったビリーは、

「じ……実は……」

と、白状するように重い口をゆっくりと開いた。

「と、討伐数0オオオオオ!?」

アーニャの驚く声が魔術で完全防音された個室に響き渡った。利用者のプライバシーを守るための仕様だが、もしこれが無ければアーニャの声はマリーハウスの外の往来にまで聞こえていただろう。

「はい……恥ずかしながら」

「え? あなたは冒険者、しかもSクラスパーティの、なんでしょ? なのに十数年の冒険者生活で一匹もモンスターを倒したことが……ない……」

「そうなんですよ……冒険者になって初めての戦闘でボコボコにされたのがトラウマになって……戦わずに依頼を達成できる薬草取りとか、害獣用の罠造りとかそういうのを中心に仕事

をしてたので」

「気のいい若者なら進んでやってくれるお手伝いレベルのことじゃないですか」

「おっしゃるとおりです。戦闘能力だけで言えばぶっちゃけ一般人と変わりません」

ビリーの告白によって、アーニャは当初計画していたプランを大幅に修正しなくてはならない、という虚脱感に襲われていた。

冒険者という職業は先述のとおり、戦う術（すべ）を持たない人々にとっては憧れの職業の一つである。ミイスは他の大都市に比べて圧倒的に平和な街ではあったが、強さというのは生物の本能が求める原初的な魅力である。故に元冒険者の肩書きを持つ者は結婚相手としても人気が高い。たとえ財産を持たない新参者であっても、その一点だけで相手は見つかるとアーニャは目論（もくろ）んでいたがアテが外れた。

「さすがに冒険者として紹介しても期待はずれに終わるだけですよね……」

人種の坩堝（るつぼ）であるミイスの街では、何の訓練も受けていない只人（ヒューマン）は最弱に近い存在だ。となると、アーニャの脳裏に新たな疑問が浮かぶ。

「……なんでSクラスパーティに入れてもらえたんですか？　強くもない、特殊な技能もない只人（ヒューマン）なんて実力至上主義の冒険者からすれば無価値でしょう」

「まあ……そう思われますよね。じつは、ここだけの話なんですけど」

そう言って、ビリーは言葉が漏れるのを避けるように手で口を隠す。アーニャは頭上に立つ猫耳を彼の口元に寄せる。

「僕……グレイスホルダーなんです」

「えっ？　グレイス？」

愛想を尽かしかけていたアーニャは目を見開き、ビリーをマジマジと見つめた。

グレイスとは『神の恩寵』とも形容される特殊能力のことである。これは修業や実戦の中で己を鍛え上げて習得する魔術や武技、職能とは異なり、気まぐれに海に投げた小石が魚に当たるような偶然さで、脈絡なく授かるものである。だが、その効果は極めて高く、また他の技能で再現不可能な物が多いためグレイスの所持者は貴重とされている。

「そのグレイスの力を買われて、華馬路に加入させてもらったんです。分不相応だとは思いましたけど……でも、僕のグレイスはパーティに大きな恩恵をもたらしました。Bクラス止まりだったパーティが三年もかからずにSクラスまで昇り詰めたのがその証拠です」

そう語ったビリーは初めて素直な笑みを浮かべた。それがまるで子どものように朗らかだったので、アーニャも頬が緩んだ。しかし、それは束の間で彼の表情はすぐに曇った。

「華馬路のみんなにも重用されていたんです。本当に毎日が楽しくて、充実していました。だけど……戦いはさっきも言った通り、からきしで……みんなに守られて、ごまかしながらやってきたんですけど、それもキツくて……ある日、フィン——ああ、パーティのリーダーで親友だった男です。彼が僕と二人きりの時に、『もうお前出ていってくれ。お前がいると色々面倒くさいんだよ』って苦々しい顔で……」

その時のことを思い出したのか、ビリーはいつのまにか涙ぐんでいる。アーニャも彼の辛そうな様子を見て少し胸が痛んだ。

「たしかに酷い話ですよね。利用するだけしておいて、いらなくなったらポイとか。さっさとそんな人たちのことは忘れて、ご自分が幸せになれる道を選ぶべきです」

「でも、Sクラスパーティの冒険者って肩書きは付き纏うわけじゃないですか！　僕のことを欲しがるパーティも好きだって言い寄ってくる女性もいたけど、それはSクラス冒険者の強さも込みなわけで、そんなの僕に期待されても困るんですよ！　野良犬一匹狩れないんですよ！　僕は！」

情けないことを力強く言うなあ、とアーニャは呆れながらも、

「だったら自分が弱いことを伝えればいいじゃないですか。弱いながらも冒険者として人のために戦ってきたなんて、ちょっとグッと来ちゃいますよ」

「それが言えれば苦労しなかったんですけどね……」

ハア……と、ビリーは大きなため息をつく。

「まず、僕が弱いってことがバレたら華馬路のみんなの評判も下がるんですよ。そんな奴を連

れ回すなんて非道だとか悪趣味だとか。逆にそんな弱い奴がSクラスパーティにいたってことは、お守りを上回るメリットがあるって言いふらすようなものじゃないですか。フィン達は本当にいい奴らだったんです。僕の能力だけじゃなく、弱さも含めて対等に仲間としての付き合いをしてくれていたし、報酬もちゃんと等分してくれたし。タチの悪い奴らに僕の能力がバレたら暴力で服従させられて死ぬまで搾取され続けるのが目に見えているんです」

「そ……そうですね。だから、ネメリア大陸からこんな遠くまで流れてきたんですか。ああ、お辛かったですよね」

アーニャはビリーへの同情を隠す気にならなかった。

分不相応なグレイスを授かってしまったが故の不幸。一度は得た仲間達との絆を失い、孤独を強いられ誰も知らない土地に流れ着いた。そんな彼を救う手段として心打ち解けた相手との結婚は最適な物だと思えた。

「うんうん。ビリーさんの事情もお気持ちも分かりました。ビリーさんは危険な仕事からは足を洗ってこの街で第二の人生を始めたい。そして、孤独を埋めてくれるパートナーを求めていらっしゃるんですね」

「ハイ……まあ、今は無職なんですけど。一応冒険者時代の蓄えがありますから当面の暮らしはなんとか」

「大丈夫です！　ミイスでは仕事なんて売るほどありますからね！　まだまだお若いんですか

ら天職を見つけましょう！　そちらのご案内もサービスでやらせていただきます！」

「あ、ありがとうございます！　なんだかうまくいく気がしてきました！」

そう言ってビリーはアーニャの手を取った。異性に対する免疫のないアーニャは一瞬、体を強張(こわば)らせたが、嬉(うれ)しそうな彼の顔を見るとほだされてしまった。

◇　◆　◇　◆　◇

「それでアーニャは求人情報に目を通しているわけだ。良かった……転職を考えてるわけじゃなくて」

「アハハ、辞めませんよ。どうしてもやりたかった仕事ですし！　まあ、相談に来られる方はクセが強い人ばかりですけど……」

顔が引きつるアーニャ。悪人でなくとも偏見の塊だったり、異性との交流の少なさからトンチンカンなことを口走る人だったり、マリーハウスの従業員を家来か何かと勘違いしたりする人だったり、対応に神経と体力をすり減らすようなことは多い。

「でも！　実際やってみてやりがいはあるし、所長は綺麗(きれい)で優しくて、私すごく尊敬しているんですから」

アーニャは従業員以外立ち入り禁止の区域にある執務室で求人情報の書かれた書類を片手に

マリーハウス所長のドナと談笑していた。マリーハウスの秘書係はアーニャを含めて五人。中間管理職はおらず、所長のドナが直属の上司となる。

「頑張るのはいいことだが、あまりのめり込みすぎるなよ。人と関わる仕事というのはある程度ドライにならないと長続きしないからな」

耳の近くでハスキーな声でささやいてくるドナに、アーニャは思わずドキリとする。働き始めて三ヶ月が経つが、ドナの恐ろしさすら漂う美貌と色香に慣れることはない。それを知った上でドナは日常的にアーニャをからかっている。ハラスメントスレスレのスキンシップだ。

「大丈夫ですよ。この仕事は私の天職です。やっぱり、人が幸せなのって見ていて嬉しいじゃないですか。うまくいった時のことを想像すればいくらでもやる気や元気が湧いてきます」

朗らかに笑うアーニャ。ドナはニヤリと笑い、

「フフ、まったくだ。どうぞ不幸な冒険者崩れクンを幸せにしてやってくれ。ああ、何ならお前が手ずから幸せにしてみるか？」

手ずから、という言葉に合わせて艶かしく指先を躍らせた。アーニャは狼狽した。

「そ、そんなんじゃないですから！　私は仕事としてビリーさんの幸せを考えているワケで」

「冗談だ。笑って良いぞ」

ドナはフッと息を吐き、してやったり、と言わんばかりの表情でアーニャを見下ろした。

「ま、繰り返しになるが頑張りすぎないようにな。この仕事はどうやっても上手くいかないこ

とだってある。絶対、必ず、何が何でも——なんて突っ張っていれば上手くいかなかった時、ダメージは自分に返ってくるぞ」

すべての言葉を使い切っているアーニャはさらに肩をすぼめる羽目になった。

ちょうどその時、ガチャリ、と音を立ててドナとアーニャの後方にある扉が開き、人目を避けるようにそろりと只人の男が入ってきた。

「遅いぞ。ショウ」

扉に目をやるまでもなくドナは叱責の言葉を投げつけた。マリーハウスの副所長のショウは小さく舌打ちをしつつも、卑屈な笑みを作って、

「サーセンでした。ま、早く来たところで大した仕事しないんでお気になさらず」

と軽薄そうに答える。アーニャは舌打ちしたくなるのをぐっと堪えた。この見るからに不真面目な指導係のことをアーニャは好ましく思っていない。特に自分が受けた面接試験がセクハラ三昧のからかいだったと知ってからは嫌悪していると言ってもいい。

痩身長躯で顔の彫りが深い。それだけならハンサムと取れなくもないが、如何せん風貌がやさぐれ過ぎている。クセの強い黒髪を無造作に肩まで伸ばし、無精髭も伸ばしっぱなし。古い型のスーツは皺くちゃで、はだけた開襟シャツの首元に漂うのは色気というよりだらしなさだ。

肩書きこそ副所長と、このマリーハウスのナンバー2のような扱いだが、部下の管理もしな

ければ経営について口を出している様子も見られない。たまにドナに使い走りをさせられているらしいけれど、職場よりも酒場や娼館(しょうかん)で目撃することの方が多いというのはマリーハウス職員の共通認識だった。

ビリーが結婚相談の登録をしてから一週間後、彼は溌剌(はつらつ)とした様子でマリーハウスにやってきて相談室にてアーニャに報告する。

「おかげ様で就職も決まりました！　アパルトマンの管理業務なんですけど、住み込みなので寝床も確保できた上に食事の用意もしてもらえるとか。すごくいい条件の仕事に就けて、本当にアーニャさんには足を向けて寝られませんよ！」

「いやいや、私はちょっと求人情報を集めてあげただけで……それよりも、ビリーさん、すごいですね！　あの求人って競争率高いって聞いていたのに！」

「別にすごくなんてないですよ。面接をしてくれたそのアパルトマンの大家さんが運良く僕のことを気に入ってくれただけで」

謙遜というよりも素で戸惑いを覚えているかのようなビリーの純朴さに、アーニャは思わず口元をほころばせた。

（ビリーさんを気に入った大家さんの気持ちがよく分かる。この人は天性の善性と言うべきものを備えている。アパルトマンの管理ということはそこに住む人々に信頼されて、円満な関係を築くことが不可欠。彼はまさにうってつけの存在だよね）

アーニャは面識のないアパルトマンの大家と心の中で握手をした。

「じゃあ、もう引け目に感じられることはないですよね。お相手の女性もバンバン紹介していきますよ。覚悟してください！」

「居場所を失い、まったく新しい人生を始めようとしているビリーさんがパートナーに求めているのは安心。肉体的にも精神的にも健康なしっかり者タイプの女性がいい」

と判断したアーニャは、マリーハウスに登録している女性の中からめぼしい者をリストアップし、彼女達にビリーとのお見合いを勧めた。中にはビリーでは条件的に物足りない、と拒んだ者もいたが、そこはアーニャが熱弁を振るうことで「会うだけ会ってみる」ところまでこぎつけた。

だいたい三日に一度のペースでビリーはアーニャから紹介された女性に会い、その度にアーニャに感想を報告しに来ていた。それらはすべて好意的なものだった。自信を持って紹介した女性をビリーが褒めてくれることはアーニャにとっては励みや喜びになっていた。

同時に、こうやってビリーが会いに来てくれるのは結婚相談の仕事が続いているからであって、それが終わればこの時間は無くなってしまうことを考えてしまう。

今はこの街に来たばかりで孤独だろうが、ビリーならすぐに解決するだろう。女性側のビリーに対する印象もとても良いものだった。今は様子を見ており、一人に絞らないようにしているようだが、めぼしい相手ができれば一気に仲を深めてゴールインもあり得る。


「そうなったら……私の方が、さみしいかもね」

深夜の事務室でアーニャはひとり呟いた。考え事が思わず口から漏れたことに焦ったが、見渡す限り誰もいない。ほっと胸を撫で下ろしたその瞬間、大きな音を立てて事務室の扉が開いた。突然の音にビクリ、となりながらアーニャが振り向くと立っていたのはショウだった。

「おい……ドナは？」

「もう既にお帰りになられています」

「チッ……人をこき使っといて良い気なもんだな。ああ！　やめだやめだ。俺も夜の天使様に気持ち良くしてもらいにいこうっと」

悪態まじりに笑うショウにアーニャは食ってかかった。

「ろくに職場に顔を出さない副所長が所長のことをとやかく言うのはどうかと思います」

「へーっ。偉くなったもんだな、見習いネコ娘。それが指導係に対する口の利き方か？」

「いつどこでなにを指導してもらいましたっけ？　記憶にございませんね」

「だったら今夜ベッドの上で女の悦び教えてやろうか？」

「なっ⁉　このスケベ！　ヘンタイ！　好色男！」

顔を真っ赤にしてつばを飛ばしながら怒るアーニャをケラケラと笑うショウ。

「ほーう。ちゃんと隠語の意味も分かるようになったじゃないか。感心だな」

からかわれたことにアーニャは苛立ちながらも振り切るようにして資料に目を戻す。そうしていれば背後の不快な男はどこかに立ち去ると思っていたが、その日は違った。

「なあ、今抱えている案件の男はどんな具合よ？」

アーニャの請け負っている仕事について尋ねてきたのだ。

「どうしたんですか？　急に」

「いや。お前の言う通り、指導の一つでもしてやろうかと。雑用ならともかく、結婚相談となると人生経験が問われるからな。恋愛経験のひとつもない仔猫ちゃんには難しかろうて」

「ムゥ……そうですけど副所長には頼りませんよ」

アーニャのつれない態度にショウは苦笑し、

「ま、その調子なら大丈夫そうだな。入れ込みすぎるなよ」

とうそぶいてふらりと外に出ていったのだった。

マリーハウスから歩いて十分ほどの場所にあるアパルトマンにアーニャは一人暮らしをしている。ミイスにやってくるまでは大森林のツリーハウスで暮らしていた彼女にとっては都市部の暮らし、特にハウスキーピングに馴染(なじ)みがなく、下着を洗うのが精一杯、という有り様なので、たいして物のない部屋にもかかわらず荒れ放題で自炊もろくにしていない。よって、仕事が休みの日であってもあまり家に留(とど)まらない。

朝起きると水を張ったタライで行水し、タンクトップと太腿(ふともも)があらわになるほど短いショートパンツに身体(からだ)をねじ込み、玄関のそばに散らかっているシャツを羽織り、キャスケットをかぶる。最低限の身支度を済ますと足早に自宅を出る。

今や世界でもっとも栄えた街と称されるミイスではありとあらゆる商売が営まれており、家庭を持たず、ズボラで生活能力の低い者であっても健康で文化的な生活を送ることができる。

行きつけのカフェテラスの街路にはみ出すように作られたテラス席にアーニャが座ると、この店でウェイトレスとして働いているシルキが注文を取りに来た。

「いつもの。あと、適当に野菜も」

「あら珍しいわね。ようやく健康に気を使う気になった？」

「あはは。まだそんな歳じゃないよ。好き嫌いを少しなくそうと思っただけ」

にこやかに談笑する二人。アーニャが早々に就職を決めたせいで一緒に暮らした期間は短かったが、以降も姉が妹の世話を焼くように何かにつけてシルキはアーニャに構う。放っておくとロクに食事すらとらなそうなアーニャに「休日はちゃんと外に出て美味しいものを食べること」「仕事に関係のない人と会うこと」と半ば命令気味に叩き込んだのも彼女だ。

「はい。おまちどおさま」

揚げ焼きにした魚と葉野菜をパンに挟んだシンプルなハンバーガーと、柑橘系の果汁でつくったフレッシュジュース。そして赤茄子をスライスしてチーズを載せたカプレーゼがアーニャの目の前に並ぶ。シルキはまだ客の少ない店内を見渡してからアーニャに話しかける。

「最近、何かあった？」

「むきゅ？　はひはっへはひ――」

「呑み込んでからでいいわよ。ご機嫌そうだったり、嫌いな野菜を食べようとしたり」

「もぐもぐ……ん、特に何もないけど。ああ、でも仕事がちょっと楽しくなってきたかな。内容は守秘義務があるから話すなって所長に言われているから言えないけど」

「ふーん。そうかあ。私はてっきり恋人でもできたかと――――」

「ぶひゃあああああっ!!　ゲホッゲホッ!」

パンを喉に詰まらせたアーニャは咳き込みながら悶えた。

「あら図星?」

「ち、ちがうよ!　ちょっと気になる人がいるだけで」

「きゃあああああ!　やっぱり私のカン大当たりじゃない!?　どんな人?　種族は?　何やっている人?　どこで知り合った!?」

目を爛々とさせてアーニャに詰め寄るシルキの後方で「コホン」と小さな咳払いが聞こえた。

店長である魚人族の男が光のない目でシルキを睨んでおり、彼女は肩を竦めた。

「そ、それらは守秘義務があるので」

「ああ、お仕事の関係なのね。とするとお客さんかなあ?」

言葉尻をきれいに摑まれてギクリ、としてしまうアーニャ。

「いいじゃない。情報を悪用とかしなければ問題ないんでしょ?　私の知り合いにも弁護士に離婚の相談に行ったら、そのまま再婚しちゃったのがいるもの」

「違うの!　そういうのじゃないの!　いろいろ頼りなさそうだし、危なっかしいから必要以上に世話を焼いているうちに感情移入しちゃったというか」

「必要以上に世話を焼いている時点で好意があるって言っているようなものじゃない？」

口元をニマアと緩ませるシルキの美貌は暴力的でさえある。加えて、気さくな性格とそこはかとない妖艶さを併せ持つ彼女に惹かれる男性は種族、年齢、身分を問わず多く、彼らとの蜜月が、シルキを女性として成熟させた。故に、こと色恋の話においては奥手なアーニャが反論できる余地はない。

「うう……そんなつもりはなかったんだけど」

「つもりがないのに、心やカラダが引き寄せられて抜け出せなくなっちゃうから、恋は『落ちる』って表現をするのよ。良いことだと思うわ。ろくにセックスもしたことがないアーニャが結婚相談所で働くなんて冗談話みたいだったもの」

「セッ……⁉　してないから！　してないからね！　もう……なんで所長といい、みんな私を焚きつけるようなことばかり言うのかなあ」

「他人の恋バナがみんな好きなのよ。作られた物語よりずっとスリリングで面白いもの。当人だけでなく周りの日常をも彩ってくれる最高の見世物ね」

アーニャは嬉しそうな顔をしたシルキから目を逸らし、勢い良く残りの食事を頬張って代金をテーブルに叩きつける。

「あらら、もっとゆっくりしていきなさいよ」

「私は忙しいの！　じゃ！」

逃げるように席を立ったアーニャの背中に、

「殿方と食事することになったなら、サウスタウンの三番区画！『たそがれ』というお店がオススメ！　ああ、でもニンニクを使ってる料理が多いから、鼻が利きすぎる種族だとアッチが使い物にならなくなって元気にさせるの大変よ！」

と経験に基づいた下世話なアドバイスが投げかけられた。

「シルキ姉ちゃんナニやってんの⁉　わ、私はそんなんじゃないから！」

顔を赤らめながらも、ビリーは只人だから問題ないな、とアドバイスをしっかり受け止めている。情熱と冷静が絡まり合う恋の感情は幼いアーニャには刺激的過ぎて、扱いに困る代物だった。

◇　◆　◇　◆　◇

ミイスの中心街北部にあたるノーススクエアの一番区画は嗜好品や服飾関係の商品を取り扱う店舗が林立しており、ミイス市民のオシャレ文化の最先端を担っている地区である。

普段のアーニャであれば、シルキの店で食事を取った後はウエストテイルの大公園でひなたぼっこをしたり、大道芸人や吟遊詩人などの見世物を梯子して過ごすので、このあたりに足を運ぶのは実に珍しい。

巨大な一枚ガラスの服飾店のショーウィンドウには、仕立てのいいワンピースやチュニックを着たマネキンが展示されており目が惹きつけられる。が、値札を見て我に返った。アーニャのひと月分の食費が吹っ飛ぶほどの高額である。

「……誰に見せるわけでもなし」

フッ、と自嘲気味に笑って踵を返した――その時だった。

「アーニャさん？」

「あ……」

アーニャの目の前にはビリーが立っていた。彼は驚きながらもすぐににこやかな笑みを浮かべて、

「奇遇ですね。そちらの服が気に入ったんですか？」

「いえ……ちょっと観て楽しんでいただけですよ。ビリーさんは？」

「ああ、僕は雇い主に言われて。あんまりみすぼらしい格好で店子の部屋を回られたんじゃ恥ずかしいって。で、お金はいただいたんですけど、どうも流行っていうのが分からなくて」

アーニャは「ふーん」と気のないそぶりをしつつ、ビリーのファッションチェックをする。

（ヨレヨレのシャツに穴の開いたズボン……華やかで洗練されたノーススクエアの街並みに浮いちゃってる。顔立ちやスタイルは恵まれているのにもったいないなあ）

「良ければ見立ててあげましょうか？」

「ええっ⁉　いや、悪いですよ！　今日はアーニャさんお休みの日でしょうし」

仰々しくうろたえるビリーの様子を見て思わずアーニャは笑ってしまう。

「あはは、大丈夫ですよ。別に何の予定もないですし。仕事柄、男物の服や着こなしも勉強してますから信頼してもらっていいですよ」


アーニャの申し出を受け入れたビリーは服屋が並ぶ区域を効率的に見て回り、気に入った服を買うことができた。そして、彼女にお礼の意味を込めて夕食をご馳走することにした。

そこでアーニャが提案した店は『たそがれ』だった。その名のとおり間接照明の薄ぼんやりとした灯りに照らされたシックな店内。テーブルとテーブルの間が離れており、さらに壁や柱が他の客への目隠しになっているので二人きりの時間を堪能できる造りになっている。

（料理の味や店員の態度はシルキ姉ちゃんのお店の方が上かなあ？）

と思いつつも多幸感に包まれるアーニャ。もう何度もビリーと向かい合って座っているのに今日はどこかそわそわして、時が過ぎていくのが惜しく思えた。

「アーニャさんはすごいですね。こんな素敵な雰囲気のお店をご存じだなんて」

「えへへ、実は私も初めてなんです。男性と二人きりで食事するのもこれが初めてで」

「そうなんですか？　意外だなあ。すごく可愛いし優しいから相談に来た人が惚れ込んじゃうようなこと無かったんですか？」

「あはは、全然ですよ」

と、アーニャは笑い飛ばしたが、嘘である。

アーニャはモテる。相談相手に惚れられることもあったし、街を歩いている時にナンパされることも多い。ただ、彼女は身持ちが堅かったし、卑猥な欲望を隠しもせず言い寄ってくる相手を嫌っていた。故に恋人はおろか遊びに行くような男友達もいない。だから、仕事で得た立場を濫用するようにしてビリーと会食をしている自分が信じられなかった。

（恋は落ちるもの……か。多分、これがそうなんだろうなぁ。じゃないとおかしいもん。ビリーさんを見ていると自然と笑顔になっちゃうし、見られていると頬の奥の方が甘く疼く。テーブル越しじゃなくて、もっと距離が縮んだら、きっと――）

初めて得た恋の自覚とその甘さに昂るアーニャ。しかし、

「こんばんは。ビリーくん。お味はいかが？」

二人の間に割り込むように声がかけられた。声の主は長身の飛鳥族の女性だ。身なりからこの店の料理人であることは明らか。だが、それだけではない。ビリーが笑顔で尋ねる。

「レアンさん！　えっ、どうしてここに」

「ここ私のお店だもの。前に会った時教えたじゃない。だから来てくれたのだと思ったんだけれど、私の話なんて覚えてなかった？」

「ち、違いますよ！　レアンさんのお店だから、もっと定食屋的なものかと」

「おっ。それは喧嘩を売ってるのかな？　私はこの店で一番偉いんだぞ」

　ビリーの首に腕を回して引き寄せ、もう片方の手で頭頂部をグリグリとする。彼女のことをアーニャは知っている。先日、ビリーに紹介した女性の一人だ。

「あら。可愛い子を連れてると思えばアーニャちゃんじゃない」

「……どうも、お邪魔してます」

　顔を引き攣らせるも営業スマイルを絞り出すアーニャ。そんなこととはつゆ知らずビリーは「なるほど！」と手を打って、

「レアンさんがここで働いていることを知ってたから僕を連れてきてくれたんですね！　いやあ、憎い演出だなあ！」

　と大はしゃぎしている。レアンも「あー！」と感心して声を上げる。

「さすがマリーハウスの秘書係！　そうなのよ。めかしこんでデートするのも良いけど、私的にはやっぱり自慢の店と料理を見てほしかったの。フフッ、二度目のデートを誘う手間が省けちゃった」

　熱い瞳で見つめてくるレアンを好奇心混じりのキラキラした目で見つめ返すビリー。アーニ

ャはもう、愛想笑い(あいそわら)を張り付けたままコッソリと店を出ていくしかなかった。

　店の外は夜の闇に包まれていた。闇に浮かぶように『たそがれ』の看板に光が灯(とも)っている。外に出てきたアーニャとすれ違うように着飾った只人(ヒューマン)の男と小人族(ハーフリング)の女が手を繋(つな)いだまま店の中に入っていった。彼らの背中を切なげに見つめ、

「ま、私なんて仕事のお付き合いだもんね。女として見られてないって。当たり前だよ」

　自分に言い聞かせてざわつく心を抑えつける。

『たそがれ』の店長であるレアンは早くに母親を亡(な)くしてから、料理人である父の手伝いと弟妹の母親がわりを務め上げた。ひと月ほど前に一番下の弟が家具職人の修業のため家を出たと同時にマリーハウスに登録し、アーニャが相談を受け持った。

「弟たちはちゃんと育てた！　新しい店も建てた！　あとは父ちゃんに花嫁姿と孫の顔でも見せてやれば、母ちゃんも安心して天国暮らしを満喫できるってもんさ」

　と、大きな口を開けて笑う彼女に、アーニャは初対面ながら頼もしさを感じていた。

　レアンみたいな女性なら頼りないビリーを引っ張るようにして幸せな家庭を作るだろう。そ

う思ってアーニャは二人を引き合わせた。その判断は秘書係（セクレタ）として正解だったと思っている。

落ち着きを取り戻したアーニャは「はあ……」とため息を吐（つ）き、家の方角に向かって歩き出した。その時だった。

「アーニャさん！　待ってください！」

大慌てでビリーが店から出て来た。

「ど、どうかしたんですか？　ビリーさ――」

「こっちのセリフですよ！　フッと気配消していなくなっちゃうし！　帰るなら言ってくださいよ。送っていきますから」

看板の灯り（あか）に照らされたビリーの笑顔を見て、アーニャは頭を抱えてうつむいた。

（ああやだ……せっかく、心の整理ができたのに全部無駄になっちゃったじゃん！）

世界の最先端技術の結晶であるミイスの街も、全ての区画に完璧なインフラが整備されているわけでもない。大通りは火の魔術を利用した街灯の光によって夜の闇を塗りつぶしているが、それ以外の路地は未（いま）だ夜の闇に支配されており、人々は恐怖を紛らわすように肩を寄せ合って

歩く。たそがれからの帰り道、アーニャとビリーの間の距離はほとんどなくなっていた。

(さすがシルキ姉ちゃん……こういうことも織り込み済みか)

熟練者(シルキ)のテクニックに感銘を受けるアーニャ。見上げるビリーの頬はアルコールで熱(ほて)って少し赤くなっている。

アーニャは気づいていた。もう、自分が彼をただの相談者として見ていないことを。

頼りない男だと思っていたけど、優しく気遣いのできる男だった。

多弁で落ち着きがないと思っていたけど、自分の思いを伝えようとしたり、人を楽しませようとしたり頑張っていた。

この人を幸せにできる相手を探そうと思っていたのに――

「アーニャさん?」

アーニャはビリーの服の袖を指でつまんでいた。

(私の想(おも)いに気づいてほしい、行かないでほしい。あなたは慎重だから、今は一人に絞りきれず、レアンさん以外の女性とのお見合いも試してはいるけど、誰もお眼鏡に適(かな)わない、ということはないでしょ。誰かのものになってしまう日はそう遠くない……)

「ビリーさん……あの――」

アーニャはビリーを引き止める言葉を必死で探した。自分が選りすぐりの女性達を紹介したにもかかわらず、盤面をひっくり返すような自分勝手。それを呑み込める言葉を……そんな言葉は存在しない。

だから、彼女は理屈も倫理も無視して今抱いている感情をぶつける。

「私は、あなたのことが――――」

水がコップから溢れるように、想いが口の端に乗った瞬間だった。アーニャの頬がピクピクと震える。

「す――――っ!?　伏せて!!」

「え？」

感情よりも先に危険に対する反射がアーニャの言葉をねじ曲げた。同時にビリーの腕を引いて地面に倒す。数瞬後、ビリーの頭のあった場所をナイフが高速で通過し、レンガ造りの壁の繋ぎ目に突き刺さった。甘い空気が漂っていた路地裏が、一瞬のうちに死の気配が押し寄せる戦場に変貌する。間髪容れずに殺意に満ちた人影が三つ、闇の奥から飛び出してきてアーニャ達に襲いかかってきた。

ミイスにおいて武器の所持は厳しく制限されている。彼らの持つナイフも金物屋で市販されているものであるが刃(やいば)を黒く塗っているあたり、このような襲撃に手馴(てな)れた者であることを窺(うかが)わせる。彼らは懐(ふところ)からさらにナイフを取り出し、ビリーに迫る。その俊敏な動きは戦闘の役に立たない底辺冒険者の彼には防ぎきれないものだった――が、

「シャギャアアア!!」

三列の光が流星のようにきらめき、家屋から漏れる微(かす)かな光に照らされて赤い血飛沫(ちしぶき)が上がる。影のうちの一つは糸が切れたように地面に沈み、残る二つも足を止めた。

「【獣化(じゅうか)――蛍眼(ほたるめ)】」

闇に浮かぶ蛍のようにアーニャの大きな瞳が明るい緑色の光を放った。彼女の目はナイフを持った二人の男をしっかりと見据えていた。フードをかぶっているせいで種族の判別は難しい。だが、それはたいした問題ではない。羽織ったシャツを脱ぎ捨て、息を吸い込む。

「ニャアアアアアア!!」

咆哮(ほうこう)とともに華奢(きゃしゃ)なアーニャの肢体が巨大な獣のそれに変化していく。細かった指が数倍の太さになり、先にはナイフほどの長さの爪が伸びて、先ほど斬り裂いた獲物の血がしたたり落ちていた。

「あ……アーニャさん?」

「大丈夫……コイツらは、私より弱い……ニャァ!」

一般的に猫人族(レオーネ)は只人(ヒューマン)より強いが、大型の獣程ではない。しかし、戦闘用に鍛え上げられ

た只人ならば大型の獣であろうと十分に屠れる。即ち、強い只人は普通の猫人族よりも強い。

だが、アーニャは普通ではない。

猫人族という種族の中にも百以上の部族がある。その中でも最強とされる『ブラックフット族』の首長の娘であり、幼少の頃より素手でモンスターを屠り、戦場帰りの猛者を地面に転がすことを児戯としていた戦いの天才――それがアーニャだ。

「アンタたち、殺す気だったニャ？　だからニャイフ、にゃげたんだよニャ？　ということは、殺される覚悟、できてるニャ？」

牙が発達し、口腔が変形した結果、ナ行が発音しづらく猫の鳴き声のような音が混じる。しかし、その声に愛らしさはなく威圧感が漂う。その開ききった瞳孔で睨み付けられた男たちは震え上がり、早々に戦うことを放棄した。ジワリジワリと距離を空け、一息の間合いから外れた瞬間、弾けるように後方に跳んで姿を消した。その手際の良さから間違いなくプロだ、とアーニャは確信している。

（どうしてビリーさんが襲われた？　襲ったコイツらは何者？　ビリーさんはこんな目に遭う理由を知っている？）

戦闘用に呼び覚ました血の滾りがアーニャの思考を殺伐としたものにしていたが、返り血を浴びて青ざめているビリーが目に入ると、彼の瞳に映る禍々しい獣の姿に気づき、血の気が引いた。

「見にゃいでっ‼」

短く悲鳴を上げ、顔を覆うアーニャ。

一部の獣人だけが持つ特殊技能【先祖返り】。身体の組織を祖先である獣に変化させることで爆発的に戦闘能力を向上させる。獣化した獣人はまさに二足歩行ができる野獣である。筋肉は膨れ上がり、感覚は研ぎ澄まされ、強力な牙と爪を生やし、鎧のような毛皮を纏う。その姿は猛々しく、獣人系の種族にとって畏敬の対象でもある。

しかし、アーニャはこの醜い怪物の姿を嫌悪していた。

敵を殺すためにあるような攻撃的な筋肉や爪牙。野生の匂いが湧き立つような剛毛。愛らしい顔の面影はなく、見ただけで震え上がりそうなほどに凶悪な顔。そのどれもが乙女の感性では受け入れがたい物だ。

事実、村にいた頃は年寄りたちは崇めてくれたが、同年代の者たちからは距離を置かれていた。戦争が終わった時代に戦うための才能を持って生まれた同胞が災いの種にならないかと心配していたのだ。このことがアーニャの人格形成とコンプレックスに影響を与えている。

「アーニャさん！」

「見にゃいでって言ってるニャ！」

裸を見られるよりも羞恥的で屈辱的な気持ちがアーニャを蝕んでいた。

「アーニャさん！　落ち着いて！　知っています。先祖返りですよね!?　凄い……こんな純度の高い獣化見たことが」

「見るにゃっ!!」

アーニャは思わずビリーを突き飛ばした。

派手にすっ転ぶ彼の姿を見て、自制が利かず乱暴を働いてしまった自分の醜さに嫌気がさす。

だが、ビリーはよろよろと立ち上がり言葉を掛け続ける。

「ご、ごめん……だけど、凄くカッコよくて」

「カッコよくにゃんてにゃりたくにゃいニャ！　私はおんニャだから……こんにゃ姿……ニャりたくにゃいのに……」

長い爪の生えた手で顔を覆う。だが、その手はビリーによって引き剝がされる。

「アーニャさん。そんなに自分を嫌わないで。僕にとっては受付の席に座っているアーニャさんも、今のアーニャさんも変わらないよ。ダメな僕を見兼ねて助けてくれる、優しいヒトだ」

まっすぐな瞳で見つめられたアーニャは、自分の息が止まるのと心臓がバクバク動くのを同時に感じていた。必死にアーニャは呼吸を落ち着けて変身を解除し、元の姿に戻る。巨大化したせいで着ていた服は全て破れ、丸裸になってしまっていた。慌てて変身前に脱ぎ捨てたシャツを着てボタンを留めつつ、ビリーに声を掛ける。

「ビリーさん。詳しい話は後で。今すぐここを離れましょう」

「あ、ああ……だけどいったいどこに？　いや、それに僕といたら君も危険だよ！」

「そんな気遣いのセリフはもうちょっと強い人が言うものですよ」

アーニャは苦笑し、手を振って爪についた血を落とすとビリーの手を取り、走り出した。

「やれやれ……夜遊び火遊びを咎めるつもりはないが、返り血を浴びて出社されては穏やかではいられないな」

ドナは内側から玄関の鍵を閉めながらボヤく。バツの悪そうな顔をするアーニャとビリーが避難場所に選んだのはマリーハウスだった。当然、営業時間は終わっており、職員も退社済みだ。

「すみません、所長……これにはワケがあって」

「ワケか……ま、おおよそ察しはついているが。にしても大の男が娘っ子に守られた挙句だんまりとは、恥ずかしくないのか？」

ドナはジトっとした目でビリーを睨みつける。その視線には侮蔑がこもっていた。

「所長！　そんな言い方しないでください！　ビリーさんだって突然のことでショックを受けていて――」

「うるせぇ、ボケネコ娘。色ボケしてるテメエの言葉なんて綿埃程の重みもねぇんだよ」

突然、背後から男の声で罵られたアーニャ。振り向くと、待合用のソファの上にショウが寝転んでいた。彼はヒョイっと身体を起こすと、ゆらゆらとした歩調で三人に近寄って来た。

「ったく。放火魔みたいな客が現れたとは思っていたが、燃え盛っているのが身内だとは思わなかったぜ。ドナ、どうしてこうなるまで放っておいたんだよ？」

「お前が言うな！　何のために指導係に任命したと思っている⁉」

「『いつも怠けてばかりのショウだけど役目を与えれば変わってくれるかもしれないわ！』とかいう『悪い男に引っ掛かる情の深い女』的なアレかと」

「そこまで分かっているならちゃんとはたらけ！　あと、別に私はお前に引っ掛かってなんかいないからな！」

ドナがやや取り乱し気味なのに対してショウは落ち着いたものだった。おもむろに手に持っていた封筒を叩きつけるようにアーニャに渡す。

「今回はさすがに動いてるっつーの。後手に回っちまったのは否めないがな」

アーニャは封筒の表に書かれた『相談者ビリーの調査結果』という文字を見て目を丸くした。

その反応を楽しむようにショウは鼻で笑うと、濁った目をビリーに向ける。

「まさかお前みたいな人畜無害そうな優男がマジでSクラスパーティのメンバーだったとはな。その上『花集めのビリー』だなんて色っぽい異名までつけられて。青春謳歌(おうか)しすぎだろ」

ショウの言葉にビクン、とビリーの肩が跳ねた。

「ど……どうしてそれを」

「直接聞きに行ったからな。『華馬路(カバーロ)』のパーティメンバーに」

ぎょっ、としたのはビリーだけではない。アーニャもだ。

華馬路(カバーロ)の活動しているネメリア大陸はミイスから船を使い、大海を越えなければならない。通常、片道一ヶ月はかかる。ビリーがこの街に来てからまだ一ヶ月足らずしか経(た)っておらず計算が合わない。

「言っておくけど、デマやハッタリなんかじゃねえぞ。そのことはさっきの俺の言葉を聞いたコイツの表情が証明してくれてると思うがな」

ショウは乱暴にビリーの頭を引っ摑(つか)んで言う。

「人生やり直したいなら、まずは自分の過去に向き合いな」

●　○　●　○　●

ショウはネメリアに渡り、華馬路(カバーロ)に接触を試みた。有名なSクラス冒険者パーティであるため、思いの外あっさりと居所は分かり、パーティリーダーのフィンからビリーのことについて聞き込みを行った。

「元々、華馬路(カバーロ)はBクラスパーティだったんだ。個々の戦闘力は高かったし、才能のあるメンツが揃(そろ)っていたけどメンバーが六人しかいなくてね。Aクラス以上のパーティはみんな十人以上。最強のSクラスパーティともなれば三十人を超える大所帯もある。もちろん全員が戦闘要員というワケじゃない。生産職や会計係といった非戦闘員も含めてだ。この辺の事情は」

「飛ばしてもらって結構。俺も昔は冒険者の真似事(まねごと)をしていたからな。上級のパーティになればなるほど報酬も桁違いにバカ高(たけ)え。大人数で山分けしても一人あたりの実入りは良くなる。そして冒険者パーティの力は組織力、人数に比例する。世界最強とされていた特級パーティの『クロスクレイモア』も五十人近い大所帯だったもんな」

「詳しいな、オッサン」

フィンは素直に感心しているのだが、オッサン呼ばわりされたことにショウは顔を引きつらせながら卑屈に笑っている。

「ま～、高ランクに上がるために人数増やしてパーティ拡張し始めたらいつの間にか二十人を超える大所帯になってた……と」

確認するように口に出したショウは、ソファの背もたれに背中を預けながらフィンのパーティを見渡した。

（なるほど。装備や立ち姿を見るだけで強者というのが見て取れる。Sクラスパーティというのも納得だ………けど！）

「なんだよ⁉　この男女比！」

ショウが叫びたくなるのも仕方ない。冒険者は荒事を生業とする稼業であり、命の危険も伴う仕事だ。鍛え上げられた女性冒険者は男性冒険者と遜色ない身体能力を持つものも多いが、女性で冒険者のなり手は少ない。種族の命運をかけた戦争が慢性的に起こっていたこの世界において、出産できる女性は次代に種を繋ぐために守られるべき立場だった。

故にほとんどの種族で女性は安全な場所で健康に暮らすことが幸せだと思い込むように教育を受けている。命を種銭にするギャンブラーである冒険者になるなどもってのほかなのだ。にもかかわらず、

「十一、十二、三、四、………十八人中十五人が女ってどういうこと⁉　この街の女冒険者全員このパーティに集まってるんじゃねえか⁉」

「ビリーがいる頃はもう六人いたよ……」

「あっはっはっは………やっぱ、ビリーってのが原因なワケ？」

乾いた笑いしか出てこないショウだったが、即座に核心に切り込んだ。フィンはソファの背もたれに大きくもたれ込むと、後ろめたそうな顔をしながら語り始めた。

「アイツとはパーティ組む前からチラッと話す程度の仲ではあったんだ。俺が駆け出しの頃には節約術だの森の歩き方だの教えてもらったこともある。良い奴だけど、戦闘はからきしでさあ。強い弱い以前に生き物を殺すことが苦手なんだよ。だからパーティは組んでいなかったんだ。同情で命を預けるほど俺も間抜けじゃないからな」

「そりゃそうだ。じゃあ、なんでそんな役立たずとパーティ組んだんだよ………って、答えは簡単だな。なんかの拍子にビリーがグレイスホルダーになっちまったからだ」

グレイス。神の恩寵。人間がごく稀に授かる超常の能力。

魔術や武技のように習得するものではなく、それは天上から降る石に打たれるような突発的で偶然に発現するものであり、その原理は解析されていない。

その力は多種多様であり、凡弱な戦士を一騎当千の英雄に仕立て上げるものもあれば、戦いにおいては全く役に立たないものもある。

「俺の推測だが、手に入れたのは戦闘向きじゃないグレイス。そして、使い勝手がすこぶる悪い。利用しようと引き入れたアンタが扱いきれなくなって追放するくらいには」

ショウの発する棘（とげ）のある言葉にフィン以外のパーティメンバーは今にも殴りかかりそうだったが、フィンが腕を掲げてそれを制する。

「オッサンの言うとおりだよ。落ちこぼれ冒険者のアイツにとって俺は数少ない話し相手で、信用されていた。グレイスの詳細をベラベラと話しちまうくらいには」

フィンは躊躇（ためら）ったが、目の前の男は薄々感づいていると思い、白状することにした。

「アイツが手に入れたのは『魅了』のグレイスさ」

「魅了？　海歌姫（セイレーン）の歌や女王蜂（クインビー）の蜜のようなもんか？」

「そんなチャチなもんじゃない。連中の使う魅了の術はあくまで一時的な混乱状態を作るものだ。ビリーのアレはもっとヤバイ。分かりやすく言えば、『異性を強制的に惚（ほ）れさせる』能力だ。面と向かい合ったり、言葉を交わしたり、身体（からだ）を接触させることでより強固なものになる。あのグレイスに抗（あらが）えた女は、俺が知る限りいない」

フィンの解説にショウはため息をつく。

「なんつー、うらやまけしからんグレイスだ……娼館（しょうかん）に金払わなくていいし、経済的でもあるな。むしろそれでヒモになれば……と、そんな素敵な使い方はしなかったようだが」

ショウは居心地悪そうな顔をしている女達を見渡した。彼女らがビリーに『魅了』されてパーティに入ってきたのは火を見るより明らかだった。

「へっ、そりゃあ戦いの役に立たないボンクラでもパーティに入れる価値があるぜ。どんな女でも魅了できるんなら勧誘は楽勝。その上、惚れた男にイイとこ見せようとするから士気も最高。使いようによっては国家転覆レベルの煽動にだって使える上等なグレイスホルダーだぜ。追放しちゃって勿体ねえなあ」

ねっとりとした口調で絡んでくるショウに対して、フィンは自嘲するように笑った。

「オッサン。アレはグレイスなんて代物じゃない。アレは呪いだ。発動と停止の切り替えができない常時発動型のあのグレイスは、ビリーが関わった全ての異性に影響を与えてしまう。行きつけの酒場の看板娘も武具の手入れをしてくれる女鍛冶もギルドの受付嬢もそこに集まる女冒険者も、全員アイツの虜になった。クク……根こそぎ女冒険者を奪っちまったから、周りのパーティのやっかみもキツいし、昔からのパーティメンバーも殆ど愛想尽かして出ていっちまったし、ひどい目に遭ったよ」

「常時発動か。自分の意志でコントロールできねえなら、たしかに呪いかもな」

ショウは、想像以上に厄介だ、と頭を抱えた。

辺境の冒険者ギルドの界隈だけでここまでの影響を与えたビリーが、遥かに規模の大きいミイスで生活していれば早晩、彼に惚れた女達や、その女と恋人関係や夫婦関係にある男達とトラブルになるに違いないからだ。

険しい顔をしているショウに語りかけるフィン。

「オッサン。もしアイツがアンタの周りにいるならば――――」

フィンの言葉を聞いて、ショウは隠しもせず舌を打った。

●　○　●　○　●

隠し続けてきたグレイスを晒された上、過去にしでかしてきたことを暴露され、激しい焦りと恐怖を覚えたビリーの顔色は蒼白だった。

「ビリーさん……」

アーニャはショウの話を聞いても、まだビリーに対して失望するどころか、弱々しい彼を守りたいという庇護欲にかられている。

「僕だって……こんな力、欲しくなかった。分不相応なパーティに入って、ろくに戦えないのに戦闘班に組み込まれて……生きた心地がしなかった」

ビリーに縋るような目を向けられたアーニャは声を上げた。

「ヒドい！　そんな危険なことをやらせるなんて――――」

「アホか。なに被害者ヅラしてんだよ。非戦闘員なんて立場で街に置いてかれたらかえって危険だからだろう。女や仲間をぶんどられて黙っていられるほどできた人間じゃねえから冒険者みたいなヤクザ稼業やってるんだ。殺されてもおかしくねえ。それだけのことをそいつはやっちまったんだよ」

ショウはビリーを憐れむどころか、アーニャの擁護をも切り捨てた。

「それは……パーティメンバーの人たちがビリーさんのグレイスを利用したから」

「その割には楽しんでいたみたいだな。加入した女冒険者のほとんどがビリーのお手つき。パーティの外でもヤリ散らかして刃傷沙汰や離婚案件もあったそうだ。第一、その能力を忌避してるなら、どうしてミイスみたいな人口密集地に来て女漁りやってんだよ。『たそがれ』のレアンだっけか。あの女の入れ上げっぷりもヤバイみたいだぜ。一緒に店を切り盛りしてる妹を追い出してこのバカを共同経営者に招き入れようとしてるもんだから、従業員の空気が最悪。明らかに味やサービスが落ちてるんだとよ」

薄弱な擁護に実例を引き合いに出して封じ込める。二の句が継げないアーニャは、初めてショウという男がただのヒモや遊び人ではないことを思い知らされた。

たじろぐアーニャにビリーは必死で語りかける。

「結果だけを見ればそうだ。だけどそれだけじゃない。アーニャ、僕を信じてくれ――」

「ほーう。呼び捨てね。随分馴れ馴れしいんだな。相談室でお見合い結果の報告してた時からそうだったか？　違うよなあ。グレイスの効きが良くなってきたから一気に親密度を上げにきたんだろ。その報告だってアーニャと話す時間を稼ぐためだ。純情ぶってる割に自分の能力の活かし方をよく知ってやがる。だが欲張り過ぎたな」

ショウはそう言うとゆらゆらとした歩調で後ろに下がり、ドナに場を譲った。人前では優雅な笑みを絶やさない完璧な貴婦人が不愉快さを顔に滲ませている。

「ビリーさん。貴方は二つ過ちを犯した。一つはそんな厄介なグレイスホルダーであることを私達に隠していたこと。もう一つはウチの可愛い従業員を誘惑したことだ」

「誘惑だなんて――――」

「言葉を交わす回数を増やせばそのグレイスの効果は強くなる。言葉が他人に影響を与えるのを恐れる呪言使いの連中なんかは不用意には喋らない。にもかかわらず相談当初から無意味に多弁だったと聞いているよ。無意識のうちのクセになっていたのかもしれないが、アーニャにグレイスの効果をかける気満々だったんだろう」

アーニャの脳裏にビリーに関わったこれまでの時間がよぎる。そのすべてが愛おしく思えるのに、キレイな水に放り込んだ泥のようなドナの言葉がアーニャを苦悩させる。ビリーは焦り、ドナに訴えかける。

「ぼ、僕はそんなことをしたかったんじゃない。ただ、アーニャは親切で優しいし、頼りになるから、そばにいてほしくて……本当に愛しているんだ！」

愛している、と言葉にされたことでアーニャの胸が痛いくらいに高鳴った。ギュッと手で胸を掴んで人目も憚らず抱きしめたい衝動をこらえようとしている。

一方、ドナはビリーの言葉を嘲笑う。

「その素敵なレディから判断力や尊厳を奪って傀儡に貶めることが愛か？　ふざけるな」

射貫くような眼光で睨み付けられたビリーは痙攣したかのように全身が震え、その場に崩れ落ちる。アーニャはそんな彼にすぐさま駆け寄った。ドナはその様子を見て忌々しそうに口元を歪める。

「ビリーさん。貴方の相談はこれ以上お受けできない。ショウの言うとおり、貴方のグレイスはタチが悪すぎる。ソレがどれだけ周囲に迷惑をかけるか分かっていたのに隠してくれたせいでウチの職員が誑かされ危険に巻き込まれた。不快極まりない」

ドナはそう言うやショウに目配せをした。彼はコキコキと首を鳴らす。

「と、いうわけだ。この場で八つ裂きにされないだけありがたいと思ってくれ」

ツカツカと近づき、ビリーの腕を摑んで拘束しようとする。

「な、何をするつもりですか⁉」

「縛り上げて然るべきところに連れて行く。なあに、死にやしねえさ。だが、テメエの第二の人生とやらもここで終わりさ」

不敵に笑うショウにビリーは怯え、子どものように手足を振り回して抵抗する。その振り回した拳がショウの鼻に直撃した。

「わつっ⁉　往生際が悪いんだよ！　観念して――」

ショウが拳を振り上げたその時だった。

「やめてええええええええ‼」

アーニャの飛び蹴りがショウの脇腹に直撃した。

ショウは声を上げる間もなく、砲弾のように弾き飛ばされ、たたきつけられた衝撃で事務机を破壊して意識を失った。

「……アーニャ？」

ドナは表情のない顔でアーニャを見つめる。

メキメキ……と骨や肉が急激に発達する音を立てて獣化するアーニャ。感情の高ぶりを反映するように全身の毛が逆立っていた。

「ビリーさんは悪くニャい！　ニャのに所長も副所長も罪人を扱うみたいにして‼」

「どうやら完全にこの男にイカれているみたいだな。女を虜にする自分の力に気づいていながら私達の城で女漁りをしていたその男が悪くない？　冗談キツいぞ」

「イカれていようが間違っていようがどうでもいいニャ！　私はビリーさんが好きニャ！　この世界の誰よりも！　そんなビリーさんを傷つける奴は誰であっても許さニャイ……たとえ所長であっても！」

アーニャは爪を伸ばして身構えた。決意に燃える瞳は涙に濡れて潤んでいた。ドナはその目をじっと見つめた。

「へー…………ああ、裏切るの？　私を？」

「ビリーさんのためニャら」

アーニャの殺意がドナに向けられる。だが、ドナは怯えることも怒鳴ることもせず、

「ふーん、そう……」

と、静かに呟くだけだ。その冷たい声を耳にしたビリーは恐ろしさのあまり総毛だった。一方、興奮状態のアーニャはドナの気配が変わったことに気づかなかった。

「ビリーさんは私が守るんだニャア!!」

地を這うような低姿勢の高速疾走——【獣蹴り】。

武器の届かない遠い間合いから一気に懐に飛び込むだけの単純な武技。だが、地に伏せる獣はたとえ間合いに入ってきても迎撃できない。懐に入り込まれてしまえば武器のリーチは逆に枷になり、身動きを取れずにいるところを獣の爪で切り刻まれる。

特に最強の猫人族であるアーニャのそれは、地を走る稲妻のように音を追い越して獲物を捉える。床を蹴る音が鳴る前にドナの白い首に凶悪なアーニャの爪が突き立てられ——ようとしたが、
ガッシャアアアアアン!!

響き渡ったのは床を蹴る音でもドナの首が切り裂かれる音でもない。ガラスが壊れるけたたましい音だった。音に釣られてビリーが頭上を見上げると、

「あ……ああ……あ……アーニャっ！」

高い天井にぶら下がっているシャンデリアが半壊してぶらんぶらんと揺れていた。獲物のかかった蜘蛛の巣のようにぐったりしたアーニャを乗せて。

「……ぅくっ……コ、ニャアアア!!」

意識を瞬時に取り戻したアーニャは何をされたのか理解できていなかったが、構わずシャンデリアから飛び離れ、天井を蹴って再びドナに襲い掛かる。

「バカめ。気絶していればいいものを」

今度はビリーの目にも見えた。ドナは襲い来るアーニャの槍のような腕から摘むように手首を取り軽々と床に叩きつけた。頑丈な大理石が砕け、アーニャの額は割られて流血が広がった。

「恋する乙女は強いなあ。世界を敵に回してでもこの恋を守りたい、とでも謳うかい？　断末魔の叫びとしては上等だ」

返り血を頬に浴びてドナは微笑んでいた。その顔を見てビリーは言葉をなくした。

彼はまがりなりともSクラスパーティに所属していた冒険者である。モンスター討伐にも参加せざるを得ず、虜にした女達に守られながら強大なモンスター達と相対していた。何百もの

人間を食らったキマイラや街を地獄に変えたハイゴブリンの軍勢、森を焼き尽くす翼竜。それらの恐怖を知っているため、普通の人間よりも危険に対する知覚が研ぎ澄まされている。その彼の知覚がなぜか働かず、危険信号すら鳴らさなかった。

目の前にいる女の発する桁外れの圧力に生きることを諦めてしまっていたからだ。

「ま……まだだニャ……」

血塗れの頭を持ち上げ、なおも立ち上がろうとするアーニャの手を――グシャリ、とドナの靴の踵が踏み潰した。

「があアアアアアッ!!」

痛みにのたうち回るアーニャ。しかし、まだ抵抗の意思を失くしてはいない。ドナはそんな彼女の様子に失望したような顔をした。

「もっと可愛がってあげたかったんだけど」

それはドナからアーニャへの別れの言葉――にはならなかった。

女達の惨劇のような争いに割って入ったのは、惨めに泣きすがる男だった。

「ごめんなさい……僕が悪かったです……」

体の震えと洟をすする音が混じったビリーの謝罪がドナのトドメを引き止めた。

「悪いのは全部僕なんです。だからアーニャさんを許してあげてください。彼女をこんな風にしてしまったのは僕なんです。だから……殺すなら僕だけにしてください……」

「ビリー……さんっ……！」

獣化(じゅうか)を維持することすらできないほどダメージを受けたアーニャは、寄りかかるようにビリーに抱きつく。

「ごめんなさい、所長さん。アーニャさんと争わせてしまって……ごめんなさい、アーニャさん。せっかく、あんなに良くしてくれたのに……ああ……うあああああっ!!」

大の男なのに子どものように声を上げて泣いている。

ビリーは冒険者としては落ちこぼれで、魅了のグレイスによって多大なる迷惑を周囲に振りまいた。だが、心の底から自分のしたことを後悔し、涙を流すことができる。

そんな只の人だった。

ビリーはすべてを白状した。

冒険者になって、早々に落ちこぼれたこと。

グレイスを授かり、周りの女性達を惹(ひ)きつけることで孤独ではなくなったこと。

その力のおかげでフィンのパーティ華馬路(カバーロ)に加入できたこと。

ギルド中の女性を華馬路(カバーロ)に勧誘し、どんどんパーティのランクが上がっていく一方、周囲の冒険者達から憎まれていったこと。

そして、ついに『魅了』の効果が極まり、女性達が連携を無視してビリーの安全を最優先するようになり、仲間を見殺しにするような事態に発展したこと。

「僕に対する怒りと憎しみの言葉を吐いて死んでいく仲間を見て……ようやく、気づいたんです。僕のグレイスは人に愛される力ではなくて、人の心を歪める力なのだと」

自分を責めるビリーに対し、アーニャは「違う！　あなたのせいじゃない！」と声を上げたかった。だが、ビリーの話を邪魔できない。愛しているから彼の罪悪感を否定したい。愛しているから彼の感情を肯定したい。矛盾に心が引き裂かれそうになる――それもグレイスの効果に過ぎないが。

「甘い夢から覚めた気分でした。僕の指を噛んでくれる彼女たちは僕のことを愛していたわけではなく、病に浮かされていただけ。僕がフィンのために、とやったことのせいで彼は大切な仲間を失った。追放されて街を出て、ようやく認めることができました。僕は一人ぼっちにならなきゃいけなかったんだって」

ドナの治癒魔術によって傷を癒やされたショウは、苦虫をかみつぶしたような顔で話を聞いていた。『魅了』などという悪辣なグレイスを持つくせに悪人にもなりきれない中途半端な彼を憐れにも卑怯にも思った。

「まー、グレイスホルダーがみんな幸せになれるわけじゃねえしな。過ぎた力を持って危険なことやらされたり、重すぎる責任背負わされることもあるし。俺がお前のグレイス持ってたら有効活用してやれたのになー！　へへへ」

ショウは笑うが、ほかの三人は笑わない。

「で、そんな失敗やらかした癖にミイスで女漁りしていたのか。度し難いな」

ビリーの長々とした話を聞いていたにもかかわらずドナは『魅了』されるどころか、怒りと苛立ちを募らせていた。冷たい言葉にアーニャは唇を噛み締めたが、当のビリーは甘んじて受け入れる。

「所長さんのおっしゃるとおりです。できる限り女の人と関わらずに、コッソリと生きていけば皆さんにも迷惑をかけずに済んだでしょう。だけど……僕は弱いから……いろんな人をヒドい目に遭わせたこの力に頼ってでも一人になるのは嫌だったんです。せめて、結婚相手を探している女性だったら僕に魅了されても、その願いを叶えることはできる。できれば、孤独な人……二人で孤独を埋め合うようにしながら、ひっそりと生きていくことくらいなら僕だって望んでもいいって……そんな……そんな夢を見て」

「その夢は私が叶えますよ」

アーニャは立ち上がって言った。

「私の他に誰もいない場所ならビリーさんのグレイスは意味を持ちませんよね。森の奥でも無人島でも、私はビリーさんについていきます。大丈夫ですよ、私は強いですから。狩りでも巣作りでも私に任せてくれればなんでもやってみせます。誰にも邪魔されない場所でふたりきりで……あ、子どもを作って家族を増やすことだって、私はやぶさかじゃありません」

口角を上げて大きな笑顔を作るアーニャ。だが、その瞳からはとめどなく涙が溢(あふ)れていた。

しかし、ビリーは首を横に振る。

「もうやめてくれ……僕はもう……自分が幸せになるために誰かの幸せを踏みにじることなんてしたくない」

「大丈夫ですから！　だって私にとって大切なのはビリーさんだけで――――」

「やめてくれって言ってるだろ！　あなたにいくら愛されても、僕は全然幸せになれないんだよ！　森の奥⁉　無人島⁉　そんな危険な場所で子どもを作って原始人みたいな暮らしをしろって！　冗談じゃない‼　浮かれるのもいいかげんにしてくれ！」

アーニャはビリーが初めて声を荒げるのを聞いた。その言葉がナイフのように胸に突き刺さる。好きな人に拒絶される痛みだ。

「で、でもビリーさん……私はあなたのことが好――――」

「迷惑だ！　僕は君のことなんか好きでもなんでもない！」

ドナに叩きのめされた時よりもずっと痛い胸の痛みに襲われて、アーニャはその場で泣き崩れた。

「う……ああああああああああんっ!!!!」

広いマリーハウスのロビーにアーニャの甲高く悲痛な泣き声が独唱のように響き渡る。

さしものショウも言葉をなくし、黙ってビリーを連れて外に出た。

◇◆◇◆◇

ビリーの一件から二週間。アーニャはあの日以来、マリーハウスには出勤していない。ドナから出勤停止命令が下されたのだ。

蓄えもあるし、生活に困ることはない。むしろ時間がある分、散らかしっぱなしだった部屋の掃除や溜まった洗濯物を片付けていたから家の中はかつてないほどに美しく整っていた。

その部屋の様子とは裏腹にアーニャの精神状態は最悪だった。外出は最低限の食糧の買い出しに行くだけで、それ以外は部屋に籠もって何をするわけでもなく四六時中ベッドに寝転がって過ごしていた。

「……寂しいよ」

ポツリとアーニャは呟く。彼女の心の中にはまだビリーが居座っている。最後に投げつけられた言葉が完全な拒絶であっても、それだけで彼のことを嫌いになれはしなかった。魅了のグレイスが感情を歪めていたのかもしれないが、それでもアーニャは彼の表情や言葉、仕草や行動を愛おしく思っていた。まぶたを閉じれば嫌でも浮かぶくらいに。

（こんなに痛くて苦しいのが恋だというなら、どうしてみんな恋をしたがるんだろう。マリーハウスを訪れる人はこんな想いをするって知っているのだろうか。知っていたのなら、彼らはみんな自殺志願者みたいなものだ。私は……もう――）

ドンドンドンドンドン！　ガチャガチャガチャ！　カランカランカランカランカラン！

アーニャのネガティブな思考を張り倒すように部屋のドアが騒がしく叩かれ、チャイムが鳴らされている。

「おいコラ！　部屋にいるのは分かってんだぞ！　開けねえと火をつけんぞ！　このアホネコ！」

まるで借金取りのような柄の悪い声……って!?　アーニャが慌ててドアを開けると、

「こんばんちわ～。『ゲスペラーズ』の方から来ましたフラれ女をからかい隊で～す」

ニヤニヤと笑うショウが立っていた。『ゲスペラーズ』？　と未だ知らない単語に首を傾げるアーニャだったが、ふと我に返ると気まずくなってぶっきらぼうな態度を取る。

「……なんなんですか？　副所長」

「いつまでも副所長なんて呼ぶな。ショウさん、とかでいい。もしくは親しみを込めて『センパイ♡』とか」

おどけてみせるショウに冷たい目を向けるアーニャ。だが、その目元が赤く腫れていることに気づいたショウは、

「しっかし、ひでえ面だなあ」

と笑い、アーニャは慌てて顔を腕で隠した。

「お化粧もしてない顔をマジマジと見ないでくださいよ！」

「ケケケ。ベッドの上以外ですっぴんの女を見るのは久しぶりだな。一分で支度しな。さっさと行くぞ」

「行くぅ？　どこに……いや、私はそういう気分じゃ」

「お前の気分なんて知るか！　副所長命令だぞ！　ヒラの分際で口答えすんじゃねえ！」

◇　◆　◇　◆　◇

アーニャが連れてこられたのはサウスタウンの外れにある酒場だった。ショウの行きつけにしている酒場で、雰囲気やサービスは二の次で安い酒と飯を楽しむ店だ。多くの客が口々に喋るその空間では周りの席の言葉は騒音にしか聞こえず、逆にそれが余計な気遣いをしなくて済む心地よさを生んでいる。

「お前がビリーを庇ってやり合った連中。アレは芸能王のハルマンの私兵だったぜ」

「ハルマン？」

「ミイスでも十本の指に入る大金持ちで、いろんな商売を手広くやってるいけすかねえ奴さ。その商売の中に音楽関係のものもあって、歌姫のエリーゼ・スナイデルは聞いたことがあるだろ。あれのパトロンもやってるんだ」

ミイス屈指の人気を誇る歌姫エリーゼの名前はアーニャも聞いたことがあった。彼女の歌を聴くために何千というファンが安くない入場券を買って劇場に詰めかけるという。

「で、ビリーの奴がそのエリーゼにも手を出していたんだよ」

「ぶっ！　び、ビリーさんがっ⁉」

アーニャは口をつけていた麦酒を吹き出しながら叫んだ。その様子を見てショウは意地悪く笑う。

「あいつが働いている高級アパルトマンの住人だったんだよ。窓を開けて歌の練習をしている彼女に隣室の住人の苦情を伝えにいったりしているうちに、な。あーあ、羨ましいなあ。歌姫の喘(あえ)ぎ声(ごえ)はどんなもんだったのか、聞いておけばよかった」

　ゲスな物言いをするショウをアーニャは睨(にら)み付(つ)けたが、お構いなしに話は続く。

「ま、ハルマンにしてみれば自分の商売道具に傷をつけられたようなもんさ。しかもエリーゼも結構入れ込んじまってな。たくさんの人相手に歌うよりも愛する一人だけのために歌いたい、とかなんとか言って、引退騒ぎ。で、ブチギレたハルマンが元凶の悪い虫をシメにかかったってワケ。まさか、足クセの悪いブラックフットのボディガードがいるとは夢にも思ってなかったみたいだったがな」

　そう言ってショウはわざとらしくアーニャに蹴られた脇腹をさする。

「……あの時はすみませんでした」

「別にぃ。あばらが五、六本折れて呼吸できなくて死にかけただけだし、大したことないよお」

「……ボソッ（すぐ所長に治してもらったじゃないですか）」

「なんか言ったか？」

「いえ、すみません」

　アーニャが頭を下げると、ショウは背中をバンと叩(たた)いた。

「ま、ドナがハルマンにちゃんと話をつけてきたから。お前は大手を振って街歩いても大丈夫だぜ。外に出ねえ女は身も心も腐るだけだからな」

と、言って麦酒の入ったジョッキを呑み干し、さらにおかわりを注文するショウ。

「このことを伝えるために家までいらしたんですか」

「そうそう。ま、今日の飲み代はおごってやるから。ジャンジャン飲んで、ガツガツ食うぞ」

新たに置かれたジョッキを手に取り、ショウは勢い良く麦酒を喉に流し込む。アーニャは俯いたまま、小さな声で尋ねる。

「ビリーさんはどうなったんですか？」

痛いくらいにこわばったアーニャの表情を見て、ため息を吐いてジョッキを置くショウ。

「お前、まだアイツのグレイスから解放されていないのか」

「本当に、この気持ちはグレイスによるものなんでしょうか？　魅了のグレイスというなら、ただ夢中になるだけで十分じゃないですか。もう会えない人のことを思って、こんなに苦しくなるのはどうしてですか？　自分の中身を突然奪われてしまうような痛みが続くのはどうしてなんですか!?」

　アーニャの瞳から涙が溢れる。だがショウはそれを拭いはしない。アーニャの言っていることも、流れる涙も、間違っていることだとは思わなかったからだ。

「そういうもんだ。だから人はぽっかり空いたその穴を埋めようとする。それが仕事だったり、遊びだったり、または恋だったり。立ち止まっている奴を幸せにしてくれるほど、この世界の神様はお人好しじゃない」

「ビリーさんも……そうだったんですよね。ただ、人らしく生きようとしていただけですよね。なのに、それすら許されないなんて……悲しすぎるでしょう！」

ドンっ！　とアーニャはテーブルを叩いた。一瞬、周りの客たちが静かになったが、すぐに喧騒が戻ってくる。それを見計らってショウは口を開く。

「ビリーがどうなったか、だったな。先に言っておくが、殺されたりはしていない。ちゃんと生きている」

「本当ですか⁉」

「ああ、フィンとも約束していたからな。俺は約束を守るいい男なのさ」

フッ、とキザに笑うショウ。気が緩んだアーニャは深く椅子にもたれかかった。

「ビリーの奴はフィンに対して罪悪感抱えていたみたいだけど、ぶっちゃけアイツが思うほどフィンは恨んじゃいねえよ。きっかけはどうあれ、命預けるに値する仲間だと認め合っているんだし。奴のおかげで入ったメンバーもほとんどが今も一緒にパーティやってるんだろ。仲間が死ぬのだって、あんな稼業やってれば覚悟はできている。まあ、悼む気持ちをなくすわけじゃねえが、それを乗り越えて夢を追い続けているんだ。他人の心も自分と同じくらい脆いと思っているなんて、それこそ思い上がりだ」

ショウの言葉がアーニャの胸に刺さった。弱く寂しそうな彼を自分の手で救ってあげたい。それができなかった自分の無力さを嘆いていたが、もしかしたら私以外の誰かが……

「ビリーさんは今どこに？」

アーニャの質問にショウは宙を仰いで、

「海の上」

と答えた。

「海……ってぇ⁉　ビリーさん生きているって言ったじゃ」

「だから上だって！　底じゃねぇ！　北方諸島から来た遠洋漁業の船に放り込んだんだよ！　何ヶ月もかけて魚獲りながら世界中を渡る船の乗組員としてな。当然、他の乗組員は全員男。どうだ、これならアイツの迷惑グレイスも意味をなさないだろ」

アーニャは胸を撫で下ろしたが、すぐに、

「いや……それってあからさまな厄介払いですよね？　危険すぎてなり手がいないから借金がかさんで首が回らなくなった人や、投獄されない程度の罪人がやる仕事ですよね？」

「まーな。北の海は年中寒いし、水棲のモンスターとやり合わなきゃいけないし、海の男は荒っぽいから挨拶がわりに殴られるしなあ」

「ヒドイっ！」

「ヒドくないっ！　お上にチクっていたら死刑にされてもおかしくなかったんだぜ。アイツだって納得して乗船したんだ。お前の言うとおり、危険な仕事ではあるがそれは冒険者も変わらねえ。人生の大半を船の上で過ごす羽目にはなるが、物資の補給の度に寄港して憂さ晴らしもできるしな。女は港、男は船、ってな」

ショウはからかうようにツマミの小魚のフライをアーニャの口に押し込む。

「まーそんな暮らしだから、もしアイツのグレイスが発動して惚れる女が出てきても一回寝たくらいなら深手にはならないだろうし、入れ込んでも海の上までは追ってこれまい。また同じ港に戻ってくることがあったとしてもその頃にはグレイスの効果は消えている。我ながら完璧すぎる対応で惚れ惚れするね」

「自分で言いますか……普通」

ポリポリと小魚を噛み砕きながらアーニャはボヤいたが、内心、ビリーにとって悪くない結末のように思えた。他人を苦しめる罪悪感から解放されたのであれば、少しは生きやすくなることだろう、と。

「ああ、ドナからの伝言。謹慎期間は終わりだ。明日しっかり休んで明後日から何もなかったような顔をして出勤しろ、とさ」

その言葉を聞いてアーニャは安堵の表情を浮かべた。この二週間、ずっとドナの怒りを買ってしまったことが胸に支えていたからだ。『魅了』のグレイスによって精神状態がおかしかったとはいえ、殺すつもりで牙を剝いた自分を許してくれるドナとショウに感謝した。

「所長……ありがとうございます。副所長――いえ、ショウさんもありがとうございます」

「よろしい。じゃあ、俺からも一言助言してやろう」

「助言？」

ショウは口をつけていたジョッキを置き、蒸留酒を二つ注文した。

「はじめての恋は、甘くて痛かっただろ？」

いきなり恋バナじみたことを言ってきたショウにアーニャはギョッとしたが、言葉を噛みしめるほどに自分の境遇そのものなので苦笑してしまう。

「まさかこんなのが私の初恋になっちゃうんですか？」

「ぷくくっ！　ああ……女たらしのグレイス持ちなんて通り魔に襲われたようなもんだ。とんだ初恋になっちまったなあ！」

ひとしきりショウが笑い終わると頼んでいた蒸留酒が並べられた。透き通った茶色い液体をグラスの中で回す。

「でも……まあ、曲がりなりとも人を好きになったんだ。これでお前はたくさんのことを学んだ。人を好きになることの楽しさや辛さ、それを失う悲しさ、怖さ。お前が感じたものは他人も感じるものだから、自分を特別良いとも悪いとも思わなくていい」

ショウなりのアーニャに対するフォローであった。

中年の只人(ヒューマン)であるショウと成人したての猫人族(レオーネ)のアーニャの間には二十年の人生経験の差がある。先に人生を生きてきた分、つまずいたり立ち止まった場所も分かるからこその気遣いであった。

「ありがとうございます。少し、気が楽になりました。ショウさんがこんな風に気遣ってくれるとは思わなかったです。普段はやさぐれているように見せてますけど、意外と優しいですね」

テーブルにもたれながらアーニャは甘えるように上目遣いでショウを眺めている。

「ばーか。こんなの常套句(じょうとうく)みたいなもんだ。次に恋する時はうわべの言葉なんかで騙(だま)されないようにしておけよ」

鼻で笑うショウに対して、アーニャは不思議な感覚を味わっていた。

(ビリーさんのグレイスが解けてきたかな？　それともお酒のせいかな？　今までビリーさんのことばかり考えていたのに、なんだかどうでも良くなってきちゃった。とりあえず無事で元気にやってくれているならそれでいいし、私ができることはもうないんだから。それよりも……ショウさんって案外悪い人じゃないのかも)

アーニャは半ば無自覚ながらもショウに興味を持ち始めていた。

（只人(ヒューマン)の三十すぎなんて、別に老人というわけでもない。野暮ったくはしているけど元の素材は悪くない。背もすらりと高いし、手足も長い。若い頃は冒険者だったみたいだけど、さぞかしモテたんだろうな……その中でこういう女性の扱いを身につけたのかも）

失恋したての者がよく陥りがちな『傷ついている自分を救ってくれる相手を好きになってしまう』アレである。特にここしばらく人に会っていないものだから、人恋しさも加わってアーニャは妙に浮ついた気分になっていた。しかし、

「あ」

ショウが何かに気づいて立ち上がった。そして、

「ヴァルチェちゃ――――ん!!」

と恥ずかしげもなく大声で叫んだ。するとショウの視線の先にいた肉感的な美女がショウに向き直った。

「ハーイ。ショウさん。今日も飲んでるぅ」

彼女は毛先のカールした栗色(くりいろ)の髪を揺らしてショウのテーブルに近づいてきた。

「あらぁ。珍しいわぁ。可愛(かわい)い恋人を連れてお食事なんて」

と言うとアーニャはカッと紅潮して、

「ち、違います！　私は」

「ただの下僕。俺はこれでも結構偉い立場で重責に日々悩んでるんだぜ」

「へ？　……下僕？　私が？　いや、たしかに副所長と一職員ですけど」

戸惑うアーニャを横目にヴァルチェは甘ったるい声を出す。

「うふふ。じゃあ、そのえらーいショウさんにはウチのツケ払ってもらおうかな。じゃないと、もうお店に入れてあげなぁい」

「フッフッフッ、そう言うと思ってちゃんと用意してきたぞ」

ショウの懐（ふところ）から高額貨幣である白金貨が出てきた。普通の労働者の一年分の賃金に匹敵する大金である。それを見たヴァルチェは頬に手を当てて、

「キャアアッ！　すっごぉ――い！　何やったの？　ヤバいこと？　悪いこと？」

と、はしゃぎながらショウの席にお尻を滑り込ませ身体（からだ）を押し当てた。豊満で柔らかな肉がクッションのようにショウの身体（からだ）を埋（うず）めていく。

「別に大したことしてねえよ。ちょーっとはた迷惑な野郎を縛り上げて、遠洋漁業船に連れて行ったら……ね。持っていきな。どうせ泡銭（あぶくぜに）だ」

そう言って、ショウはヴァルチェの大きく開いた胸の谷間に白金貨を挿入した。

「ちょっとおおおお！　ショウさん！　それってビリーさんを売ったお金!?」

「人聞き悪いこと言うなよ。奴（やつ）の安全を考えて人に預けたら、人手不足が解消したらしく結果的に感謝されてお金をもらっただけだ」

「完全に人身売買じゃないですか!?　そんなお金を懐（ふところ）に入れて！　外道!!」

「俺だけじゃない。お前の胃袋にも入ってるよ」

「え………」

アーニャは少し考えてから、すぐにかぶりを振った。

「って！　ここの食事の代金なんて微々たるものでしょうが！　共犯みたいに言わないでくださいよ！　所長は知ってるんですか⁉」

「アイツをどうするかは俺に一任されているんだ。その過程で副収入があったからって、上納しろ、なんて言うタマじゃねえよ」

吠えるアーニャと全く悪びれないショウ。その様子を見たヴァルチェの悪戯心が疼く。

「ずいぶん、仲良いのねえ。下僕とか言いながら、ショウさん、この娘狙ってるの？」

「えっ？」

ヴァルチェの言葉にアーニャの心臓は止まりそうになった。だが、

「ガキをからかうなよ、ヴァルチェ。俺は素人女を相手にしない主義なの知ってるだろ」

「ガキ？　素人？」

キョトンとしたアーニャの顎にヴァルチェの白く長い指が触れる。同性同士であるにもかかわらず、未体験のエロチックさにドキマギしてしまうアーニャ。

「私みたいにお金をもらって殿方とイヤらしいことをしているのが玄人。そうじゃないのが素人、ってこと。お分かりぃ？　仔猫チャン？」

あっ、と声を漏らしたアーニャはすべてを理解し、言葉を失った。知識としては知っていたが娼婦——しかも知り合いと関係している者に出会ったのは初めてだったからだ。

「ツケも払ってもらったことだしぃ、これからどーう？」

「どうしちゃおっかなあ。俺を歓迎してくれるお店も女の子もたくさんあるからなあ」

焦らすショウの耳元に、ヴァルチェは唇を寄せて、

「私、生理明けでぇ、今日が久しぶりの出勤なのぉ。今夜はまだ処女よ」

「マジ？　それは他の奴に渡せねえなあ。一番槍を馳走しなきゃなあ」

と言って、ショウはヴァルチェを抱き上げた。

「アーニャ。ま、話はそういうことだから。あ、この店は俺持ちだから好きなだけ食って飲んでいいぞ。じゃあな！　フッフフ——ん！」

ヴァルチェをお姫様抱っこしたショウは軽い足取りで店から出て行った。

「どうかしてたわ……あんな軽薄でどうしようもない男がよく見えるなんて。失恋のショックって怖いなあ。でも……ま、いいか。おかげで陰鬱な気分が消えたのはたしかだし」

と、ショウに呆れながらも気持ちを立て直したアーニャは、どうせだからしこたま飲み食いしてやろう、とメニューを開いた。店にあるメニューを片っ端から食い尽くすつもりである。

「どうせあぶく銭なんだから、キチッと山分けにしないとね。ショウさん」

◇◆◇◆◇

サウスタウンの裏通りにある娼館の一室にて。一戦交えた後のヴァルチェとショウはシーツの上の乱れたベッドの上で熱を冷ますかのように言葉を交わしている。ただ、外と違いヴァルチェはショウに対して、

「随分とお優しくなられましたわね」

敬意を込めた口調と態度で接している。趣向というわけではない。そんなヴァルチェにショウは普段と変わらずしまりのないニヤケ顔で彼女の柔肌をなぞりながら言葉を返す。

「なにぃ？　激しくしたつもりだったのにもっと乱暴してほしかったのか。この淫乱天使！」

「ごまかさないでください。あのビリーとかいうグレイスホルダーのことですよ」

ピクリとショウが眉の端を吊り上げた。ショウ自身が言ったとおり、ビリーのグレイスの威力は破格である。異性に限定されるとはいえ、ほぼ無制限に相手を魅了し、洗脳するなど『大罪級』のグレイスに匹敵する。使い方次第でミイスを文字通り沈めることも可能な人間を始末しなかったショウの判断は、寛大を通り越して不用心とさえ言える。

「今、俺は指導係とやらに任命されちまってていてな。邪魔者は殺す、なんて教育に悪いことできねーの。それに、どんな悪い男でも死なれたら傷として心に残る。俺の怠慢に満ちた暮らし

を守るためにはあのウブなネコ娘をちゃんと育てなきゃならないんだよ」

「ウフフ。愛玩用だと思いきや娘代わりでしたか。度し難いことですね」

なんとでも言え、と言って紙タバコを吹かすショウ。紫煙とタバコの香りが部屋に立ち込めて、二人でかいた汗の臭いと混じり合い退廃的な雰囲気を高める。

「……それに、ビリーの背後には何もなかった。唐突にマリーハウスにやってきた強力なグレイスホルダーなんて十中八九厄ネタだと思っていたんだがな」

終戦からまもなく十年。終わるはずのない戦争が終わり、世界は平和の中にある――という風潮に世間は流されているが、そうは問屋が卸さない。

各種族の長が一堂に会し平和への道を進み始めた新世界会議の示した方針を多くの種族は受け入れた。だがそうでない者もいる。

人類王ベルトライナーが発した「世界が百人の村だったら」の言葉を借りるならば、八十人は世界の平和を望み受け入れた。残りの者のうち十人は新世界の在り方に疑問、または反発の意思を持っている。しかし、平和を揺るがしてまで世界を変えようとは思わず、不満を抱きながらも暮らしている。うち五人は新世界の構想から自ら外れ、家の周りに柵を立て村の人間と関わらずに暮らしている。そして、最後の五人は明確な敵意を持ってこの世界を見つめている。少数派の彼らに全面戦争を行う力はない。だが、畑を焼いたり、持ち物を奪ったり、井戸に毒を撒いたりしてこの村の秩序を壊そうとしている。

「物騒なことです。やはり、外の世界には人類王ベルトライナー様がいらっしゃらなければ……」

「今さら過ぎる話だろ。人間ひとりで止められるほど時の流れは緩くない。いないヤツを神格化するなよ、バチ当たりめ」

新世界会議から三年近く経ったある日、人類王ベルトライナーは突如失踪した。只人の長であり、人類最高権力者の一人がいなくなったことに世界は震撼した。されど、だからといって何かが大きく変わるということもなかった。強力な指導者が世界を動かす時代は終わりに近づいており、大衆は彼の遺した平和と共存の方針を受け継いでいたからだ。それでも、

「たった十年。だが、戦略的には十分な時間だった。ミイスの街の人間は多くが腑抜け、種の存続すら頭から抜け落ちた無責任でマヌケなガキどもで溢れている。一方、残党連中は組織を作り、世界中のお仲間をかき集められた頃合いだろ」

珍しくショウは重々しい口調で言葉を発している。もし、アーニャがここにいれば目をパチクリさせて戸惑ったことだろう。ヴァルチェは局部を腕で隠しながら背筋を伸ばしてショウに向き合う。

「そのことについて、天上の主人より、お告げをいただいております。『幻想の街に災いもたらす影来る。その暴挙は女王の怒りを呼び起こし、一つの街がこの世から消える』というものです」

ジリジリ、とショウのくわえたタバコの先が燃える音が立つ。少しの間を置いて「フッ」と息が漏れた。

「くだらねえ仕事の話はここまでだ。今夜は一晩借り切っているんだからな。寝かすつもりはねえから『俺の怠慢に付き合えよ』」

と、言ってタバコを消すと、ベッドに仰向けになり誘うように身体(からだ)を晒(さら)した。応えるようにヴァルチェは微笑(ほほえ)んで背中の白い翼をひろげる。はらはらと羽根が絨毯(じゅうたん)に落ちるよりも早く、彼女の足はフワリと浮き上がりショウの上に跨(また)がった。

「ええ……さっきはごまかしましたが、本当はもっと激しいのが好みでございます」

「へへ……やっぱ、お前は最高だな」

天使族(エンジエル)。かつては天界にいて神に仕えていたとも、神から差し向けられた尖兵(せんぺい)とも呼ばれる有翼不老の種族。眉目秀麗(びもくしゆうれい)で肉付きが良く、抱擁一つで相手を虜(とりこ)にするという彼らの種族的傾向を表す言葉は『奉仕と献身』。戦いを好まず、苦行を受け入れ、他者に尽くすことを喜びとする種族である。故に、娼婦(しようふ)や男娼(だんしよう)の仕事に就く者が多い。これは実験都市ミイスの設立によって判明した事実であり、結婚率低下の一因と見られている。

◇　◆　◇　◆　◇

「お――い！　新入り！　網上げんぞ！」

「はい！　分かりました！」

ミイスから遥か遠く離れた北方の海。上質な食用の大型魚が獲れる良質な漁場ではあるが、気温は低く、吹雪に晒されることも多いこの場所の漁は過酷極まりないものだった。

しかし、この船団に入って数ヶ月しか経たないビリーは、今の自分の境遇をそこまで悲観してはいなかった。たしかに女性はおらず、荒くれ者の男たちだけのむさ苦しく閉鎖された環境での暮らしではあるが、故に各人の距離は近い。プライバシーやデリカシーが皆無の荒っぽい関係は孤独に怯えていたビリーにとっては逆に心地よかった。命綱を互いに結び合っているような船上生活を彼は楽しんでいる。

「おう、おつかれ」

「おつかれさまです」

ビリーは二つ年下の先輩と拳を打ち付けて漁の成功を労い合った。

「すっかり船暮らしにも慣れたみたいだな」

「ええ、おかげさまで」

「へっ。もっと言葉崩せよ。冒険者崩れの癖にクソ上品な奴め」

口では悪態をつきながらも彼はビリーに手持ちのタバコを差し出してきた。ペコリと頭を下げてタバコを受け取って口にくわえた。

「来週には陸なあ。お前、女の方はイケる口かい？」

ビリーは苦笑しながら、

「まあ、人並みには」

「そんなら話が早ぇ。俺の行きつけの店とオススメの女紹介してやるよ。パーっと派手に行こうぜ」

「イイですね。あ、でもひとつだけお願いが」

「なんだよ」

ビリーは神妙な顔で、

「先輩のお気に入りの娘は僕に会わせないようにしてください。先輩から横取りするようなことはしたくないので」

「ブハハハッ！　テメエ、言うじゃねえか！」

大笑いしながら男はビリーの胸をドン、と叩いた。

(冗談じゃなくて、本気の警告なんだけどなあ……)

とビリーは胸をさすりながら苦笑した。

思い描いていた姿とは違っていたが、ビリーはたしかに幸せになった。男所帯で女性がいないことからグレイスに気を使う必要もなく、誰かに負い目を感じることもない。これが自分の人生の終着点でいい、と思っていた。この頃は。

その日、いつものように海中に放り込んだ網を引き上げると、船員はみな目を丸くした。大漁の魚の中にヒト……正確には魚人族の女、俗に言う人魚が紛れ込んでいた。

ベテランの乗組員は「年に一度くらいはあること」と一笑に付し、さっさと海に投げ込めと若い衆に指示した。

だが、その人魚は魚のような鱗で覆われた下半身も、只人の少女のように華奢な上半身も至る所に切り傷があった。おそらく網に巻き込まれて引きずられた時についた傷だ。そういう姿にめっぽう弱い男がこの船には乗っていた。

「待ってください！　彼女ケガしているじゃないですか！　この船に置いてあげてください！　お願いします！」

ビリーは先輩たちに頭を下げて、ケガが治るまでは彼女を船に置いてやって欲しいと懇願した。種族間友好の風潮は幸いこの船にも入ってきており、ビリー本人が彼女の世話をすることで承認された……まあ、結局ビリーは自らトラブルを拾いに行ってしまう習性をしているというか、グレイスに突き動かされていると言うべきか。

ケガが治った人魚(マーメイド)の彼女がそのまま居着いてしまったのは言うまでもなく、そのことでビリーは新たな騒動を巻き起こしてしまうのだが——それはまた、誰かのラブストーリーと共に語ることとしよう。

Chapter 3

3 高慢なハイエルフのメーヴェとアーニャの友達

「ご迷惑おかけして本当に申し訳ありませんでした!!」

年代物の調度品で埋め尽くされている荘厳な部屋で頭を下げるアーニャは、法廷で権威ある裁判官を前にした罪人のような気分であった。

謹慎明けでマリーハウスに出勤してすぐに彼女は所長室に向かい、開口一番先のように謝罪した。淹れたての紅茶を舐めるように啜っている所長のドナは何事もなかったような顔で出迎えて、

「仕方ないさ。グレイスに操られていたのならお前では抗う術がない。さすがに何のお咎めもなしでは示しがつかんし、こちらの事後処理やお前の心の整理のためにも休んでもらっていたわけだが……どうだ？　仕事に復帰できそうか？」

「も、勿論です！　今まで以上に頑張って職務を全うします！」

力強く宣言するアーニャだったが、ドナに対する恐れが拭いきれていない。

アーニャは猫人族最強の部族ブラックフットであり、世が世ならば猫人族の英雄として称え

られていてもおかしくない程の戦いの天才である。まさかドナの細腕に赤子のように捻りあげられてしまうとは夢にも思っていなかった。

（あの時は正気じゃなかったから襲い掛かったけど、思えば恐ろしいことをしたもんだ）

と二週間前の惨劇がフラッシュバックしたアーニャは身を震わせた。

ちなみにビリーのグレイスは完全に解けていた。彼のことを憎む程ではないが、どうしてあそこまで思い入れられたのか今では不思議に思っている。

「よし！　じゃあ、見習い期間は終わりだ。今日からお前には正規職員としてマリーハウスを支えてもらう！」

「えっ……ええ～～～～～!?」

アーニャは驚きのあまり声を上げた。謹慎が明けたばかりで減給すら覚悟していたのに、まさかの出世だったからだ。

「お前を雇う前に言ったろう。恋愛経験のひとつもないのはダメだとかまず恋愛を知れとか」

「で、でも恋愛っていっても私はフラれただけですし……」

「失恋もまた恋愛のひとつだ。この経験を活かして、相談者たちを導いてやってくれ。期待しているぞ」

ニッと目を細めて笑いかけるドナの寛大で鮮やかな御沙汰にアーニャは惚れ込む勢いで感謝して、忠誠心と仕事へのモチベーションを最高潮にまで高めた。

「ああ。一応、ショウは指導係として置いておくぞ。使い道は少ないだろうが、こき使って構わんからな」

「えっ！　そのままでいいんですか⁉　やった！」

先日、失恋を励ましてもらったことにより、アーニャのショウに対する好感度はかなり上がっている。指導係に残ってくれるのは素直に心強くて嬉しいことだった。

「そういえば、ショウさんはどこに？」

「娼館で他のお客とお気に入りの女の取り合いになって喧嘩した挙句、保安隊に捕まって留置場にいるらしいから後で引き取ってくる」

「えぇ……そのままでいいんじゃないですか？　やだぁ……」

再びアーニャのショウに対する好感度は地に落ちた。

「さて、と。復帰後の初仕事はおなじみの結婚相手の紹介からだ。長耳族の女性だ。年齢は二百八十歳。半年前にミイスに召喚されたらしいが、実家は大集落の長らしい。仕事はしていないが、仕送りで悠々自適な一人暮らし」

「へぇ。結構な優良物件じゃないですか。わざわざミイスで結婚相手を探さなくても、いくらでもいい縁談がありそうなのに」

長耳族(エルフ)は十七種族の中でも優れた部類の種族とされる。知的で魔術の才も高く、ほとんどの種族から見目麗(みめうるわ)しいと評される美貌の種族である。さらには超長寿であり、中には千歳まで生きる者もいるという。そこに太い実家まで加わるとなれば貴族や王族が列を成して求婚してきそうなものであるが、

「まあ、お前ならなんてことない案件かもしれんな。昼頃にやってくるみたいだから、サクっと話をまとめてくれたまえ」

「ハイ！　おまかせください！」

紅茶のカップの後ろに隠れたドナの意地悪そうな笑みをアーニャは見逃していた。

やがて、彼女は思い知る。ドナは結構根に持つタイプなのだと。

◇◆◇◆◇

その淑女が扉を開けた時、ホゥとため息を吐(つ)く音がフロアの至る所で巻き起こった。外の埃(ほこり)を振り落とすようにかき上げられた長い水色の髪は宝飾品のように美麗だが、それに見劣りする箇所が一つもない。髪の先から足の爪先まで完璧なその造形は神の偏愛を感じずにはいられない。幻想的なまでの美貌は長耳族(エルフ)の中でも特に希少で格が高いとされるハイエルフの名に恥

じないものだった。

彼女は待合室で立ち止まらず、まっすぐアーニャの部屋に入ってきた。

「あなたが新しい担当？」

「ハイ。マリーハウス秘書係（セクレタ）のアーニャです」

「フゥン、お齢（とし）は？」

名前も名乗らずに年齢を尋ねてきた彼女に、ん？　と思いつつもアーニャは素直に、

「十二歳です」

と笑顔で答えた。女もそれに応えるように笑みを作ったかに見えたが、

「フフフっ！　冗談キツくってよ！　ついこないだ二足で立てるようになった仔猫（こねこ）が相談員って！　ここも人材不足なのね！」

と躊躇（ためら）いなき毒が薄い唇から飛び出してきた。面食らったアーニャだったがニコニコと営業用のスマイルを保った。

「たしかにまだまだ若輩の身ですが、秘書係（セクレタ）としてご相談いただいた方々にはご満足いただける出会いを提供しております。お眼鏡に適（かな）うか、お試しください」

アーニャの対応を値踏みするように見た後、彼女はどっかりとソファに座り込んだ。

「なるほど。ここはいくらかマシなようね」

彼女の発したその一言にアーニャは警戒心を強めた。

ミイスの街にある結婚相談所はマリーハウスだけではない。ドナがマリーハウスを立ち上げ、たくさんの相談者で行列ができるようになると、雨後の筍が如く、次々と結婚相談所が設立された。だいたいの相談者は最初に登録したところで結婚相手を見つけることを目指すのだが、なかなか結婚相手が見つからない者の中には「この相談所が悪いに違いない！」と他の相談所に登録する者もいる。そして往々にして、その類の相談者はクセが強い。

「私はメルティア・ルヴェ・ブランカ・ロキシターノ。長ったらしい名だと思ったかしら？」

「いいえ、長耳族の方は一族の繋がりを重んじる由緒ある種族ですので相応しいものかと。では、メルティア・ルヴェ――――」

「メーヴェでよくってよ。舌を噛まないかハラハラさせられたくないもの」

（うわぁ、いちいちメンドくさいな。この人）

『長耳族は屋敷を売っても名前は売らない』という言葉があるほど彼女達は自分の名前を大事にしている。呼び間違えたらその時点で親しい付き合いは望めない、とされているので、先程まで何度も名前の暗唱を繰り返していたアーニャの努力は無駄になった。

「では、メーヴェさん。今回のご依頼は結婚相手をお探しということですが、何故、当マリーハウスをご利用になられたのですか？」

「そんなことあなたに教える必要があるの？」

「ええ。先程もご指摘いただいたように私はまだまだ若輩者で、一目見ただけであなたの心中を知るほどの眼力はございません。お手数をおかけして申し訳ありませんが、これもより良いご縁を提供するための準備です。何卒、ご無礼ご容赦ください」

恋愛経験もないアーニャがドナに採用された一番の要因はこの硬軟の巧みさである。

謙るところは謙る。譲らないところは譲らない。単純なことであるが、それを冷静にどんな相手にもやってのけるコミュニケーション能力は、クセの強い相談者もやってくるマリーハウスの秘書係には必須だった。

実際、メーヴェはアーニャに一目置いたようで、机に寄りかかるように前のめりになって喋り始める。

「早い話が世間体、というやつよ。最近、異種族との結婚が流行り出したせいでミイスに来てる長耳族はみーんな結婚しちゃってる。チンチクリンなブスでもみすぼらしい家柄の子だってね。なのに長耳族でもズバ抜けた美貌と高貴な育ちの私がいつまでも独り身だなんて格好がつかないじゃない。まー興味がないわけでもないわよ。この間なんて、仲の良かった子に、合コン？　とかいうのに招かれたりしてね。だけど失礼にも程があるわ！　集まった男たちはみんな獣人だったの！　獣臭いし、話は合わないし、もう最悪だったわ！　私に足を運ばせておきながら釣り合う男を用意しないなんて無礼千万よ！」

いくらか砕けた口調になったが高慢さは変わらずだった。アーニャは顔が引きつるのを堪えて必死に愛想笑いでやり過ごす。

「と、いうわけだからできる限り良い相手と結婚したいの。報酬なら言われるままに払うわ。パパが。だから私が満足する結婚相手を紹介して頂戴！」

「かしこまりました～（よし！　一秒でも早くこの女の押し付け先を見つけよう！）」

既に厄介払いをしたい気持ちになっていたが、アーニャの受難はここからだった。

「では、お相手に望まれる条件をこちらの用紙に」

「折角、面と向かっているんだから口で済ますわ」

差し出された紹介シートを突き返し、メーヴェは息を吸い込んだ。

「まず、獣人系はNG。どれだけカッコよくても高貴でもダメ！　毛深いとか鱗があるだけで肌を重ねる気にならないもの。当然、鉱人族もダメよ。天使族か悪魔族、ギリギリで只人……ああ、でも短命なのはダメね。最低五百年は生きてもらわないと。身長は百七十八センチから百九十センチくらい。だから巨人族や小人族もダメ！　顔立ちは整っていた方がいいけど、ま、私が嫌にならない程度なら妥協してあげるわ。役者のリオナルド・ブルームだっけ。あれくらいで我慢する。それよりも中身ね！　頭の回転が速くて学があって、だけど感性も豊かで詩歌を愛でられる人。身体も強くないとダメね。健康体なのはもちろん、いざという時に女性を守ってあげられないような男は男じゃないでしょう。かといって筋肉ダルマは嫌よ。汗臭そうだし。一番重要なところだけど、ある程度貴い身分じゃないと私とはやっていけないと思うわ。だって私、長耳族の中でも始祖に近い血統だし、庶民との親戚付き合いなんて納得してもらえないだろうもの。エルディラードの階級で言うならば、最低でも子爵……でも、伯爵以上の家の傍系なら男爵でもいいかしら。パッと思いつくのはこんなところかしら」

早口で捲し立てたメーヴェは気分よさそうに微笑んでいる。

「なるほど……たとえば、『戦争終結に貢献した悪魔族の公爵と美貌の妻との間に生まれて、幼い頃から英才教育を受けており、文武両道、詩歌管弦なんでもござれの貴公子で、見聞を広めるためにこの実験都市ミイスに滞在しており独り身である顔面国宝』とか」

「そうそう、そんなカンジ——」

「そんなパーフェクトキメラがいてたまるかあああっ！」

アーニャは営業用スマイルをかなぐり捨ててツッコミを入れていた。ちなみにパーフェクトキメラとはあらゆるモンスターの長所をかき集めて作られたという伝説のモンスターのことである。転じて都合が良過ぎてありえないもの、の代名詞である。

「なあに、その態度。とてもお客様に見せるものではないんじゃないの？」

「……失礼しました。冗談やからかいの類はあまり慣れておりませんで」

「えっ？」

「へ？」

二人とも驚いたような表情で見つめ合う。

「……まさか、本気でさっきの条件を満たせる人がいると思って」

「ミイスには十数万の人がいるんでしょう。その中から探すのはあなたの仕事でしょう」

アーニャは目の前の女の美しい顔をテーブルに擦り付けてやりたい衝動に駆られた。当然堪えはしたが。

「み、ミイスの人口はたしかにそうですが、ウチに現在登録されている男性は二百人程度で……これでもかなり多いんですよ。でも、さすがにさっきの条件を満たせる方は……半分くらいならなんとか……」

「嫌だ。一つも譲りたくない」

「そんなこと言っていたら何百年かかるか分かりませんよ。メーヴェさんは（中身はともかく）お美しいですし、物怖じしない性格（神をも恐れぬ不届き者）ですし、かなり良い条件の男性が紹介できそう（てか、させてよ。私を解放して！）なんですけど」

「あなた、長耳族の相談は初めてかしら？　仕方ないから教えてあげる。私たちは千年の歳月を生きる長寿種ではあるけれど、生涯の伴侶は一人だけなの。正確には一度子どもを授かってしまうと、その男の種以外では孕めないのよ。愛せない夫と契りを結び、その血を継いだ子を孕み、悠久の刻を生きなきゃいけない女の哀れさが、あなたに分かる？　ああ、五十年の一瞬すら生きられない獣人には想像もつかないかしら」

この世界に生きる十七種族の価値観を隔てる大きな壁となってきたのは寿命である。

五十年と生きられない短命の種族と何百年と老いることのない不老の種族とでは、死生観はもちろん生活様式も異なってくる。どちらが長じているかという議論は不毛であり、短命種には短命種の、長寿種には長寿種の苦しみや喜びがある。だが、そのことを取り上げて非難する意味で口にするのは禁句の中の禁句だった。

もし、先日ドナに叩きのめされていなければ。ビリーに魅了され、恋の苦しみや尊さを思い知っていなければ。メーヴェの顔はズタズタに引き裂かれていたことだろう。人生経験がもたらした成長により、アーニャは獣化しそうな程の怒りを嚙み殺し、なんとか自分を抑えつけた。

「分かりませんよ。私たちは十歳で成体になって、それから数十年で死に絶える種族ですから。でも、短いからといって何の考えもなしに生きているわけじゃありません。生き急いで適当な相手と結ばれているわけじゃありません。あなたが悩まれているように、みんな悩みながら生きているんです。もっと他人の気持ちを想像してください。自分のことだけを考えて生きているようならば、たとえあなたの条件に見合う人が現れたとしてもその人を幸せにはできない。そんな二人の間に生まれた子どもは、幸せだと思いますか」

声音こそ穏やかだったが内心は怒りで煮えたぎっていた。その凄味が通じたのかメーヴェは気まずそうにアーニャから目を逸らす。

「たしかに、少し余計なことを言ったわね。撤回するわ。だけど、私は絶対にさっきの条件を譲らない。妥協するくらいなら何年でも何十年でも、あなたが死んだ後も理想を求めて伴侶を探し続けるつもりよ」

「いやあ、よくやった！　アレは他の結婚相談所でもあの調子でやらかしていて軒並み出入り禁止にされているんだ。怒りに耐えて、よく頑張った！　感動した！」

「私は心が死にそうです……」

事務所で項垂れるアーニャをドナは労っていた。

「で、メーヴェ嬢の相手は見つかりそうかい？」

「あの世で死んだお爺ちゃんと縁側でお茶する方が早そうですね。もし、あの条件に見合う男性がいても、そんな人はここに登録しないでしょう。貴族というだけでハードル高すぎです」

アーニャの言うとおり、ミイスでは異種族結婚を推奨しているが、現時点で結ばれたカップルは軒並み平民階級である。貴族階級というのは地位や財産もさることながら、長い歴史の中で血脈を保ってきたという自負が強く、またそれが権威となり自領や民を治める正統性の拠り所であった。故に、結婚について本人達の感情が挟まる余地は少なく、ましてや異種族間ともなれば親族も領民も納得するはずがないのだ。

「あの人、あれで正気っていうから信じられませんよ……たしかに綺麗な人だけどあんな高望みしている人！　誰がまともに相手にするんですか！」

身をよじらせながら頭を掻きむしるアーニャ。その頭にドナは優しく手を乗せる。

「彼女は超がつくほどの箱入り娘だからな。世間のことを知らなくても当然さ」

「ええ！　まったく！　親はどういう育て方をしてきたのか――」

「彼女の言ったとおりだろ」

「えっ？」

ドナはくくっ、と笑ってアーニャの頭を撫でながら語りかける。

「愛せない相手とその血を継いだ忌まわしい子どもと悠久の刻を生きなければならない。たしかに想像するだけで気が滅入る話だ」

「あ……」

メーヴェがその言葉を口にしたこととその時の悲しげな表情が頭をよぎり、アーニャは強い言葉を発せなくなってしまった。

「長寿の種族は鈍感で楽観的だ。たとえ世の中に悲劇が溢れていたとしても自分には関係のない話だから、と危機感を持たないことが多い。だが、そうじゃない者もいる。悲劇を実際に体験した者だ」

「じゃあ、メーヴェさんは、両親が不仲だったから……」

「あくまで推測だよ。だが、長耳族の中でも貴きロキシターノの名を冠する名家。数百年前ともなれば奴らはもっと封建的だったからな。結婚に当人の感情など挟む余地はなかったろう。美しき長耳族の高慢さは愛情不足の裏返し……あまりにも典型的だが、その歩んできた人生は一言で片付けられるものではあるまい」

ドナに諭されて、アーニャはもう一度メーヴェの言動を思い返していた。

彼女は世間体で早く結婚したいと言っていたが、何十年でも時間をかけるとも言っていた。一人嫁ぎ遅れることの疎外感に焦っていたのではなく、外的要因や勢いで自分が望まぬ相手と結婚する羽目になるのを恐れていた？　細かくて高すぎる理想……だが、とても表面的だ。まるで王子様に憧れる少女のように幼い。

「……メーヴェさんは家族の中に愛を見出せなかった。だけど、それが何よりも尊いものだと思っていたから、理想が高くなりすぎている」

アーニャの呟きを聞いて、ドナは満足そうに笑った。

「失恋したのは良い経験になったな。あのままお前を切り捨てなくて良かったよ」

「所長が言うと冗談に聞こえないんですけど……」

「フフ。まあ、そういうわけだ。あの哀れな子どもの相手はよろしくな。なあに長耳族たちもこのミイスでは普通に結婚し、子を生している。どうにか彼女もその仲間に」

穏やかな笑みを投げかけるドナにアーニャは、

「……いや、キツいです」

「えっ？」

「えっ、じゃないですよ。キツキツです。これから何十年もあの人の高すぎる理想を追いかけるのに付き合えと」

「いや、たしかにアレだが……そこは気長に……」

「順調に進まなかったら、またブーブー文句言ってくるに決まってます！　で、今のままじゃ順調に進められる要素がないじゃないですか⁉　条件を緩和してもらうにしても長寿で気長な長耳族ですよ！　渋られたらそれだけで百年かかります！　私の何代後の秘書係がそこにたどり着くんですか⁉」

「……まあ、お前の意見はもっともだ。とはいえ出入り禁止にするのも忍びないだろう」

「そりゃあ私だって……一度引き受けたからには途中で投げ出すのは嫌ですよ。あんな思いするのも……」

アーニャは契約を途中で打ち切ったビリーのことを思い出していた。『魅了』のグレイスの効果は消えても、相談に乗った者としての心残りは消えなかった。

「でも、死ぬまでアレに付き合わされるのは……いっそ私が別の結婚相談所に転職して」

「それは困るぞ！　アーニャ！　考え直せ！」

ドナはアーニャの肩を摑(つか)んでブンブン振り回す。そんなふうにドタバタとやりとりをしていると、少し離れた机の下から、

「うっせえなぁ！　職場でイチャついてんじゃねぇよ！」

とイライラした様子のショウが現れた。

「聞いて！　ショウ！　アーニャがぁ」

「分かってるよ！　さっきから話は聞こえてた。ああ……あったまいってぇ……ちっと良(い)い酒だからってつい吞(の)みすぎちまった」

ショウは空になった酒瓶をうらめしげに見つめている。職場で酒を吞(の)んでいる人間に騒がしいと注意される筋合いはない、とアーニャは鼻白んだ。同時にドナの取り乱しぶりに驚く。沈着冷静で常に余裕に満ちた彼女がまるで親に泣きつく子どものようにショウにすがっていた。

「別に本気で出て行こうとしてるわけじゃねえだろ。厄介案件をぶん投げられたから仕返しのつもりで脅してみたってところか？」

「一から十まで解説しないでくださいよ……」

考えていたことが見透かされてバツが悪そうに頭を搔(か)くアーニャ。

「ともあれ、あんまイジメてやるな。我らが所長は友達いないから他人との距離感がイマイチ分かってないんだ」

「よく結婚相談所始める気になりましたね⁉」

「他人事なら客観的に見れるんだ！　それよりアーニャ！　今後そういう脅しは禁止だからな！　今度やったら怒る！」

解せない気分が無いわけではないが、ドナの意外な一面を見られたことでアーニャは少し微笑ましい想いだった。

「それはそうと、ぶっちゃけウチではそのお姫さんのオーダーには応えられん。円満に追い出すのが一番だな」

「いや……だが、ウチでもダメとなると彼女はどうなってしまうのか」

ドナの歯切れの悪さにショウは口元を歪める。

「まったく……お優しくなられたことで……だが、言ったろ。円満に追い出すって。もう二度とウチに来ないようになれば良いんだから、そこまで難しいことじゃない」

言っていることの意味が分からない、と言わんばかりにアーニャは首を傾げた。そんな彼女にショウはニヤリと笑いかける。

「正攻法だけじゃ勝てない相手ってのはいるもんだ。今回は特別に俺が指導してやるからそのとおりにやってみろ。それで上手くいったら酒でも奢れ」

「……ショウさん、私の指導係ですよね？」

本来の仕事の範疇なのに借りを作ったような気分になるアーニャだった。

◇　◆　◇　◆　◇

三日後、マリーハウスを訪れたメーヴェは優雅な足取りでアーニャの目の前にやってきて、どっかりと腰を下ろした。

「で、三日経ったけど私の条件に合う男は見つかったのかしら？」

変わらない横柄な態度のメーヴェに対し、アーニャはにっこり微笑んで、

「何十年も待つって言ったくせに堪え性がないですねぇ」

と言い放った。

「なによ！　それがお客にする態度!?」

「メーヴェさん。ここでは客って言葉は使わないんですよ。相談者です。これから恋や愛を探そうとしている人がお客なんて受け身の態度だと良い結果にはならない。うちのボスの方針なんで」

アーニャはメーヴェの怒鳴り声を聞き流し、一封の封筒を取り出す。

「それに、もう私にご相談されることはないかもしれませんよ」

「どういうこと？　ここも私を追い出すの？」

「いいえ。あなたはめんどくさいですけど、悪意で暴言を吐いているというわけでもなさそう

ですし。ただ、今のウチではあなたの条件に合う出会いを提供できないのも事実。ですので、今日は別方向のご提案をさせてもらおうと思います」

アーニャは封筒の中身を取り出した。それはサンクジェリコ学院というミイスに新設された高等学院の案内書類だった。

「こちらの学院は三ヶ月ほど前にミイスのカテドラルスクエアに出来た新設校です。世界最先端の都市で世界最高峰の教育を、という理念を掲げて設立された学院で、あらゆる種族に対して門戸を開いています。ただ……学費がおそろしくお高いのです」

アーニャは書類に記載されている必要費用を指差す。暮らすには困らない仕送りをもらっているメーヴェですらギョッとするほどの金額が書かれている。

「こんな額払えるの大商人か貴族くらいじゃない」

「ええ。そうなんです。生徒の九割が各国の上級貴族家の子女ですよ。それでも入学希望者が殺到したものだから入学試験は物凄い難関だったとか。英才教育を受けた貴公子と特待生枠を勝ち取れる類い稀な天才くらいしかいないようです」

それを聞いて、メーヴェの顔に興味の色が差したのをアーニャは見逃さなかった。

「で、ここからが本題ですが……メーヴェさん。ここで教鞭を執る気はありませんか？」

その提案を聞いてメーヴェは目を丸くした。

「私が？　こんな凄い学校の教師に？」

「ええ、普通の人にこんな提案はしないんですけれどメーヴェさんは長耳族の中でも高貴な生まれで、二百年以上も親元にいて色々教育を受けてきたんですよね。おそらく、教養の豊かさでは他の方々とは比べ物にならないでしょう」

長耳族が優秀とされる理由の一つはその長寿を注ぎ込んだ膨大な修練の量にある。学問にしても魔術にしても、天賦の才による差はあれど基本的には費やした時間に能力は比例する。数十年で天命を終える他の種族とは前提が違うのだ。

「ちょうどこの学院は教員募集もしているのですが、こちらはイマイチ集まりが良くないようで。優秀な生徒に指導できるだけの教養を持っている人材は普通に要職についていたりしますから……メーヴェさん、今無職ですよね」

「……そりゃあ、パパのスネを齧り続けるのも肩身狭いし、自分で稼げるならそっちの方がいいし、一族の名誉にもなりそうだけど………って！　私は就職を斡旋してもらいに来たわけじゃないの！　一生を添い遂げられる男性を探しているの！」

怒鳴り散らすメーヴェにアーニャはため息をつきたくなったが、

「悪くない話だぞ。長耳族の美姫よ」

メーヴェの怒鳴り声を切り裂くように厳かな声が割って入る。

「……あなたは？」

「このマリーハウスの所長のドナ・マリーロードだ。ウチの仔猫が失礼をしたな。ここからは大人の話をしようか」

ニッコリと赤い口紅が塗られた口角を上げるドナの迫力ある色香にメーヴェは気圧された。ドナはメーヴェの肩に手をやって座らせると耳元で囁く。

「サンクジェリコ学院に集う子供達は将来有望な者ばかり。しかもその多くが何代にも渡って家の繁栄を守り続けてきた名家の子息。名君は美しく賢い妻を娶り、二人の血を受け継いだ子はまた名君となり、美しく賢い妻を娶る。これを繰り返し、現代に辿り着いた選りすぐりの上玉ばかりだ」

ドナの語り口はゆったりとしながらも説得力のあるもので、メーヴェの頭には自然とその光景が浮かんだ。才器溢れる良家の美少年達が真新しい制服に身を包みズラリと並ぶ光景が。

「それらを教壇の上から見下ろし、品定めできる立場なのだぞ。教師というものは」

まるで神に遣わされた預言者が説くように、ドナの言葉はただならぬ重みを帯びて耳に流れ込んでくる。だが、それに抗うようにメーヴェも口を閉じてはいない。

「バカじゃないの？　学院の生徒なんて本当に子どもじゃない！　そんなの男性として見れるわけが――」

「あなたにとっては、瞬きほどの時間で彼らは少年から男に成長する。瞬きほどの時間を惜しむほど焦ってはいないだろう？」

堂々と生徒に手を出すことを教唆するドナ。当然、褒められた行為ではないが、合意が取れていれば処罰する法律はミイスにはない。

「彼らは学問の徒だ。そして品性というものを幼い頃より叩き込まれている。街中で一夜の相手を探すような浅ましい真似は潔癖さが許さない。だが、それと性欲は別の話だ。故に学院という閉鎖的な環境下で皆若さを持て余しているだろう。そこに美しい長耳族が手取り足取り指導し、時には心の内に触れてくれたのならば……崇拝と背徳、親愛と情欲の入り乱れた青さでその柔肌に爪を立てにくるだろう」

と言葉に合わせて、ドナはメーヴェの背中に指を滑らせた。

「にゃっ♡　あはぁんっ♡　ぶ、無礼者っ！」

口では怒っていても、甘い感触に艶っぽい声を漏らしているあたり満更でもないようだった。

隣で見聞きしているだけのアーニャも思わず顔を赤らめた。

「あなたは高い理想を男性に抱いているらしいな。だが、既に完成されたそれを求めることは樹木に高級料理が生るのを待つようなもの。食材を自ら調理するのが常識的だろう。フフ、出来かけをつまみ食いするのも楽しいかも知れんな」

「……あなた、根本的なこと忘れてない？　私たちは一人の男性からしか種を授かれないの！一回しかチャンスがないのに、つまみ食いなんて」

「ハハハ。どうやら、まだミイスに染まり切っていないようだな」

そう言って、ドナは懐から小さな包みを取り出す。包みの形状から輪っかのようなものが中に入っているのが分かる。

「これはな、ミイスの若い連中の間で大人気の品さ。実をつけることに慎重な者は長耳族だけじゃない。そこでこれが役に立つ。通称『亀の小帽子』。これを男性の然るべきところに装着してやれば、種は畑に撒かれない。故にこの街では愛が娯楽たりうるのさ」

メーヴェは頰を赤らめながらその包みを凝視している。一方、アーニャは暗喩が理解できずキョトンとしている。そんな二人の様子を見て、ドナは子どもを眺めるように優しく目を細めた。そして、トドメの一言を放つ。

「失礼ながらあなたはまだまだ子供だ。結婚する前に色々と経験を積んでおいた方がいい。結婚だけでなく、あなたの人生だって一回しかないのだから」

◇◆◇◆◇

「鬼人族か……野蛮なタイプはちょっとねえ。しかも軍人なんて……」

「大丈夫ですよ！　グエンさんは鬼人族にしては大人しいですから。体もがっちりしてて逞しいし、お子さんもたくさん欲しいらしいですよ！」

「アーニャ……アンタって天然さんだねぇ」

「そうですか？　でも、良い人ですよ。種族が好みじゃなくても好きになった相手の種族を好きになるってこともありますし」

「まあ……そこまで言うなら一度会ってみてもいいかな」

今、アーニャが応援しているのは駿馬族のスカーレットという妙齢の女性だ。風のように草原を駆け抜ける彼女達の種族はお尻や太ももが大きく、そういうのが好みの異性はいる。グエンもその一人で、マリーハウスの待合室で一目惚れしてしまい、アーニャに繋いでもらうよう頼み込んでいたのだった。

「マジで！　あのケツデカムッチリ太もも美女が会ってくれるって⁉」

「あははは〜、本人の前でそれ言ったらぶん殴りますよ〜」

相談室にやってきたグエンをアーニャは諫めながらスカーレットの許可を得たプロフィールの開示を行う。

「お名前はスカーレットさん、年齢は二十五歳。駿馬族のノーザン王国出身で九人兄弟の一番上のお姉さんだそうです」

「いいねいいね！　歳上は大好き！」

「あとご職業なんですけど『ダービーレーサー』ってご存じですか？」

「ん？　駿馬族(ダービー)の徒競走だろ。公営賭博(とばく)の」

「それです！　その選手らしいですよ。しかも結構有名な」

「マジかぁ!?　ギャンブルやらねぇから見逃してた！　そっか！　そこに行けば下半身の立派な駿馬族(ダービー)が見放題――」

「死んでもそんな冗談口走らないでくださいね!!　嫌われるだけじゃ済みませんよ！」

危なっかしいので絶対に二人が会う時は自分が付き添おうと決めるアーニャだった。


「あーっ！　いいなっ！　普通に勧めたら普通に会ってくれる素直な相談者さんは！」

ご機嫌なアーニャは防音された相談室で快哉(かいさい)の声を上げた。

メーヴェが来なくなって一ヶ月。アーニャの仕事は順調に回り、転職を考える必要も無くなった。

「グエンさんもなんだかんだで素直で良い人(い)なんだから、そろそろ上手(うま)く運んでほしいなー。よーし！　次の方どうぞ――」

元気よく呼び込むと、勢いよくドアが開けられて、

「あらあら、私が来なくなってからご機嫌だったようね」

メーヴェが意地悪そうな笑みを浮かべて立っていた。

「分かってて何故また来たんですかあっ！」

アーニャは嫌そうな顔を隠さず叫んだ。メーヴェは胸を張って答える。

「だって解約は直接ここに来なきゃいけないんでしょ？　私、サンクジェリコ学院に採用されたの。だから結婚相手探しは一時中断」

すごいでしょ、と言いたげなメーヴェにアーニャは満面の笑みで返す。

「おめでとうございますっ！　いやあ、さすがです！」

「私からすればなんてことないことだわ。とはいえ、いろいろ勉強し直すことが多いからこんなところで時間を無駄に過ごす暇はなくなったの。大人しく追い出されてあげる」

鼻持ちならない言い方ではあったが、その表情は満ち足りている。

（もう、こういう人なんだからしょうがないな……）

とアーニャも達観した気分だった。

「いろいろ苦労をかけたわね。思えば私が異種族の子とちゃんとお話ししたのってあなたが初めてかも」

「こちらもいい勉強になりましたよ……本当に仕事って大変ですからメーヴェさんも覚悟しておいた方がよろしいですよ」

アーニャの皮肉に何か言い返すかと思いきや、メーヴェは少し不安そうな顔で尋ねる。

「ちゃんとやれるかしら？　もちろん、私の教養や能力は問題ないと思うの。でも、人と関わるお仕事ってそれだけじゃないでしょう。嫌なことがあっても我慢したり、やりたくないことがあってもやらなきゃいけなかったり。そういうの向いてないって自分で分かっているもの」

思いのほか自分の内面を理解しているメーヴェにアーニャは驚きつつも、真面目に答えなければいけないと感じた。結果オーライとはいえ、彼女の結婚相談を途中で断念したのは事実。その埋め合わせをしなくてはならないという責任感を抱いていたからだ。

「『自分を特別良いとも悪いとも思わなくていい』……んじゃないですかね？」

アーニャの口をついて出た言葉は先日ショウに言われた言葉だった。

「私だって我慢とかやりたくないことやるの嫌ですよ。実際、それでごねて所長を困らせちゃいましたし。メーヴェさんの悩みは普通の女の子の悩みですよ。私と同じ」

「あなたと同じ？」

目を丸くして尋ね返すメーヴェ。地雷を踏んでいないかアーニャはハラハラしながら、「そうです」と念を押した。すると、ふつふつと熱されたお湯が鍋から溢れるように、

「アハハハハハハハハ！　そっか、私もあなたも同じ女の子ね！」

笑い出したメーヴェ。

少しは元気づけることができたかな、とアーニャは自分の対応を褒めてやりたい気分になっ

た。最悪の第一印象で始まった結婚相談もこれで綺麗(きれい)に締(し)め括(くく)れる――と思ったが、

「あなたってお仕事のない日はどうしているの？」

「え？　普通に溜(た)まっている家事をしたり、広場でひなたぼっこしたり」

「ふうん、退屈していそうね」

「むっ！　そんなこと言われても友達少ないし、遊ぶことも思いつかないから」

「じゃあ、私が友達になってあげるわ」

「へ？」

感謝しなさい！　と言わんばかりにドヤ顔をするメーヴェ。言われた側のアーニャはあんぐりと口を開けている。

「ト、トモダチ？」

「こっちも知り合いが結婚しちゃったり、恋に夢中だったりで付き合い悪くなったし、学院の同僚とかも気兼ねなく話せる相手がいるか分からないじゃない。あなたは聞き上手だし、見てくれも頭も割と良(い)いから私の友達が務まると思うわ」

「(たしかにメーヴェさんの相手ができる人は限られると思うけど)友達ってそんな上から目線で任命するようなものでしたっけ⁉」

「他でもない私の友達よ！　只人(ヒューマン)のことわざに『長耳族(エルフ)の友は七人に勝る』ってのがあるけ

れど私の場合は百人にも勝るわね！」

こうして、アーニャを悩ませた相談者は相談者となった。

◇　◆　◇　◆　◇

その夜。アーニャはショウと酒場に来ていた。二人きりになるのは謹慎中以来である。

「あの別嬪さんが友達ねえ。羨ましいなあ。お裾分けしろよお」

「ショウさんがいくら口説いても無駄ですよ。彼女の理想に足る要素がかけらもないじゃないですか」

「理想なんざ現実の面白さを味わっていない奴の戯言よ。あー三百年モノの処女かあ！　味わいてえ………」

「本当クズ！　最低！　スケベおやじ！　お礼にご飯誘うんじゃなかったですよ！」

唇を尖らせるアーニャをケラケラと笑うショウ。

「ま、俺のことはさておき。よかったじゃん。友達ができて。酒だって一人で呑むより輪になって呑んだ方が美味い。たとえそれが、『ゲスペラーズ』みたいな連中でもな」

「なんなんですか？　その『ゲスペラーズ』って」

アーニャの質問には答えずにショウは酒の入ったグラスをあおった。

「いつまで続くか分からないですけどね。彼女、ハチャメチャにクセが強いですから」

アーニャは先行き不安な友情にため息をつく。ショウはグラスに入った丸い氷の球をかき混ぜながら呟く。

「いつまで続くか、不安に思ってるのは向こうの方だよ」

「はい？」

「よく『長耳族の友は七人に勝る』って言うだろ。他の種族の七倍の価値がある、って解釈違いを起こしがちだが、元来の意味は自分の子供、孫、ひ孫、その孫……と七代降っても長耳族の友は生きていて、友情に報いて子孫を助けてくれるって意味なんだよ」

高慢だが義理堅いヤツららしい、と挟んで続ける。

「ハイエルフ連中なら千年は生きる。そいつらにとってお前の五十年もない一生なんてひと季節みたいなもんさ。お前が死ぬまで彼女は死なないが、その逆はまずない。彼女はいつか取り残される」

「あ………」

その時、アーニャはメーヴェが他の種族の者と深く関わったことがないと言ったことを思い出した。

（あんな性格だからだ、と思っていたけれど、裕福で美しい彼女を周りが放っておくわけない。

結婚相手の条件を語った時だって、彼女は短命種を遠ざけていた？）

「俺達には想像もつかない孤独と隣り合わせに生きている。それも織り込んで、友達になろう、って言ってくれたんだ。その心意気は汲み取ってやっても良いんじゃないか」

「…………そう、ですね」

アーニャは浅はかな自分を戒めた。わがままや面倒事に付き合わされる、と辟易するよりも教養も美貌も兼ね備えた友人を手に入れたことを喜ぶべき、と気持ちを切り替えた。

「それにしてもよく学院が教師を募集しているなんて情報知っていましたね。私がビリーさんのために調べた時はそんなのどこにも」

「そりゃそうさ。あんなもん俺のでっち上げだからな」

「ぶへえっ⁉　ゴホっ！　ゲホッ⁉」

酒が変な所に入ったアーニャはむせ返った。

「学院に人手が足りてないってのは本当さ。だが世界中の良家の子女が集まる学院だぜ。酒場の給仕集めるようには呼び掛けられねえよ」

「じゃあ、どうしてメーヴェさんは……」

「長耳族の権力者の娘で教養も高い年頃の美女。格差を弁えない男なら放っておかないだろ。ウチの顧客リストにあるサンクジェリコで働いている連中を狙って、あの女が学院で働きたがっていると耳打ちしてやった。俺がしたのはそこまで。そうしたら後は連中が上手く事を運んでくれたよ。あそこの職員は実に優秀だ。爪の垢でも飲ませてもらえ」

「……上手くいかなかったらどうするつもりだったんですか？」

「お前が怒られるだけだろ？　何のための秘書係だよ」

「…………」

　赤っ恥かかされた！　と怒鳴り込んでくるメーヴェの姿をアーニャは思い浮かべる。背筋が凍る思いだった。

「せめて確約取れてから動き出しても良かったんじゃないですか？」

「時間を置けばあの女はもっと人の話を聞かなくなる。数日、結婚相手探しの進展がなかっただけで、あの調子だったんだぜ。長耳族のくせに気が短いよなあ。ま、丁寧に積み上げた計画よりも行き当たりばったりの奇襲の方がハマることだって多いってことさ。これは男と女のやりとりでもそうだな。中身を知られる前に良いところだけを見せて、一気にオトシにかかる」

「まー、中身が酷いショウさんらしいやり口ですね」

　悪態を吐くアーニャだったが、悪い気分というわけではなかった。

　こうして友人付き合いを始めたアーニャとメーヴェ。お互い遠慮せずに思ったことを言い合う二人の関係は、これが意外に馴染み、一緒に行動する機会が増えていくのだが――それはまた、誰かのラブストーリーと共に語ることとしよう。

Chapter 4

4　芸能王ハルマンとカルテットのから騒ぎ

マリーハウスは結婚相談所である。結婚相手を求めて男女がやってくる場所であり、それ以外の客などまず来ないのだが、その日は例外が現れた。

「えー……所長はいま留守でして」

「ああ、だったら待たせてもらうよ。ついでに君のことを口説いておこうかな？　芸能のお仕事に興味ない？　未経験歓迎。最近は素人（しろうと）っぽい芸を求める声もあるからね」

白いタキシードとシルクハット。レンズの小さい黒メガネをかけた切れ長の瞳の美青年がアーニャに話しかけている。他の秘書（セクレタ）係達は危険な香りがする貴公子に親しく語りかけてもらえるアーニャを羨んでいたが、当の本人はげんなりとしている。

アーニャの好みはもっと爽やかで純朴なタイプなので、いかにも世慣れしています、垢抜（あかぬ）けています、というタイプは苦手なのだ。さらに勤務中に転職を誘ってくるような強引な男とくれば、もはや嫌悪の域に達する。所長であるドナの知り合いということで失礼のないように、と自分に言い聞かせて対応する。

「私は今のお仕事に満足しているので」

「たしかに、ドナさんが経営している店だからね。きっとやり甲斐もあるだろう。でも、もったいないよ。君みたいに若くて美しい娘が他人を支えるような地味な仕事をするなんて。もっと前に出てもいいんじゃないかなあ。イケメンや有力者にだってチヤホヤされて結婚相手はよりどりみどりだ。人生の成功がすぐそこに待っているんだよ」

「わ、私はここで成功したいんです」

しつこく口説いてくる男をいなしていたアーニャだったが、手応えのなさに業をにやした男がドスを利かせた声で迫る。

「あまりつれない態度を取るなよ。ウチの下っ端連中に怪我させたのを大目に見てやったんだ。愛想良くしてバチは当たらないぜ」

「っ⁉　怪我させた、って」

アーニャは反論しようと思ったが、思い当たる節がひとつだけあった。『魅了』のグレイスホルダーであるビリーに惹かれていた頃、一度だけ彼とデートをしていた時に怪しい輩に襲われたところを返り討ちにしたことだ。その時の襲撃者の元締めは――

「ウチの従業員にちょっかいかけんじゃねえよ。ハルマン」

不快さを隠さない声を発して現れたのはショウだった。相変わらずヨレヨレの服を着て無精髭を生やし、酒の匂いとタバコの匂いを漂わせている様は結婚相談所の副所長とは思えない。

そんなショウとは真逆に、パリッとアイロンがかけられた毛玉ひとつない衣服を纏い、ムスクの香水の香りを立たせているハルマンがまるで張り合うように立ち上がり、鼻先が当たりそうなほど近づいて睨み合いを始めた。

「おや、薄汚いドブネズミ君じゃないか。困るなあ、ドナさんの仕事場を汚しちゃあ。すみかにしている安い売春宿に戻りたまえ」

「薄汚いのはお互い様だろ、虫ケラ。若い女を唆して食い物にしているみたいだが、下水道で流れてくるクソでも拾って食ってる方がお似合いだぜ」

「なんだと？　ぶち殺されてクソと一緒に下水道に流されたいとな。それは良い考えだ。応援するし、手も貸してやろう」

拳を握りしめるハルマン。ショウも珍しく積極的に喧嘩しようと前のめりだ。

「やってやるよ。『俺のタイマンに付き合――」

ショウがハルマンを指さした瞬間、扉が開いてドナが帰ってきた。今までのやりとりを見透かすかのように余裕のある優美な笑みを浮かべて声をかけた。

「あら、ハルマン殿。わざわざマリーハウスに来られるなんて珍しいですね」

すると、ハルマンはかすかに顔を紅潮させ、シャツの襟を正す。

「あなたに会いたくて、じっとしていられなくて……気づけばここに来てしまいました」

白い歯を見せながら用意していた深紅の薔薇の花束をドナに向かって差し出した。ショウはオエっと言って気持ち悪がるが、ドナの目にも留まらぬ手刀を叩き込まれ、床に突っ伏す。

「まったく。仲が悪いのは知っているが少しは弁えろよ。ミイスの芸能王ハルマンと呑んだくれのお前とでは王宮の庭園住みのオオクワガタと便所コオロギくらいの差があるぞ」

ドナのよく分からない喩えにアーニャは首を傾げているが、ハルマンは満足そうにうなずいてドナに囁く。

「こんなところで立ち話もなんですから、私の予約しているお店で食事でもしながら話しませんか？　百年ものの高級ブランデーをキープしておりましてね」

「それはそれは。是非ともご相伴に与ろう」

ドナはハルマンの誘いをあっさりと受け入れた。

◇　◆　◇　◆　◇

球形の氷の入ったクリスタルグラスの中になみなみと注がれた煌めく赤銅色のブランデー。長い年月をかけて熟成されたそれは酒の域を超えて宝飾品のようである。一杯飲むだけでアー

ニャのひと月分の給料が吹き飛ぶような超高級酒を、

「グビッグビッ……ふぅ——む。うん、悪くないな。奢りの酒はどぶろくでも美味い」

グラスに入った酒を飲み干すと「これはイケる」とボトルからラッパ飲みするショウ。

「バリバリっ！　このエビ美味しいですね！　身がプリンプリンしててソースもつけてないのに口の中に旨みが溢れますよぉ」

と殻ごと大エビを食らっているアーニャ。

「ゲヘヘ、たっぷり食わせてもらえ。どうせ金なら掃いて捨てるほどお持ちのお方の奢りだ！　なあ子分！」

「ハイ！　親分！　グヘヘヘ」

料理や飲み物を運んでくる給仕係までがジャケットを着て蝶ネクタイを締めているような高級店で、ヨレヨレの服を着たショウと脚が露わなショートパンツを穿いたアーニャがわざと大きな音を立ててガツガツと食事をとっている様は下品そのものである。

当然、そんな場違いな二人を金と権力にものを言わせて連れてきたハルマンに店の従業員や他の客の冷たい視線が注がれる。許されるならば目の前の二人を八つ裂きにしてやりたい、と歯ぎしりをしているハルマンだがドナの手前、余裕ぶった笑顔を作っている。

「ハハハ、レディ・ドナ……何故彼らを連れてきたのです？」

ドナはワイングラスを手に取って優美な笑みを浮かべて答える。

「いやがらせ」

大きくグラスを傾けてワインを喉に流し込みゴキュゴキュとわざと音を立てて呑み干す。下品な様でも気高く見えてしまうのは染み付いた気品によるものだろう。

「君が悪いのだよ。ミイスでも屈指の有名人で大富豪、芸能王ハルマンとなれば私だって敬意を表する。食事に誘われれば退屈と分かっていながらも嫌々付き合わざるを得ない

「退屈で嫌々……」

ショックを受けているハルマンだが、本題はこれからである。

「しかし、私の城で私の従業員に引き抜きをかけるというのは看過できんな。私は裏切りを嫌う。裏切りというのは魂を傷つけ、それまでの時間や思い出を汚物に変える最悪の行為だ。君はアーニャにそれを行うよう仕向けようとしたのだね？　それは私への攻撃と受け止めてよろしいな」

「い、いえ滅相もありません！　わ、ワタシのような地を這う虫ケラ如きが偉大で高貴なドナさまに歯向かうような真似をするわけがございません！　アレは私の職業病のようなものでして――――」

脚を組んで喉を鳴らしながらワインを飲む美女。その足元に土下座する紳士。そしてお構いなしに飯を食らい、酒を呑んで大声で喋るガラの悪い男とマナーを知らない小娘。高級店に似合わない地獄のようなテーブルが現れていた。

「ねえ、親分。所長って裏切りに敏感ですよね。前に私をシメた時も『あなたも裏切るの？』と言ってた気が」

「あー。コイツ昔、信じていた男から裏切られてズタボロになったことあってな」

「所長が⁉」

「そうそう。なんでも言うこと聞いてくれる下僕だと思っていたのに『気まぐれなところがもうウンザリ！』みたいなこと言われてさあ。まーそれが奴の遺言だったらしいがな」

「遺言ぁ⁉」

「知っての通りコイツ怒らせると怖いんだよ。まーそれからしばらくは落ち込んで大人しくなってさ。今思えばあの頃が一番そそるカンジだった――」

と、ショウが語っていると突然、パァンッ！　と音がして、彼の目の前に置かれたステーキ肉が弾け飛んだ。そして、床に這いつくばっているハルマンが怒っているような怯えているような絶妙な表情でショウを睨みつけ、指先を向けている。彼が何かをしたのは明らかだった。

「いい加減にしろよ、ショウ。酔った勢いで喋る話じゃないだろう」

「おいおい、マジになるなよ。笑い話だろうが。芸能王を名乗る癖にセンスねえな」

「それを笑えるのはお前みたいな無神経のバカだけだ。だから金で言うことを聞かせられる娼婦くらいしか相手にしてくれないんだよ」

「はぁ？　俺の彼女達を舐めんなよ。金で言うこと聞くのはお前が飼ってる芸術家気取りの大道芸人連中だろうが。ま、お前の貧相なモノの相手は簡単そうだがな」

指をぴょこぴょこと折り曲げるショウをハルマンは睨みつける。

「……『蟲の餌になる覚悟はできたか？』」

「お、やんのか？『俺のタイマ――――』」

一触即発のショウとハルマン。そこにドナが言葉を投げかける。

「おい。良い女を放っておいて男同士で楽しむとはつれないな。私も混ぜろよ」

声音にすれば少しだけの変化。しかし、店内の空気が凍りつくように変わった。熱い鉄板に載った肉料理が瞬時に冷めた、と錯覚してしまうくらいの寒気をアーニャは感じている。危険を察知したショウとハルマンはサッと身を翻して元の席に戻った。ちなみに他の客は全員店から逃げ出しており、店の従業員達は「お前ら早く帰れよ！」と願いながら裏側に引っ込んだ。

しん、と静まり返った店内でドナは口を開く。

「さて、ハルマン殿。本題に入りましょうか。どんな厄介ごとを持って参られたのかな？」

「ほへ？」

アーニャは口に魚のフライを詰め込んだまま呆けた顔をする。するとショウが、

「お前、ただハルマンに嫌がらせするためだけに呼ばれたとでも思ってたのかよ。ま、食った分はちゃんと働きな」

アーニャはボンっと乱暴に背中を叩かれた。喉に食べ物が詰まってむせ返りそうになりながら水を飲んだ。その様子を見てニヤニヤしているショウだったが、

「何を他人事のような顔をしている？　お前もアーニャと一緒に頼み事を聞くんだぞ」

ドナの一言にショウは「ええっ！」と声を上げて驚く。ハルマンは苦虫を噛み潰したような顔をしながら告げる。

「お前の世話になるのは気が進まないが、腕は信用している。嫌だと言うならそのブランデー代くらいは支払えよ」

卓を叩いて悔しがるショウ。

「ちくしょー……ハメられたっ！　アーニャというよく働くオモチャが手に入ったから俺の方には来ないと思ってたのに！」

「聞き捨てならないこと言ってません⁉」

アーニャはショウが漏らした一言に引っかかっていた。

「頼みたいのは私がパトロンをしているカルテットのことについてなんだ」

「パトロン？　カルテット？」

ハルマンの発した聞きなれない言葉に首を傾(かし)げるアーニャ。ドナが助け舟を出す。

「カルテット、というのは四人組で演奏する音楽、またはその演奏者達のことだ。街中の広場なんかでもたまに見かけるだろう。パトロンというのは——ああ、アーニャはハルマン殿のことをよく知らなかったな。彼は見ての通りのお金持ちだが、その道楽の一つとして芸術家(アーティスト)達への支援を行っているんだ」

「支援ですか？」

「そうだ。ミイスにはいろんな種族の芸術家(アーティスト)が集まっている。だが、どれだけ優れた芸や作品であっても金になるのは運が必要で、運を呼び込むにはダイスを振り続けるしかない。しかし、彼らもヒトの子。先立つものが無くては生きていけない。そんな彼らに金銭的な支援をして芸術活動に没頭できるよう生活を保障する、つまりパトロンと呼ばれる者達がいる。このハルマン殿はミイスで最も抱えているアーティストが多い大パトロンなんだ」

ドナの説明にハルマンは自ら付け加える。

「ただ金を出しているだけではありませんよ。広報活動や公演場所の確保。作品に対するコンセプトの提案や催しの企画など、総合プロデュースも担当しています」

「だ、そうだ。つまり、お前が街で聴く音楽、見かける絵画、彫刻、読(よ)み耽(ふけ)る物語本などありとあらゆる物が彼と彼の育てたアーティストの産物ということだ」

　アーニャは感嘆の声を上げる。

「ああ……道理でみんなが騒ぐわけですね。この街の恩人みたいなものですもん」

「恩人？」

　アーニャの言葉をハルマンは聞き返した。直感的に言った言葉だったので少し脳内で整理してから説明する。

「えーと、ミイスって素敵な街だと思うんですよ。私の育った村では娯楽ってなくて、子どもは子ども同士で遊ぶけど大人は遊ぶこともなくて、仕事しているかゴロゴロしているかしかないんです。それが大人になることだって私は思ってたんですけど、ミイスには歌も絵も物語もたくさんあって、大人でも、仕事をしていても楽しめることがたくさんあるんですよね。そのことをこの街の人に教えてくれたハルマンさんは恩人なんだな、って」

　そこまで言うと、アーニャは膝に手を置いて深々と頭を下げる。

「いつもお世話になっています。ありがとうございます」

　予想外の反応にハルマンは戸惑った。

　芸能王、などと呼ばれていても世間的には道楽者の成金（なりきん）という扱いで、権力者や家柄のある金持ちからは見下されている。そもそもほんの十年前まで種の生存を懸けて戦いを繰り広げていた世界で芸術文化の地位は極めて低い。それを生業（なりわい）にし、大金を稼いだり見目麗（みめうるわ）しい女を側（そば）

に置いたりしているということでやっかみを受ける立場にいた。だからアーニャの素直な感謝の言葉が胸に沁(し)みた。

「……やれやれ、ドナさんの従業員じゃなければ本気で引き抜きたくなってしまうよ」

と、うそぶくハルマン。ドナは自分のことのように自慢げに胸を張った。

「では、話を戻そうか。そのカルテットの名前は『アイロン・ブラッド』。音楽家にしては物々しい名前だと思うだろう。事実、彼らは元々冒険者パーティだったんだ。紅一点でピアノのエレナは只人(ヒューマン)の国の貴族令嬢だ。かなり良(い)い家の娘だったらしいが、学院でトラブルを起こしてしまい、衆目の前で悪事を吊(つる)し上(あ)げられた上に王族との婚約は解消され、国外追放されてしまったらしいな」

「どこの悪役令嬢だよ。古臭い筋書きなこって」

茶化すショウをひと睨(にら)みするも、ハルマンは無視して話を続ける。

「で、追放先の修道院で小間使いみたいなことをさせられていたんだが、窮屈な暮らしに耐えかねて冒険者ギルドに転がり込んだ。これがハマったみたいでね。実家で武芸の稽古もつけられていたらしく、Cクラスの冒険者まではスルスルと駆け上がった。元々見目は麗(うるわ)しいし、その頃には世間の苦労を知って性格も明け透けな気持ちのいい娘(こ)に仕上がっていてな。結構な人気者だったらしい。そんな彼女が加わったパーティが『アイロン・ブラッド』だ。長耳族(エルフ)の弓士ガブリエル、鉱夫族(ドワーフ)の戦士ロイ、悪魔族(デーモン)の魔術師シェイド」

「おい、悪魔族(デーモン)のシェイドって俺の知ってるアレか？」

「ああ。『ゲスペラーズ』のシェイドだ。お前知らなかったのか？」

「ウチはプライベートには干渉しねえからな。たしかに最近妙にアイツがモテるとは思っていたが……まさかそんなことやってるとはなあ」

アーニャは、（また、『ゲスペラーズ』か……）と思ったが話を止めはしなかった。

「四人組の少人数パーティだったが、バランスが取れていて性格的な相性も良かった。終戦後は各地を巡ってモンスター狩りや不穏分子の討滅に貢献したみたいだ」

まるで英雄譚(えいゆうたん)のようなお話にアーニャは興味を惹(ひ)かれ聞き入っていた。その様子が面白くないのか、ショウが再び横槍(よこやり)を入れる。

「お前の下手な講談を聞かされるために呼ばれたのか。なるほど、これは厄介ごとだ」

「せっかちだな、お前は。そんなんだからヴァルチェ嬢に『ショウのお相手は早く済むから楽だわ～』なんて言われるんだ」

「は？　おい！　デタラメ言ってるんじゃ――ガッ……」

ショウが怒鳴ろうとした瞬間、喉が強張(こわば)って声を発せなくなる。やがて体中が痙攣(けいれん)して卓に突っ伏した。

「話が進まん。しばらく静かに聞いていろ」

人差し指からショウを拘束する魔力を発しながら冷たく言い放つドナ。ハルマンは嬉(うれ)しそうに「ざまぁ」と言って苦しむショウを笑っているが、アーニャはドナの容赦のなさに怯(おび)え肩をすくめた。

「で、彼女たちは冒険者稼業(かぎょう)の傍(かたわ)らで面白いことをやっていてな。旅で立ち寄った街の酒場や広場で楽器の演奏をしていたんだよ」

「楽器の演奏ですか？」

「そうそう。またしてもエレナが受けた英才教育が役立ったというわけだ。長耳族(エルフ)や鉱夫族(ドワーフ)も小器用で音楽好きの種族だからな。シェイドも凝り性だ。エレナがピアノを弾いたりしているのを見て、みんなで楽器をやってみようとなったようだ」

「はあ～……冒険者ってもっと粗野で酒！　女！　金！　みたいな暮らしをしているものだと思っていましたけど、爽やかな青春を送っている方もいるんですね」

「まったくもってその通り。噂(うわさ)を聞きつけ彼らの音楽を聴いた私は、間違いなくヒットすると確信した。技術的にはそこそこ程度だが、どうにも人を惹(ひ)きつける味のある演奏をするんだ。私はミイスに彼女たちを呼び寄せて音楽家として活動するように説得した。ちょうど彼らも冒険者稼業(かぎょう)から足を洗うタイミングを探っていたらしく、あっさりと了承してついて来てくれた。で、順調にファンを増やし、来月にはミイスショーホールでコンサートを開けるくらいにまで成長してくれたんだ。しかし」

　ハルマンは表情を引き締めて、声のトーンを抑えて言う。

「どうも、彼女たちの間で色恋関係のいざこざがあったらしい」

「色恋……ですか？　まさかエレナさんを他のメンバーで取り合ったとか？」

「私が聞いたのも人伝（ひとづて）なので詳しくは分からん。だが、大方そんなところだろう。実際、彼女らが集まっている時も微妙な空気が流れていた。そのせいで肝心の演奏の方も伸び悩んでいる……このままだと、次のコンサートだけでなく今後の音楽家生命に関わる可能性がある。そこでだ。連中に結婚相手を見繕ってやってほしい」

「えっ⁉」

　アーニャは思わず声を上げた。一方、ハルマンは笑顔を消し去り、冷徹な経営者としての顔つきに切り替えていた。

「ガブリエルやロイは同族がいいだろう。仕事はせず家庭に入ってくれるタイプがいい。エレナには子を生（な）しにくい天使や悪魔で束縛しないタイプが理想だ。シェイドは」

「ちょ、ちょっと待ってください！　なんで結婚相談って話になるんですか⁉」

「外に相手を作っておけば内側で関係を持つ理由もないだろう。自然とトラブルもなくなる。これから音楽家として大事な時を迎えるんだ。生活面を支えるためにもつがいになっておくことは悪くない」

「ちょ、ちょっと待ってくださいよ！　それじゃあ仕事のために無理やり結婚させるみたいじゃないですか！」

「みたい、じゃなくて、そうしようとしているんだ。本来結婚とはそういうものだろう」

本人の意思ではなく周囲の都合を優先した結婚。ハルマンの結婚観は前時代的なものである。というのも彼の種族、蟲人族(バグズ)は短命で幼少期に夭折(ようせつ)することも多く、種族を維持するために結婚して出産する流れを権力で強制してきた背景があるからだ。ミイスの水に馴(な)れようとしているが、染(し)み付(つ)いた価値観というのは容易には変えられないのだ。

「違います！　結婚はその人が幸せになるためにするものです！　いくらハルマンさんが偉いからって望まない相手との結婚を強制する権利はありません！」

「そーだ、そーだ！　なんでもかんでもテメエの思い通りになると思うなよ、クソ虫！」

ショウはかかっていた拘束魔術が解けたので鬱憤を晴らすように騒いでいる。「やかましいのがもどってきた」とハルマンは舌打ちする。再び荒れ始めた場を収めるため、ドナはパンパン、手を叩いて口を開く。

「ここまでだ。ハルマン殿、私の内心はアーニャとほぼ同意見だ。しかし、あなたがその気になればカルテットは明日の朝にでもウチを訪れ必死で結婚相手を探すことだろう」

権力者としてのハルマンの怖さや横暴ぶりを理解しているドナは、彼の相談は結論ありきのものであると分かっていた。その上、アーニャの一件で借りがある。自分とマリーハウスの従業員達が平穏に街で暮らしていくためにはあまり無下にはできない。

「そこで提案だが、次のコンサートまでにアイロン・ブラッドの演奏があなたの望む水準に達していなければ依頼をお受けしよう。長耳族(エルフ)でも龍鱗族(ドラグニュート)でも、売れっ子音楽家にふさわしいステータスとなるような結婚相手を用意する」

「ほう……ドナ様のお墨付きとあれば申し分ない」

「ちょ、ちょっと待ってください！　そんな賭けみたいなこと」

「賭けじゃない。これは実力勝負だよ。アーニャ」

　ピシャリとアーニャを制したドナ。椅子にもたれ脚を組んで命令を下す。

「アイロン・ブラッドの恋愛トラブルを解決し、音楽と向き合えるようにしろ。期限はコンサートまで」

「また無茶振ってくれましたねえええ！」

「これも彼女達の自由と愛のある結婚を守るためのつゆ払いみたいなものだ。色恋絡み(いろこいがらみ)の問題解決は我々の専売特許だろ？」

　と言われたものの、ろくに情報のない人間相手にマリーハウスの外で活動するなんてことは業務外も甚だしく、アーニャはとっかかりも思いつかなくて頭を抱え込んだ。

ミイス中心街の中でも最も高級感の漂う地区ノーススクエア。その中にある洒落(しゃれ)たカフェのテラス席でアーニャはたまたま出くわした友人と談笑していた。その友人とは、

「平日のお昼にお茶したいだなんて、マリーハウスをクビになったかと思ったわ。やめてよね、友達が無職だなんて恥ずかしくて外で会えなくなっちゃうから」

悪態が染(し)み付(つ)いているような喋(しゃべ)り方(かた)をするハイエルフ。アーニャの元相談者で、今はサンクジェリコ学院の講師をしているメーヴェだった。

「お茶したいとか一度も言ってないんですけど。メーヴェさんが私のティータイムに割り込んできたんじゃないですか」

「言うじゃない。ま、久しぶりに職場の人間以外と話したかったのよ。学院じゃ堅物長耳族(エルフ)女教師を演じているからね」

なんでも形から入る彼女はキチンと襟のついた服や肌を見せないズボン、さらには度の入っていない銀縁メガネを身につけて髪を束ねている。敢(あ)えて華やかな美貌を抑え、お堅く知的な

雰囲気を出そうとしているのだ。

「でも、こんなところでサボってるなんてマリーハウスのお仕事も気楽なものね」

「諸事情あって通常業務はかなり軽くしてもらってるんですよ。それにショウさんが戻ってくるまでやることないですし」

今日、アイロン・ブラッドのメンバーはノーススクエアのサロンでミニコンサートをしている。まずはショウがそこに忍び込み、持ち帰った情報を基に作戦を立てるという運びだ。

「そのショウって男、マリーハウスの副所長だっけ。あの、ドナとかいう女の片腕なら結構な傑物なのかしら？」

「プッ、傑物どころか酷いダメ男ですよ。まー、素材は悪くないですけど……いっつも汚いヨレヨレの服ばかり着てるし、無精髭は伸ばし放題で、髪の毛も梳かさないし。あの調子だとお風呂も入ってないんじゃないですかね？」

「なにそれ？　ゴミ？　なんであんな出来そうな人がそんなのを側に置いてるのかしらね」

言われてみればそうだ、とアーニャは思った。ドナはショウに一目置いている。頼りにしていることが伝わってくる発言や仕草が多々見られる。逆にショウは、あのハルマンですらかしずくドナに対して横柄な態度を取って、時にはイジって笑い者にする。世間的には有能な女経営者とそのおこぼれに与かっているヒモ男といった様子なのに。

「まー、あの人はメーヴェさんの恋愛対象に入ることは一切ないですよ。下品でデリカシーはないし、ハルマンさんが言った通り、まともに相手してくれる女性なんてそう現れるものじゃ――」

「酷い言い草だなぁ。サボり中に上司の悪口とはなかなかやるじゃねえか」

「あれっ⁉　ショウさん、早いおかえりで……ええええええええっ⁉」

いきなりショウが現れたことで不意をつかれたが、それ以上にアーニャを動揺させたのは、彼が今まで見たことがないくらいに身綺麗な格好をしていることだった。

髪の毛は梳かし、オールバックにして後ろで縛っている。髭は剃られ眉は整えられており、服装もキチンと折り目のついたスリーピースのジャケットスタイル。背筋を伸ばし、涼やかな表情で立つその姿は、元来のスタイルの良さと顔立ちの良さを余すことなく活用している。その上、爽やかな柑橘系の香水の匂いまで漂わせている。

すかさずメーヴェはアーニャの耳元に口を寄せて、

「ねえねえ！　この人がショウって人⁉　どこがダメ男よ！　かなり素敵な殿方じゃない！　嘘をついたわねえ！」

「嘘じゃないですよっ！　ちょっと良くなったくらいの見た目に騙されないでください！　この人はどうしようもないダメ男で」

「俺のことはどうでもいい。それより来い。良いもの見れるぞ」

ショウはそう言って、グイッとアーニャの手首を摑んで引っ張った。

アーニャがショウに連れられて来たのはアイロン・ブラッドがコンサートを行っていたサロンだった。ミイス市民の多くは平民階級出身だ。しかし、事業で成功を収めたりなどして裕福になった人間の多くは貴族趣味に走っている。豪奢な屋敷の敷地内に建てられたミニコンサートホールのようなこのサロンもその一つである。

(なるほど、上流階級に紛れ込むためにめかし込んでいるのか。勿体ないなあ……普段からこんな格好してればちょっとはマトモに見えるのに)

などと思ってショウを見つめるアーニャの視線は微かに熱くなっていた。

「なんだよ。顔赤らめて。発情期か？」

「へっ⁉　バ……バッカじゃないですか⁉　走らされたから息が上がってるだけですよ」

「バカはお前だ。ブラックフットの血族が俺より体力ないわけねえだろ。俺が綺麗めの格好をしてるのがそんなにお好みか？」

「……悔しいですが、ハイ。普段からそうしていればもっとおモテになると思いますよ。その、娼婦じゃない方にだって」

アーニャの言葉にショウはため息をついて呆れ顔で応える。

「ハルマンのバカが言ってたことを真に受けやがって。俺はモテないから彼女たちにお金を払って相手してもらってるんじゃねぇよ。単純に割り切った関係が気楽ってだけだ。恋だの結婚だの、異性と親密な関係を築くってのは時間も体力も精神もすり減るからな」

「要約すると、楽して美味しいところを得たいってことですか？」

「そういうこと。怠慢こそが我が人生のモットーなり」

スッとアーニャの熱が冷めていく。が、何故かついてきたメーヴェはいつの間にか髪の毛を解き、シャツの胸元を開けてメガネを外し、熱っぽい目でショウを見つめている。

「分かるわぁ。深く相手を知りすぎると初めて出会った時の恋のときめきが薄れていくものね。私も割り切った関係は望むところよ」

「ちょっとっ！　メーヴェさんっ⁉　何バカなこと言って気に入られようとしてるんですかぁっ⁉　こんな人に手を出さなくても」

《うるっさいわね‼　学院の生徒が思った以上に幼い子ばかりだから、いい感じな大人の男との出会いが少ないのよ！　有り体に言えば溜まってるの！　亀の小帽子使ってみたいの！》

アーニャの脳内に直接メーヴェが語りかける。初めての体験にアーニャは戸惑う。

「い、今の？」

《フフン。高貴なる長耳族を舐めないでよ。近い距離の念話くらい余裕で使えるわ。ああ、さすがに心の声を聞くなんてのはできないから安心して》

　メーヴェの魔術に感心すると同時に、くだらないことのためにそんな芸当披露するんじゃない、と呆れ返るアーニャ。一方、ショウはげんなりとした顔で二人を見つめる。

「女同士でまで戯れ合わないでくれよ……あと、長耳族の姐さん。別に俺は自分にとって都合のいい女が好みってわけじゃねえ。お互いに都合のいい関係が好みなんだ。背伸びせずに遊べるくらい世馴れたなら、酒を酌み交わそう」

　最後に微かに柔らかな笑みを混ぜるショウ。メーヴェはそのスマートで熟れた態度や相手を慮る余裕に胸をときめかせた。一方、アーニャは、

（この人、興味ない素振りして隙あらば手を出すつもりだ！）

　と完全に下心を読み切っていた。数多の男女の相談を聞くマリーハウスの秘書係の経験は伊達ではない。万が一にもいやらしい空気が漂わないようにとアーニャは話題を切り替える。

「ていうかショウさん。いいんですか？　仕事に部外者を巻き込んで」

「うちの仕事は結婚相談。今やってるのはそうじゃない。そんなことよりこれを見ろ」

ショウは二人を個室に連れ込むと、その部屋の壁に二つ並んで開いた穴を指差した。指先ほどの小さな穴だが覗き込めば隣の部屋が見える。そこはアイロン・ブラッドの楽屋だった。演奏を終えた四人がネクタイを緩めたりなどしてリラックスしている。

「ショウさん⁉　何勝手に穴を開けてるんですか⁉　怒られるどころじゃ」

「俺じゃねーよ。元々開いてたんだ」

嘘くさい、と思いつつも糾弾したところで穴が塞がるわけでもないのでアーニャは考えるのをやめた。

「今日も良い感じだったねー。ロイもガブも競い合うみたいにノっちゃってるのも逆に良い感じ！　なに？　また喧嘩してるの？」

アイロン・ブラッドの紅一点、エレナは屈託のない笑顔を長耳族のガブリエルと鉱夫族のロイに投げかけるが、二人は居心地悪そうに互いに背中を向けて椅子に座っている。

「特には……」

「……フン」

と、短く返事をして黙りこくる二人。そこに悪魔族のシェイドがからかうように割って入ってきた。

悪魔族には多数の分類があり、シェイドの青白い肌や発達した犬歯から吸血鬼の括りに含まれる種だとアーニャ達は推察した。

「僕知ってるよーん。ロイがジャケットを新調してきたのにガブリエルが全く触れないから怒ってるんだろー」

「え！　そうなの！　ゴメン！　私も気づかなかった！」

両手を合わせて謝るエレナ。ロイは「別に……」と呟くだけで表情を変えない。一方、ガブリエルは、

「前の服と代わり映えしないいんだから当然でしょう。そのくらいのことでヘソを曲げるなんてかまって欲しがりにも程がある」

「なんだと⁉」

ロイが立ち上がり、ガブリエルに掴み掛かろうとするがシェイドに後ろ襟を掴まれて止まる。

エレナは楽しそうに笑い、

「アハハハハ……シェイド、止めないでいいんじゃない。心ゆくまで喧嘩させてあげよ」

「……はいな～、姫の仰せのままにい」

そそくさと部屋を出ていくエレナとシェイド。部屋にはガブリエルとロイが取り残された。

この光景を見物しているアーニャとメーヴェは四人の関係性を分析する。

「あのエレナさんって人、可愛らしいですねえ。私の倍くらいの年齢のはずですけど、華があるというか天真爛漫というか」

「ああいう女が男にウケるのよねえ……きっとあの長耳族と鉱夫族の仲違いの原因は彼女の取り合いね」

「あー、やっぱりそう思いますよね！　ロイさんがジャケットを新調したのもエレナさんにアピールするつもりで！」

「あの青白いヤツに言われてから気づいたもんだからむくれちゃったのよねえ。長耳族の方も勝ち誇ったみたいにバカにして……フフッ、音楽家なんて女慣れしているヤツばかりだと思ってたけど、二人とも正しく頑固な長耳族と鉱夫族ねえ」

楽しそうにアイアン・ブラッドの四人を評するアーニャとメーヴェだったが、

「プッ………ククククっ！」

ショウは堪えるのを我慢できずに笑いを漏らす。

「な、なんなんですか？　急に笑い出して」

「い……良いんだ！　俺に構わず続けて！　続けて！」

腹を抱えて震えているショウを怪訝な気持ちで見つめながらも、視線をガブリエルとロイに戻すアーニャとメーヴェ。

反発するように背中を向け合うガブリエルとロイ。しばらくそうしていたが、ガブリエルが振り向く。

「悪かったですね。気づいてあげられなくて」

そうすんなりと頭を下げたのを見てメーヴェは驚いた。長耳族の高慢さは種族的特徴と言っても過言ではない。特に『長耳族の首がつながっている間は鉱夫族に頭を下げることはない』という格言が昔からあるくらいに。それなのに長耳族のガブリエルが鉱夫族のロイに謝った。しかもとても些細なことで。

「かまわん。エレナが気づかないくらいだ。お前のような鈍感者が気づかなくても当然だ」

「ああやだ。いつもそうやって拗ねる。さっきも言いましたけど、微妙な違いすぎて分からないんですよ。前のジャケットとどこが違うんですか？」

「ほとんど変わらん。服職人に同じように作ってくれと頼んだからな」

「ハア？　そんなの分かるわけないでしょう！」

相好を崩し、呆れた声を上げるガブリエル。へへっ、とはにかむように笑うロイ。さっきまでの剣呑な空気が嘘のようで、見ているアーニャとメーヴェは戸惑い始めていた。さらにガブリエルはロイの肩に手を置いて、じっくりとジャケットを観察する。

「うわ、本当にそっくりですね。せっかく新しいジャケットを仕立てるんだからもっと凝ってもよかったんじゃないですか？　ミイスに来る前に買った安物と同じ型だなんて」

「いいんだよ。俺はこの型が気に入っているんだ」

「まったく、その頑固さは筋金入りですね。まあ、服なんて着られればいい、って言っているあなたがこだわりを持ち始めたのはいいことだと思いますが」

ポンポンと気安く肩を叩くガブリエルだったが、その手首をロイは乱暴に掴む。

「えっ？」

ガブリエルが戸惑った声を上げる。

「へ？」

アーニャが間の抜けた声を漏らした。

「あら？」

メーヴェが意外そうな声を出した。

しばしの沈黙を置いてロイが口を開く。

「あの時……お前が俺に選んでくれたジャケットだろうが。だから、俺はコレが一番いいんだ」

その言葉を聞いてガブリエルはロイから必死に目を逸らす。うわずった声で喋り出す。

「……ふーん、洒落っ気が出てきたのかと期待したのに。あんな前のことをずっと覚えてるなんてあなたは相変わらずで」

「ああ、そうだ――」

「んっ!?」

ロイがガブリエルの腕を引く。バランスを崩した華奢なガブリエルの身体がロイの広い胸板に受け止められた。そして次の瞬間………ロイはガブリエルを抱き寄せ唇を合わせていた。

「「フ……フゥワァァァァァァァ――――ッ!!!」」

隣の部屋でその瞬間を目撃してしまったアーニャとメーヴェは、顔をリンゴのように真っ赤にして聞いたことのないような悲鳴を上げた。瞬時に思考回路がショートしてしまった二人は、あんぐりと開いた口を手で押さえて、ガブリエルとロイを凝視している。

「もうっ!　あなたはっ……!　んっ!?　ダメですよ!　エレナとシェイドが戻ってくるかも!」

「うるさい。お前が意地悪なことばかり言うからだ」

さらに強く唇を押し当てるロイ。口では諫めるガブリエルだが、ほとんど抵抗することなくロイの情欲を受け止めていく。

「ちょっとぉ――――っ⁉ えっ⁉ えっ⁉ あわわわ……………フ、フウワァアァアァアア――――ッ‼ ふぇぇぇぇぇ…………ど、どういうことぉ――――っ⁉」

凄まじい声を上げるアーニャとメーヴェだが、その視界をショウの掌が塞ぐ。

「ここまでだ。他人の秘め事を覗くのは不粋で破廉恥だからな」

「ハ、ハ、ハレンチぃってぇ……ど、どういうこと……なんですかぁ？」

突然目の当たりにした男同士の交わりの衝撃で、アーニャは泣き出していた。

「涙流すほど喜ぶなよ……」

「ち、違いますよぉ……その、驚いてしまって……」

アーニャは猫人族の小さな集落の出身。当然、男性同士で交わり合う文化には一切免疫がない。なお、メーヴェはというと、

「ふふふ、アーニャはまだまだお子様だものね。驚いて、腰を抜かしても仕方ないわ」

と言いながら腰を抜かして床にへたり込んでおり、投げ出した膝が小刻みに震えていた。耳年増で同性同士の恋愛事情についても造詣が深いメーヴェだが、生で現場を目にする機会はこの二百八十年で一度も無かった。なんだかんだで箱入り娘だったのだ。

「詳しいことは分からんが、あのガブリエルとかいう長耳族とロイとかいう鉱夫族はデキてん

だろうな。そのことをエレナとシェイドも薄々感づいてる。まー、話題の音楽家が男同士でデキてるなんて世間に知られたらコトだから隠すしかないし、そもそもハルマンみたいな蟲人族（バグズ）の連中は同性愛に対して嫌悪感（けんお）剝き出し（かんむ・だ）だからな。バレたらカルテットが終わるって緊張感と隣り合わせだから演奏にも身が入らねえ、ってところだろ」

ショウの推測はおそらく当たっているだろう、とアーニャに思わせるには十分な論理性があった。

「ショウさん……落ち着いていますね……」

「俺だって最初知った時は鼻水吹き出したわ……つーか、どうしたらいいんだよ、これ」

さしものショウも大きなため息をついてお手上げの仕草をする。

「と、とりあえず一度、アイロン・ブラッドの皆さんに事情を話しましょう！　ハルマンさんが無理やり皆さんを結婚させたがっているって」

「連中がそれを知ってどうなる。あの二人にとっちゃ関係の解消を宣告されるようなもんだ。あんな嘘（うそ）くさいほどベタベタしてるバカップルに冷や水ぶっかけたら、それこそ演奏どころじゃなくなるぜ」

もし、アーニャがハルマンに反抗せず結婚相談することになっていたら、ロイとガブリエルのハルマンに対する不信は取り返しのつかないほど根深いものになっていただろう。そういう意味ではアーニャは既にファインプレーをしていたと言える。

「とりあえず、一日退却だ。どっかで一杯引っ掛けながら作戦立て直そうぜ」

「まだ日が高いのにお酒呑みに行くんですか？」

「世間の連中が働いている時間に呑む酒は美味いぞ。長耳族の姐さんもどうだい？」

「あら……じゃあお呼ばれしちゃおうかしら？」

「ちょっと！　やっぱり隙あらばメーヴェさんのこと口説こうとしているでしょ！」

「ハハハ。何を言っているんだいアーニャくん。彼女が美しいのは認めるが今はその深謀なお知恵を拝借したいだけだよ」

《いいじゃない！　あなたばっかり良い男とお酒呑みに行くなんてズルいわよ！》

　ミイスの問題児のナンバー1、2（アーニャ調べ）から耳と脳に同時に話しかけられ頭を抱える。もういっそモンスターとモンスターをぶつけ合うつもりで連れ込み宿に叩き込んでやろうか、とすら考え始めている。


「どうあれここに長居するのはマズいぜ。覗き穴開けた濡れ衣まで着せられかねないからな」

「え？　ホントにこれショウさんの仕業じゃないんですか？」

　アーニャの問いかけには答えずショウはドアを勢いよく開けた。すると、ドアの前でアイロン・ブラッドの紅一点、エレナが驚きで強張った顔をして立っていた。

「あ、あなたたち何を？」

と、問いかけると同時に、エレナは部屋の中にいるショウとアーニャとメーヴェを交互に見返す。そして、アーニャが壁の穴の前でへたりこんでいることに気づき、事情を察した。

「……はは一ん。なるほど、現場を押さえられたということね。私が開けた穴を使って」

「へ？　アンタが開けた」

「問答無用‼」

そう吠えるとエレナは赤いドレスのスカートから白い素足を惜しげもなく抜き放つ。赤いピンヒールで放つカカト落としがショウの頭に叩き込まれた。

「グぎゃあああああっ‼」

頭を押さえて床の絨毯を転がりまわるショウ。この時まで、エレナたちアイロン・ブラッドが元冒険者パーティだったことをアーニャは忘れていた。

「ふっ、ふっ、ふっ……こうなってしまってはもう殺すしかないわね！」

物騒なことを言い放ったエレナは、床を蹴ってアーニャとメーヴェに襲いかかった。

数分後、正座をさせられたエレナがアーニャとメーヴェの前でうつむいている。

「思ったほど強くないですね。やっぱり冒険者から足を洗ってブランクがあるんですかね？」

と、アーニャ。

「こんなものじゃない？　冒険者なんてSクラスでもない限り大したことないわよ」

片や猫人族の中でも最上級の才能の持ち主。片や始祖の流れを汲むハイエルフの末裔、しかもサンクジェリコ学院の講師でもある。彼女らにとっては元中堅冒険者風情のなまりきった体技など児戯に等しい。エレナは殴られこそしなかったが、あっさりと取り押さえられて力関係をわからせられた。

「ま、アンタの思った通り、ハルマンの差し金で来たけどさ、別にこんなことを報告するつもりもねえ。悪いようにはしないから協力してくれねえかな？」

ショウはエレナの頭をポンポンと叩いてそんなことを言っている。派手に一撃をくらわされていながらも、そんなことはなかったかのように気持ちを切り替えられるのはショウの美徳だ。

「ショウさん、今日は見境なくないですか？　気取った格好してるからってプレイボーイ仕草まで発揮しないでください」

責めるように言うアーニャをショウは一笑に付す。

「そういうのじゃねえよ。守りたかったんだろ。このカルテットを。あの二人の関係がバレたらハルマンに解散させられかねないもんな。あの守銭奴のクソ虫は無理解でドライだからな」

「さっきまで匙投げて呑みに行こうとしていましたよね？」

「うっせえ。分からんなら分からんなりにどうにかするしかないだろ。たとえば偶然を装ってどっかの貴公子にあの二人を口説かせるとかして別れさせれば——」

「だ！　それはダメっ！」

エレナが声を上げた。は？　と不機嫌そうな顔をして睨むショウ。

「おいおい、お前らのイザコザを黙っててやるだけじゃなくって協力してやろうってんだぞ。何がダメなんだよ」

エレナは躊躇うような素振りをしていたが、観念したように拳を握りしめ顔を真っ赤にして叫ぶ。


「ロイ×ガブ以外に正解はないんです!!」

部屋の空気が瞬時に凍りついた。

◇　◆　◇　◆　◇

場所を変えるために入ったレストランの個室で円卓を囲むアーニャ達とエレナ。

「要点をまとめると、ガブリエルとロイがコッソリ付き合っている。バレると大衆の好奇の目に晒されるし、何よりハルマンが同性愛大嫌いマンだ。奴はミイスの芸能王。怒りを買えばこの街で音楽活動を続けられなくなる。いっそ二人が別れちまえば話は早いんだが、愛し合う二人を別れさせるのは嫌だ。音楽は大事だが仲間の幸せは犠牲にできない」

ショウが話す言葉にうんうん、とうなずくエレナ。ここまでなら、ただの仲間想いの女性だろう。だが、アーニャは敢えて一歩踏み込んだ。

「そして何より………エレナさんが二人の恋路を見届けたい」

「そこなんですよ！　私はあの二人のラブストーリーを眺める、物言わぬ壁になりたいんですよ‼」

力強く宣言するエレナ。ここが個室でなければ他の客が一斉に振り向くレベルの大声だった。それが彼女の想いの強さの表れでもある。だが、聞いている三人は呆れ返るだけだった。

「あ、ガブ×ロイじゃなくて、ロイ×ガブだから。順番間違えないでね。リバは禁止です」

「知るかっ！」

ショウは唾を飛ばしながら怒鳴る。アーニャはそんなショウをなだめつつも疑問を投げかける。

「おかしいですよね。微妙な空気が流れたり、よそよそしかったりするって話だったのに」

「そうなんですよね。いや、二人だけでいる時はあんな感じでイチャコラしてるんですよ。なのに私がいる時は、なんだかちょっとおかしいのは感じてました」

「……あなたがいやらしい目で見てくることが気になっているからではなくて？」

メーヴェの発言にショウとアーニャは「それだな」といった表情で深くうなずく。するとエ

レナは絶望したように顔を真っ青にして、

「そんな……私がふたりの仲を邪魔しているっていうの⁉」

と叫ぶ。ショウは心底どうでもいいという顔で応える。

「そうそう。分かったら覗きもほどほどにな。ていうか、音楽にちゃんと向き合えよ。じゃないと、お前ら全員に結婚相手紹介すんぞ」

「嫌ぁ！　それだけは……あ、でも望まない相手と契らされそうになりながら背徳的に盛り上がるロイ×ガブは観てみたいかも」

「エレナさん。まず自分の身を案じてくれませんか？」

エレナの業の深さにアーニャは呆れるばかりだった。

◇　◆　◇　◆　◇

音の一つ一つが火球のように熱く輝いている。それらの一つ一つが川の流れのように繋がって旋律となり、場内を暴れ回る。練習場で個人練習を繰り返すエレナは鬼気迫る勢いで鍵盤を叩く。防音ガラス越しに見えるその姿にハルマンは感心していた。

「あのうわついていたエレナが見違えたな。懊悩や葛藤……ピアノを奏でながら人生を表現しているようだ」

エレナが音楽家として一皮剝けたことにパトロンとしての喜びを噛み締めていた。なお、当のエレナは、

(ああああああっ!! ロイとガブのカラミが見たい！ だけど私がいたら二人はよそよそしくなっちゃうし……ピアノに向き合うのが二人のため……だけど育まれる愛を！ 燃えるような熱情を！ 観察できないなんてツラ過ぎぃ!!)

と荒れ狂う心を無理矢理ピアノに向けることでなんとか禁欲生活を保っているのだった。

「まあ、できればもっと色気や艶っぽさを出してもらいたいがね」

「あははは、さすがにそこまでは……」

ハルマンの隣で歯切れの悪い返事をするアーニャは内心で(あんな貴腐人にそんなもの備わるわけないだろ！) と悪態を吐いている。ちなみに貴腐人とは男性同士の同性愛を愛好する女性を意味するスラングである。

「でも、これでアイロン・ブラッドの皆さんを結婚させる必要はありませんよね!?」

アーニャの言葉にハルマンは苦笑する。

「妙な話だな。結婚相談所の人間が結婚させないことを喜ぶなんて」

「私たちは真剣に結婚したい人を応援するんです。望まない人に結婚を押し付けるのはマリーハウスのやり方ではありませんので」

キッパリとそう返すアーニャをハルマンは子供に向けるような優しい目で見つめた。

「ドナさんの理想は清廉で人間に対する信頼に満ちている。その薫陶を受けて育つ君がどんな素敵なレディになるのか、実に見ものだよ」

端整な顔立ちと大人の色気に溢れるハルマンから発せられる褒め言葉に、アーニャは気をよくして頬を赤らめた。

（つくづく、ショウさんとは真逆だなぁ。反発し合うワケだ。お互い見た目は良いんだし、ロイさんやガブリエルさんを見習ってちょっとは仲良くしてくれたら良いのに………って、私は何を考えているんだ）

うっすら浮かび上がってきた耽美な妄想を振り払おうとかぶりを振るアーニャ。すると練習場のドアがバンっと開け放たれてエレナが現れた。

「ニオイ……クサッタ、モウソウノ、ニオイガスル……」

脳内で描いた光景をも捉えたかのように血走った目で睨みつけてくるエレナにアーニャは戦慄した。

「や、やっぱり結婚相談お受けしましょうか？　この人だけは」

「ソウダン……ソウウケ、ダンシ？　ガブ……ソウウケ……フフフフフ」

禁断症状が出ているエレナを見て、アーニャは問題を解決できた気にはなれなかった。

その後、アーニャはハルマンからミイスショーホールで行われるアイロン・ブラッドのコンサートチケットを受け取った。チケットは二枚あったが、ショウは「興味ない」と吐き捨てて夜の街に消えていった。アーニャも一人で行くのは気がひけるのでメーヴェを誘ってミイスショーホールに赴いた。

床が大理石でできたエントランスとロビーを抜けてホールに入れば、背もたれが倒れる柔らかい座席が何百席と敷き詰められている。上の階も含めれば一千を超えるだろう。

「思ったより早く着いちゃったかしら。開演までまだ小一時間あるわよ」

「じゃあ、エレナさんに挨拶しに行きましょうか。楽屋に入っても構わないってハルマンさんから言われてますし」

「禁欲中でヤバいことになってるんだって？」

「メーヴェさんが思ってる十倍ぐらいは……」

腐ってるわねえ、とメーヴェは笑いながら関係者以外立ち入り禁止の札が掛かっている縄を越えて奥に進む。

コンサート直前。きっとエレナは楽屋に籠もって緊張と戦っていることだろう、と二人は思っていた。しかし、

「あ………」

「あの子……全然反省してないじゃない」

倉庫に使われている部屋の引き戸の隙間に目をねじ込むようにして中を覗（のぞ）いていた。メーヴェは少し脅かしてやろうと思い、

《コラっ！　このスケベ女！》

と、念話（テレパス）を使って脳内に直接語りかけた。エレナはビクッと肩を震わせるとキョロキョロと辺りを見回す。

「が、ガブ⁉　来ちゃダメ――――」

と叫んだが、メーヴェとアーニャだと知ると「ふう」と安堵（あんど）の息を漏らした。

「やれやれ、ダメですよ。約束したじゃ――」

「声を立てないで！　い、今！　大変なことになっちゃってるから‼」

アーニャの注意を無視してエレナは覗きの姿勢に戻った。アーニャとメーヴェは呆れながらも好奇心が勝ってしまい、エレナの上下に陣取って部屋の中を覗き込む。

部屋の中には演劇の時に使われる大道具小道具や書き割りが所狭しと置かれていた。そして隅には大きなテーブルが置かれており、その上で俯せに押し倒されている男と、それに覆いかぶさっている男の影が見えた。アーニャもメーヴェも並外れた五感の持ち主である。暗がりの部屋でも問題なく、その人影の正体が分かった。押し倒されているのはロイ。そして覆いかぶさっているのはガブリエル――ではなかった。

「え」

「え？」

「えええええっ⁉　むぎゅぅ」

大声を上げそうになったアーニャの口をメーヴェとエレナが押さえた。覆いかぶさっている男はカルテットのチェリスト、シェイドだった。想定外の第三者の介入にエレナは興奮し、舞い上がっていた。

「ば、バカ！　やめろっ！　もうすぐ開演だぞ！」

「アハハ、往生際が悪いね。君たちがいけないんだよ。ロイもガブリエルも僕のことを無視するみたいに盛り上がってるからさ。演奏もコッチの方も。ムカつくじゃんか」

「ウッ……やめてくれ……俺はガブと――」

「おいおい、そりゃあないだろう。男の良さを教えてあげたのは僕だよ。思い出させてあげようか」

「うおおおっ!?　や、やめ――」

ドン！　とテーブルが叩かれる音が響いた。シェイドが威圧するようにロイの顔の横に手をついたのだ。

「僕のことが忘れられないんだよ、君たちは。なんたってふたりとも僕が育て咲かせてあげた薔薇の花なんだから」

「え……まさか、お前!?　ガブの奴とも!!」

「フフ、良いお顔になったねえ」

シェイドがロイの顔を舌で舐めまわし始める。

真っ先に羞恥心が限界に達したのはアーニャだった。

「どっせ――――――――――い!!」

ラリアットをするようにエレナとメーヴェを持ち上げて廊下の端まで駆けていった。

三人とも顔を息を荒くして互いの真っ赤な顔を見合っている。

「み……見た？　今の私のストレスが見せた幻覚とかじゃないよね？」

エレナは手を震わせながらアーニャとメーヴェに問う。

「ちょっと待って……ロイ×ガブがデキていたのよね？　でも、今のはシェイド×ロイ？　しかもあの口ぶりだとシェイド×ガブも……」

メーヴェは顎に手をやりながら先程の光景を思い返し、情報を整理していた。

「やだやだやだやだ、こわいこわいこわいこわい」

ウブなアーニャには想像もできない業(ごう)の深い男達の愛憎劇に脳が壊されかけていた。

評判のカルテットの演奏を最高の環境で楽しもうとホールに集った観客達。その楽屋裏では混乱と愛憎に満ちた一幕があったことは誰も知る由(よし)もなかった。

観客はほとんど劇場内に入場し、ロビーに人影はまばらだった。その中にはマリーハウスの紹介で交際を始めたグエンとスカーレットの姿があった。

「意外ねえ。あなたが音楽に興味があるなんて」

「興味というか、知り合いが演奏するらしくてな。喜んでくれてよかった」

「フフっ。そう言えばこの近くに美味しいお店があるのよね。終わったらどう？」

「あっ、も、もちろん！」

遅めの晩餐を向こうから誘われたグエンはこっそりガッツポーズをして、ドレスの深めに入ったスリットから覗くスカーレットの扇情的なふくらはぎを凝視していた。

「ふむふむ。欲を掻き立てつつ主導権は握ったまま……あの駿馬族の女やるわね」

置かれたソファに腰掛け、少し羨ましそうに二人を見つめるメーヴェ。その傍らに横たわるアーニャ。ヒンヤリと冷たく凍ったタオルが額に当てられている。

「す、すみません。頭がポーッとしちゃって……一人で演奏聴いてきてくださいよ」

「いいわよ。今、どんな顔であのカルテットを観れば良いか分からないもの……ていうか、怖い。あんなことがあった精神状態でまともに演奏できるわけないでしょ」

「……やっぱりそうですよね」

アーニャはため息をついた。結局、危惧していた通りのことになってしまったのだ。

恋のイザコザでチームワークにヒビが入ったアイロン・ブラッド。念願のホールコンサートで下手な演奏をしてしまい、評判は地に落ち、連鎖するように仲違いも増え、演奏の質が下がっていく未来が見えるようだった。

（こんなことになるくらいならアイロン・ブラッドの全員に事情を説明しておけば……ん？）

と、アーニャが思った瞬間、彼女の覚えていた違和感がハッキリした。

「……メーヴェさん。念話って、長耳族なら誰でも使えるんですか？」

一見、脈絡のない質問にメーヴェは怪訝な顔をする。

「まあ、ある程度修練していれば。妖精系の種族では割とポピュラーな魔術よ。身体が接触していたり、仲が良かったりする相手となら比較的簡単ね」

「鉱夫族も妖精系の種族ですよね」

「そうだけど……ん？」

メーヴェもアーニャの質問の意図に気づいた。

「そもそも、最初からおかしかったんですよ。エレナさんが隣の部屋で壁に穴開けてハァハァしてたら気づかれますよ。なのに見せつけるように口で発声して直接的に愛を囁くなんて」

メーヴェは頭を抱えた。

「……たしかに。長耳族の恋人たちも夜は念話で会話しがちね。でも、あの二人ができると決まったわけじゃ」

「メーヴェさん、さっきエレナさんに念話しましたよね。その時真っ先にガブリエルさんを疑ったってことは脳内に声を届けられた経験があったからじゃないですか？」

少なくともガブリエルはテレパシーを使える。ならば、もっとコッソリと事を運ぶためにテレパシーを活用できたはずだ。それなのに見せつけるように言葉を放っていたのは——

「アーニャ。それにメーヴェ嬢。せっかくのコンサートなのに中に入らないのか？」

思案しているアーニャに声をかけてきたのはドナだった。その隣にはハルマンが涼しげな笑みを浮かべて立っていた。アーニャの思案はどこかに飛んでいき、申し訳なさそうに訴える。

「ハルマンさん……あの——」

「お静かに。もう演奏が始まりますので。一緒に鑑賞しましょう」

唇の前に人差し指を立ててそう呟いたハルマンは、三人の美女をホール内の特等席にエスコートした。

◇　◆　◇　◆　◇

深紅のバラのようなドレスを着たエレナがモノトーンで作られたピアノに覆い被さるようにして鍵盤を叩く。その様子は猛烈な速度で花弁を開かせていく野生の花。生命の持つ可能性やたくましさを胸に訴えかけてくるような力強く艶やかな演奏。

流行りのカルテットが演奏するらしいから来てみたという初心者も、種々の演奏家を聴き比べ感性を磨き続けている中級者も、音楽を生業にしており、その技法や歴史を知り尽くしている上級者も、誰も彼も魅了されている。アイロン・ブラッドのピアニスト、エレナは生涯最高の演奏を今披露している。

やがて、弦楽器の調べと重ねるようにして和音を鳴らして曲が終わると、ホールの中は割れんばかりの喝采に包まれた。アーニャとメーヴェも完全に心を奪われていて目を丸くしたまま無表情で拍手を送っていた。

「ブラボー、ブラボー。エレナめ、ギリギリで仕上がったな」

ハルマンがご満悦といった表情で壇上のアイロン・ブラッドを眺めている。ドナは太ももの上で小さく拍手を送り、口を開く。

「音楽家というのもなかなか素晴らしいものだな。彼女たちはただ譜面をなぞって楽器を奏でるだけでなく、自らの人生や感情といった内面を音に載せる。彼女たちが演奏中何を考えているのか頭を割って見てみたいものだ」

(あの連中、男同士の恋愛のことばっか考えていますよ)

と口には出さないアーニャ。だが実際にそうだった。

（男性同士の色恋ってなんて奥が深いんだろう！　ガブに対してはあんな強気攻めだったロイがシェイドというスーパー攻め様の前では怯える子犬ちゃんみたいになされるがまま！　しかもロイ×ガブのあの切ない恋模様が全部シェイドの手のひらの上だったなんて！）

猛スピードで鍵盤を叩きながら後ろを振り返るエレナ。見つめ合うロイとガブリエル。その二人を後ろから舌なめずりして見守るシェイド。彼女の愛する仲間達がくんずほぐれつの恋模様を魅せてくれる。奇跡的な幸せに胸が熱くなる。

「もうんっ！　んたまらなぁいっ！」

熱情が彼女の音をさらに高みへ高みへと吊り上げていく。アイロン・ブラッドのホールデビューは大成功に終わった。

◇　◆　◇　◆　◇

終演後、興奮のあまり熱を出してしまったエレナを除くアイロン・ブラッドの三人は酒場に来ていた。個室を借り、給仕が離れたのを確認して、ハァーと大きなため息を吐く。

「やっと終わった！　エレナも見事に殻を破ったみたいだし万々歳だ！　俺たちのプライバシーを切り売りした甲斐があったな！」

なかばヤケ気味に叫ぶロイ。

「まったくです。エレナには悪いですが、とりあえずは作戦の成功を祝って三人だけで祝杯をあげましょう」

ガブリエルが高らかにグラスを掲げる。

「むしろ一人の方が妄想が捗ってるよ。今頃、あの子の頭の中で僕たちどんなことさせられているのやら」

シェイドが笑うと二人も賛同するように笑った。

「しかし、大変だったな。覚悟を決めたとはいえ俺たちの関係をエレナに見せるってのは」

「あなたはなかなかわざとらしかったですよ。ま、そこが愛しいところでもあるんですけど」

ロイとガブリエルが甘い空気を流すとシェイドはやれやれ、と両手を掲げた。

「やっぱ、リアルカップルには負けるよ。あーあ、僕も熱演したのに」

「あなたもなかなか素敵でしたよ。リアルに混ぜ込むフィクションの爆弾として素晴らしい出来でした」

「芝居とはいえ、俺たちを目覚めさせた張本人なんて大それた役をよく思いつくものだ」

「へへへ、そこは純愛主義の君たちと違い遊びの経験が豊富だからね」

アーニャが疑問に感じていたとおり、アイロン・ブラッドの男達はエレナが貴腐人だということを熟知していた。だからこそロイとガブリエルは自分達の秘めた関係をわざと見せつけ、さらにドラマチックに盛り上げるようシェイドが一芝居打った。すべては彼女の感情を解放させ演奏の質を高めるために。

「こんなやり方せずとも普通に恋でもして演奏に艶が乗ってくれれば良かったんだがな」

「いいじゃないですか。下手に悪い男に引っかかって身を崩されるのも我慢なりませんし。エレナは私たちにとって可愛い娘みたいなものですからね」

「まったく。娘可愛さをハルマンに良いように利用されちゃったなあ」

◇　◆　◇　◆　◇

ミイスショーホールの近くの品のいいバーでハルマンはドナ、アーニャ、メーヴェと美女に囲まれて酒を呑んでいた。ショウと嗜好は異なるが彼もまた女好きである。そして、美女たちの視線を集めるのを至上の喜びとしていた。

「もともと、エレナはあのカルテットの中では若干腕が落ちる。『ピアニストなら他に代わりはいくらでもいる。伸び悩むようならば、別のピアニストに代える』——と、他の三人には伝えていたんだ。本人じゃなく、他の連中に言うのがコツなんだ。人の絆というのは他人のために力を発揮するものだからね」

ドヤ顔で持論を展開するハルマンにアーニャは不満げに尋ねる。

「要するに、私たちがわざわざ関わらなくても問題なかったと」

「そうは言ってない。君たちがエレナを咎めてくれたおかげで彼女の緊張感は高まり、禁欲からのカタルシスを生んだ。溜まった水が堰を切って溢れ出したかのように力強く清々しい演奏だったよ」

からかうような口ぶりのハルマン。アーニャは不満たらたらといった表情で彼にお酒を注いだ。メーヴェはそんなアーニャを見てニヤニヤと笑う。

「なかなかいい経験をさせてもらえたじゃない。真面目な結婚相談者たちからは教えてもらえない知識が一気に入って来たでしょ」

「……たしかにいい経験でしたよ。でも、私はメーヴェさんやエレナさんみたいに愉しんだりできませんから！」

顔を赤らめて反論するアーニャをドナは穏やかに笑いながら見つめ、語りかける。

「ああ、楽しめなくても問題ない。だがな、理解はできるようにしておけ。同性に愛情を懸ける者達のこともな。時代が変わり、同性の結婚が認められればウチだって同性の結婚相手を求める相談者が来るかもしれん。その時に真摯になって向き合えないようでは、秘書係は務まらんぞ」

少しおどけたような口調で柔らかく包んではいるが、ドナが真剣であることをアーニャは肌で感じていた。

「でも同性同士じゃ子ども作れないでしょう。それなのに結婚しても」

「だが、同性じゃないとダメな者達がいる。その者達に異性の結婚相手をあてがうのは双方に不幸だろう。家や種族にとらわれない結婚を推し進める私達は多様な人間の在り方に寛大でないといけないんだよ」

ドナはアイロン・ブラッドの恋愛事情を聞かされても「ふうん」と微笑(ほほえ)むだけで驚きはしなかった。慌てふためいていた自分が未熟であることを痛感したアーニャはあらためて自分の憧れの人の器の大きさを感じた。

「本当、学ぶことってたくさんあるなあ」

アーニャはそう言ってグラスをあおると、ふと思い出したことを口にした。

「ところでハルマンさん。ショウさんから同性愛は受け付けられないタイプだとお聞きしましたけれど」

「素敵なレディになりたいなら奴(やつ)のような人間とは言葉を交わさない方がいい。耳が腐る」

（ショウさんが大嫌いだということは分かりました）

「まあ、否定はせんがね。私は同性愛者が嫌いだ。種を残すことより自身の快楽を追求する連中だからな。だが——」

ハルマンはグラスを掲げ、店内の照明をグラスに映し出す。遠くの星を眺めるように透き通った瞳でそれを見つめる。

「同性愛だろうと、ヒトを愛しているのに変わりはない。それがきっかけで素晴らしい芸術が生まれることもある。ならば私の思想信条はそっちのけで彼らの存在を歓迎できる。寛大さは芸術の発展にとっても、欠かせない土壌だからね」

と、自分の台詞に陶酔するようにグラスをさらにあおった。

芸能王ハルマン。なかなかの曲者で底を見せないが、ひとつたしかなのはショウと凄まじく仲が悪いこと。実は彼らの関係はミイス誕生以前に始まっている。今よりはもう少し仲良き時期もあったりしたのだが——それはまた誰かのラブストーリーと共に語ることとしよう。

Chapter 5

5 ブライダルフェアと招かれざる客

マリーハウスは結婚相談所であると同時に結婚式の企画・運営を行うプランナーでもある。市内にあるイベントホールやレストランを借り切り、新郎新婦が望む形で彼らの親しい人々と祝福の時間を過ごす手伝いをするのだ。

と、いっても結婚式のあり方は出身の地域や種族によって大いに異なる。自分の種族の伝統を互いに押し付け合った結果、その後の夫婦関係に亀裂が入ってしまうことも少なくない。よって、マリーハウスでは伝統色があまりないカジュアルな『ミイス式』を推奨している。この式では結婚の契約を神に誓うのではなく集まった親しい人たちに誓う形で儀式を行い、その後宴会場に移って参列者からのお祝いの言葉や出し物などを受け取りながら歓談するというものだ。

もっとも、このミイス式はその名の通りミイスで生まれたものであり参列した者もまだ少なく、新郎新婦もどういうものかイメージが湧かない。

そこで、結婚予定者が実際の会場でミイス式のデモンストレーションを見学、体験できるイベントとしてブライダルフェアが行われている。

そして、アーニャは翌日に控えたブライダルフェアの準備に大忙しだった。

「予定変更！　テーブルは十二卓でお願いします！　えっ？　十卓しか入らない？　じゃあ、実際に使うテーブルより小さいものを並べてください！　一卓に一組なので大丈夫！　あれ？どうしてテーブルキャンドルがロータイプなんですか！　ハイタイプで発注しましたよね⁉え？　お料理はサンプルでいいかって？　良いわけありません！　実際にお出しするものを食べてもらわないと選べないでしょう！」

必死でレストランのスタッフに指示を出すアーニャの姿を肴に、メインテーブルで酒をかっくらっているのは言うまでもなくショウ。

「ネコ娘、営業スマイル営業スマイル。せっかく祝い事やるのにカリカリしてちゃ酒が不味くならぁ」

「仕事中に堂々と呑まないでください！　てか、ちょっとは手伝ってくださいよ！　急に参加者が増えたせいで変更だらけで」

「ああ、ソイツらの席なんか適当で良いよ。どうせ何やっても文句しか言わねえんだから」

「どういうことです？」

アーニャは追加の参加者についての情報は名前と種族と年齢しか知らない。あと、分かっているのはマリーハウスの結婚相談を受けていないということだけだ。ようやく疑問を抱き始めた彼女にショウは怠そうに説明する。

「都市議会の視察団だよ。マリーハウスの運営は都市計画の一環だからな。悪事に手を染めていたり、暴利を貪っていないかチェックしに来るんだ」

「あーなるほど……ん？　おかしくないですか？　ウチって悪いことなんてしていないし、慈善事業かってくらい安心価格じゃないですか。なんで文句が？」

「その視察団はウチの仕事が気に食わない連中中で構成されているんだよ。視察と銘打ってネチネチ揚げ足取って議会とかでウチの評判を貶めようとしているんだ」

ショウがため息混じりにそう言うと、アーニャは目を丸くしてテーブルを叩きながら前のめりになって問い返す。

「ええっ！　嘘でしょう！　ウチの仕事のどこに問題が⁉」

「種族間結婚を良しとしているとこだよ。戦前はもちろん、今だってタブー扱いの地域は多い。このミイスの中にだってそういう考えの人間は結構いて、そいつらの支持を受けながら議員をやっている。明日来られるのはそういう皆様だ。マリーハウスの閉鎖が最終目標かな」

「なっ⁉」

アーニャ自身、この街に辿り着いて初めて異種族同士が自由に結婚している光景を目の当たりにした。彼女にとってその衝撃は雲を切り裂いて太陽の光が降り注いだような希望や期待に溢れたものだ。だからこそ、同じものを見て真逆の発想に至った人々がいることが信じられなかった。

「と、言ってもマリーハウスはミイスの婚姻数の向上に貢献しているし、奥手な若い連中の意識改革にも寄与しているから議会の大半に支持されている。そもそもこの街の本来の目的は十七種族共存における各種問題を炙り出す社会実験だから、この上なく適切な事業を行っているって認識さ。感情論で否定してくるような輩が騒ごうがびくともしないさ」

「じゃあお断りしましょうよ……ジロジロ粗探しされながら仕事するなんて嫌ですよ」

「ん～そうも言えないのが大人の事情だな。ウチは潰せないけど、ウチの利用者に矛先を向けることができるくらいの権力者はいるんだよ。痛くない腹探らせるだけでコッチは誠実っぷりをアピールできるし、向こうもガス抜きができてWin-Winってワケ」

「知りたくなかったなあ……どうして、そんな人たちのために私が苦労しなきゃいけないんですか……音楽隊にあの人たち呼んだからただでさえ気を遣ってるのに……」

テーブルに縋り付くようにして腰を落とすアーニャの肩をショウは元気づけるように叩く。

「残念ながら仕事ってそういうもんだ。連中は適当にあしらって、お前は相談者の喜ぶ仕事をすればいい。初めてのオトコが参加するんだろ」

「へ、変な言い方やめてくださいよ！　グエンさんは最初の相談者だったというだけで」

「分かってるって。何を隠そう『ゲスペラーズ』だからお前より付き合い長いんだよ。実は」

またしても、『ゲスペラーズ』。アーニャの耳にことあるごとに飛び込んでくるワードだがいまだに正体不明である。今日こそ聞き出そうと詰め寄った。しかし、

「あ、そういや今日は『ゲスペラーズ』の夜だったな。こうしちゃおれん。あとは上手くやっとけよ！」

スルリとアーニャを躱してショウは去っていった。

◇◆◇◆◇

その日の夕方過ぎ、フェアの会場の最終確認をしにきたドナは疲労困憊となったアーニャを見かねて食事に連れ出した。最初は気乗りしなかったアーニャも、高級料理の数々を口に運ぶうちに機嫌を取り戻していった。

「所長は本当に気前が良いですね！　こんな高級店に連れてきてくださるなんて！」

「お前はよくやってくれているからな。明日に向けて少しでも英気を養ってくれ」

ドナはそう言ってチーズをつまみながら赤ワインを飲み干した。その様子をじっと見つめてアーニャは問う。

「ショウさんに聞きましたよ。ウチのことを嫌っている人たちが明日視察に来るって」

「……ああ、連中のことか。別に下手に出たり媚(こび)を売る必要はない。殴ったり脅したりさえしなければ十分だから軽くあしらってくれ」

冷めた言い方をするドナにアーニャは苛立(いらだ)たしさを覚えた。

「所長は悔しくないんですか⁉　私たちの仕事を悪く言う人たちに好きにやらせて！」

「世の中に変革をもたらそうとするものが批判されるのは世の常だ。むしろ彼らが騒いでいるのは我々の成果が上がっている証拠とも言えるな」

強者の余裕を見せるドナだが、それではアーニャの気は収まらない。

「私たちの仕事は世の中を良(い)い方向に変えているのに！　どう考えても『長耳族(エルフ)と鉱夫族(ドワーフ)が愛し合える街』の方がいいじゃないですか！　反対する気持ちが理解できません！」

アーニャにとって憧れのマリーハウスを否定されることは自分自身を否定されるも同然だ。

そのことを理解した上でドナは指導するように語りかける。

「お前が物心ついた時には戦争は終わっていたからな。あの時代や戦場を経験している人間とでは価値観が違って当然さ」

「所長はどうなんですか？　ていうか……そもそも所長っておいくつなんですか？　悪魔族(デーモン)って年齢が分かりにくいんですよね」

「お前よりは歳上(としうえ)でメーヴェ嬢よりかは若いよ。戦争の真(ま)っ只中(ただなか)に生まれ、戦って、死に損なった。お前が想像するより酷(ひど)いこともした。あの頃の自分を肯定してやることはできない。だから、私は新しい価値観を作り出すことに必死で、そのことに縋りついているんだろうな」

ドナの表情が曇ったのを見てアーニャは食器を置き、背筋を伸ばした。彼女のそういう真摯なところが気に入っているドナは少しだけ声を弾ませた。

「種族間結婚というのはね、元々禁断の行為だったんだ。異なる種族が結ばれ子を生した場合、その子供はどちらか一方の種族に寄ってしまう。ハーフエルフや悪魔憑きといった例外はあるが、大半はね」

「ハイ。だからこそ種族間結婚は互いの愛情の深さが必要になるんですよね。愛があれば種族が違っても子どもを愛せる、って」

マリーハウスの従業員教育のおさらいだと思ってアーニャは答える。しかし、

「平和な世で育った人間にはお菓子のように甘い言葉だ。だが、戦争を経験し、あの時代から抜けきれていない人間にとっては香具師の流言みたいなものだろうな」

ドナは自分の教えを疑わないアーニャを尊く想うと同時に、見えていないものを教えてやらねばならないという使命感を抱いている。

「戦時中、どの種族も子を増やすように民草を煽った。戦争は数だ。異種族同士が争う戦争において同種族の個体数を増やすことはそのまま戦力強化に繋がる。だが、異種族と交わって異種族の子供を産まれてしまってはその目算がつかなくなる。それに加えて『種族が違えば、たとえ親子であろうと憎しみ合う』というのが定説だった。この価値観を引きずっているのが異

種族結婚否定派の連中だ」

「まあ……それは分かります。でも戦時中の話じゃないですか。今の時代には」

「時代が変わっても人間が入れ替わったわけじゃない。お前は明日からメーヴェと殺し合えと言われて納得できるか？」

「っ⁉ そ、そんなのできるわけ」

「ベクトルは違うが一緒のことだよ。正しいと思っている価値観を放棄するには勇気がいる。そもそも新しい価値観が正しいなんて誰も保証してくれはしないんだから」

ドナの瞳に憐憫の影が差すのを見てアーニャは黙り込み、自己中心的な考え方で思考を放棄したことを恥じた。奥歯を嚙み締める彼女の様子を見て、ホッとした気分でドナは優しく諭す。

「でも、彼らとて異種族排斥を是としているわけじゃない。新しい時代に希望を見出したからこそ、このミイスで暮らし、少しずつだが異種族と相互理解を深めようとしているんだ。私達のやっていることを許容する日も来るかもしれない。生きてさえいれば、変わることができるのもまた人間だからな」

テーブルに両肘を突いて、組んだ指の上に顎を載せてドナは上目遣いでアーニャに笑いかける。彫刻のように美しいドナの頰にアルコールに呼ばれた朱が差し込んでいる。美しくも温かい主人に対して忠誠心に近い尊敬の念をアーニャは抱いた。

「所長は、本当に凄い人ですよ。大きな理想を抱いて仲間を率いているだけじゃなくて、敵対している人たちにも理解を示して……私！　所長のもとで働けて光栄です！」

「ハハハ。褒めるな、褒めるな。私はただ大人として若者に道を示しているだけだよ。我々の時代にこさえた重荷を子供達に負わせたくない、そんなところさ」

「謙遜しながらサラリと名言増やしてくぅ！　そういうところですよ！」

話せば話すほど気分が上がっていくアーニャにつられるようにして、ドナの酒量もどんどん増えていき——危険域を越えてしまった。

◇　◆　◇　◆　◇

ドナの腕を肩で担ぎながら夜の街を歩くアーニャ。酔いが完全に回ってスキンシップを欲しているドナはアーニャの顔や身体をこねくり回す。

「アーニャぁ……また裏切っちゃ嫌〜よ〜」

「裏切りません！　裏切りませんてば！」

憧れと慕う気持ちでいっぱいの時間は終わった。くっついて来られるたびに当てられるドナの豊かな胸の感触に自尊心と忍耐力を削られ、ふつふつと怒りが湧いてきている。

「……子どもたちに重荷を背負わせないって言ってたのに、こんな嫌みな重みを味わわせるなんてっ！」

「ん？　これが気になるの？　触ってみる？」

ボヨヨン♪　と、ドナは自らの乳房を下から持ち上げてアーニャの眼前に差し出した。

「はっ、私は女ですよ。そんなの自前のが――――」

ない。全く違う物である。

アーニャに近しいシルキも街ゆく男の視線を地引き網のように引っ張り寄せる美巨乳であるが、それと比べてもドナの豊満な双丘は暴力的なスケールと吸い寄せるような魔力に満ちている。普段は隙を見せない彼女の佇まいによって隠されているが、酔っ払って無防備になるとその魔性は露わとなる。同性だろうと、誘惑されてしまうほどに。

「……じゃあ、少しだけ」

鼻息を少し荒くしながらゆっくりとドナの白い乳房に指を伸ばしていくが、

「だめ～～っ！　ウフフッ！　アーニャはもうあかちゃんじゃないでしょ？　オッパイ欲しがっちゃいけましぇんよ～、めっ！」

アーニャをからかうドナの姿を目にした男達は今宵の女遊びの必要がなくなるほど満たされた気持ちになり、この場にいる幸運を神に感謝した。

なお、アーニャは「めっ！」の瞬間にドナが立てた親指が鼻に炸裂し、痛手を負っていた。

おかまいなしに酔っ払いモードのドナはアーニャに抱きつき、その豊かな胸の谷間に彼女の顔を埋めようとする。

「アーニャ！　アーニャ！　もっとあそぼー！」

（アァァァァァアア‼　めんどくさいっ！　フフフ……いっそ、その辺のテキトーな男にぶん投げてやろうかなぁ！）

白い谷間に挟まれ悪意が芽生え始めたアーニャの目の前で、酒場の扉が開いた。すると酔客の男達がもつれ合うようにして往来に出てくる。


「次はどこの店行くんだ⁉」

「いやいや、ヌキでしょ！　ここは！」

「切り込み隊長のシェイドに代わって俺がみんなを案内するよ！　こないだ当たった嬢がさぁ、すごかったんだよ！　サキュバスの名に相応(ふさわ)しいテクニシャンでさあ！」

「いやいや、やっぱ嬢は天使族(エンジェル)だ！　ヴァルチェさんサイッコーっす」

「あわわ……バカバカバカ！　ヴァ、ヴァ、ヴァルチェはアニキのお気に入りだろーが！」

「そうだぞ。最近ハ、ハ、ハルマンっていう極太客を手に入れて相手にされなくなってるって噂(うわさ)だけど……プッ！　ブワッハッハッハッハッ‼」

　下世話な話の中に知り合いの名前がいくつか聞こえてきたが、聞かなかったフリをするのが情け、とアーニャは無視してその場を通り過ぎようとした。だが、

「バッキャロウ！　相手にされないんじゃなくて俺が避けてんの！　何が悲しくてあんな虫ケ

ラ野郎の後に突っ込まなきゃいけないんだ！　俺がヴァルチェとヤル時はアイツが処女モードの時だけなの‼」

とてもとても聞きなれた声が聞こえてきて、思わず足を止める。

「何が極太客だよ！　アイツなんて金持ってるだけじゃねえか！　蟻穴(ありあな)に入るような貧相な芋虫レベルのモノしか持ってねえくせによ！　コッチの方なら俺の方が太客だぞっ！　金はないけど金の玉も立派なのぶら下げてる‼　ガッハッハッハッハ‼　勝ったな‼」

「ギャハハハハ‼　さすがはショウのアニキ‼」

と、男達が爆笑の渦に包まれた。その横で俯(うつむ)いていたアーニャは顔を真っ赤にして、

「クソ下品なことを往来でさけぶなあああっ！」

とショウに向けて叫んだ。

「お、ネコ娘じゃん。どーした、男娼(だんしょう)でも探してんのか？」

「バッカじゃないですか⁉　バッカじゃないですか⁉　適当な男探してたらとんでもなくテキトーな男来ちゃったんですけど‼」

「そんで適当な男にそれのお守りでもさせようってか？」

ショウはドナに目をやる。ショウと目が合うとドナはとろん、とした顔をして、

「んふふふ……しょーぉ。いっしょに、おさけ、のみましょ？」

と、呂律があやしい喋り方をしながら近づき、ショウの腰に手を回す。アーニャが慌ててドナを止めようとしたが、

「却下だ、バカタレ。まーたワザと酔い潰れやがって。このかまってチャンがっ！」

と言って、ショウがドナをお姫様抱っこで持ち上げた。ドナはキョトンとした顔でショウの横顔を見つめたあと、借りてきた猫のように大人しくなり、体を丸めた。

「はぁ……しゃーねーな。俺はここで退散するわ。またな、お前ら」

男達に背中を向けるショウ。

「えーっ！　ショウさんいないとつまんねーっすよ。一緒にいきましょうよ！」

「そうっすよ！　ハルマンよりショウさんの方が良いって、ヴァルチェちゃんに分からせましょうよ！」

男達は慕っているような口ぶりであるが、実のところショウが酔った美女をお持ち帰りするのが気に食わないので邪魔をしているだけである。

「どういう関係なんですか？　この人たち」

「なんだかんだと聞かれたら、応えてやるのが世の情けってか。ざっくり説明すると、酒飲んで気分アゲて娼館に突っ込んで、楽しんだ後、その内容を肴に酒を飲む同志たちだ」

「酷い志もあったもんですね」

「一応、チーム名もつけたんだぞ。ゲスでペラペラな男たちの会──**『ゲスペラーズ』**だ」

「酷い名前の由来……頭の片隅に置いていたのを後悔していますよ。本気で」

徒労感たっぷりにアーニャは吐き捨てた。

「ショウさーん！　ゲスペラーズの誓いを忘れたんですか！　こんな素人の美女をお持ち帰りしてイヤらしいことするなんてゲスペラーズの風上にも置けませんよ！」

と、ショウを邪魔しようとしている悪酔いした鬼人族にアーニャは見覚えがあった。

「……グエンさん？」

「へ？　マリーハウスの………ハッ！」

グエンは猛烈な速度で逃げ出していった。

「結婚間近なのになんて人たちと遊んでるんですか！　スカーレットさんにバレたら殺されますよぉ！」

アーニャの叫びにグエンの足は止まりかけたが、振り切るように走り去った。舌打ちするアーニャにショウが声をかける。

「まあ、放っておいてやれって。独身生活、最後のハメ外しさ」

「でも！　あんなにゾッコンの恋人がいるのにこんな不健全な集いに来るなんて！」

「ここ二ヶ月は顔出さなかったぜ」

二ヶ月前。それはグエンがスカーレットに出会った頃だった。少なくとも悪い遊び仲間と距離を置くくらいには誠実に彼女と向き合ったという状況証拠と言える。

「バカだけど恋人泣かすような真似はしない男気のある奴だよ。今日だって俺たち相手に惚気まくりやがって……あー！　思い出したら腹立ってきた！　あんなヤツもうゲスペラーズじゃないやい！　結婚しちまえ！」

「そうだそうだ！　孫に囲まれながら天寿を全うしてやすらかに死ねぇ！」

「ククク、グエンなどゲスペラーズにおいては短小……面汚しよ。恥ずかしいから嫁以外の女に見せないでもらいたいものだ」

言葉こそ酷いが、清々しい笑顔をしていることからアーニャは少しだけゲスペラーズへの評価を上方修正した。

「それはそれとして、ショウさん。所長返してくださいよ。やっぱり、ゴキブリに餌あげるみたいで気が引けます」

「うっせえ、うっせえ。心配しなくても何もしねえよ。俺だって分別あるわ」

そう弁解するショウを訝しげな目で見るアーニャ。

「そうは言うけど、所長とショウさんってなんか怪しい感じなんだよなあ……特に所長の方はショウさんといる時はシラフでも口調が柔らかくなったり、表情が子どもみたいにコロコロ変わったりするし。案外、所長のヒモ説は的を射ているのかも」

「的外れの唐変木だよ、ボケ猫。酔ってるせいで思考がだだ漏れだぞ」

ショウに指摘されてアーニャは口を両手で押さえた。すると、ゲスペラーズのひとりである龍鱗族(ドラグニュート)がアーニャの顔を覗(のぞ)き込(こ)んできた。

「おっ、こっちの娘(こ)も可愛(かわい)いじゃん。むしろ好みだ。ねーねー、俺と飲みに行かない？」

「えっ⁉　えええええ……」

いきなりのナンパ。しかも酔っていたのもあって回避のタイミングを逃した。するとワラワラと男達が集まってきて、

「おい抜け駆けすんなよ！　わっ！　本当にカワイイ！」

「なんでショウさんの周りって良(い)い女多いんですかねえ！　解(げ)せぬ！」

「ねえ、名前なんて言うの？」

長く豊かな銀髪に立派な角を生やし玉虫色に光る瞳を持った龍鱗族(ドラグニュート)の青年はハンサムと言って問題ない容姿をしている。それでいて物腰柔らかに距離を詰めてくるのだからアーニャも満更ではなくなり、

「アーニャ……って言います」

と答えてしまう。すると男達は盛り上がり、

「「うおおおおおっ！　アーニャアアアアアッ！　アーニャっ！　アーニャっ！　名前もカワイイぜ♪　アーニャちゃ――――ん♫」」

と即興で節をつけて歌い出す。バカみたいな振る舞いだが、自分を持(も)て囃(はや)すために男性達が頑張ってくれている状況に、つい舞い上がってしまい、アーニャは笑みをこぼす。

「お願い！　飲みに行こう！　絶対楽しませるから！」

「ええ……でも、夜遅いし」

「大丈夫大丈夫。俺たちショウさんに頭上がらないから嫌なことしない！　むしろ変なことする奴(やつ)いたらぶっ飛ばしてやんよ！」

「本当かなあ？」

「ほんとほんと。ねっ。みんなで楽しい夜にしよーよ」

　スラリとした飛鳥族(ウイングス)の男が背中の翼で包み込むようにアーニャの背中に手を回しかけた。その瞬間、ショウは釘(くぎ)を刺すように、

「ぶっ飛ばされるのはお前らだよ。そのネコ娘、ブラックフットなんだぞ。先祖返りの」

　と言った。瞬間、回しかけた腕が止まり、笑う声が消えた。

「えっ……ショウさん、なにその冗談」

「冗談じゃねえよ。俺なんてこないだコイツにあばら折られてんだ。まー、どうしてもってんなら、止めねえよ。生半可な覚悟で手を出すような不真面目な連中じゃないもんな～」

　からかうつもりで口にしたショウが自分の失敗に気づいたのは、アーニャが泣きそうな顔でうつむいているのを見た時だった。

◇◆◇◆◇

夜の道をズカズカと進んでいくアーニャ。ドナを抱えたまま小走りで追うショウ。

「悪かったって。謝ってんだろ」

そう声をかけるが、アーニャは不機嫌そうな顔を上向き加減に上げたまま歩いていく。その瞳は濡れていて今にも涙がこぼれ落ちそうだった。

「ああするのが一番手っ取り早かったんだよ。お前も若干その気になってるから俺が止めるのもおかしい感じだったし。とはいえ、処女の娘があんなチャランポランな連中と飲みに行ってヤられでもしたら後悔するって分かりきってんだから。ぶっちゃけ、説教されなきゃならんのはお前の方だぜ」

アーニャはこめかみに青筋を立てて、ショウに振り返り怒鳴った。

「ああ、そうですね！　私が！　とっても！　うかつでした！　ちょっとカワイイって言われたくらいで舞い上がってごめんなさいね‼」

フーッ、フーッ、と息を荒らげているアーニャ。ショウはため息を吐く。

「お前さあ、可愛いとか言われ慣れてなかったっけ？　好みじゃねえけど、そこそこ上玉だとは俺も思ってるよ。娼館にいたら童顔好きにはそこそこ人気出るだろーな、ってくらいには」

「たとえが最悪すぎて、遺言に聞こえるんですが？」

「……スマン。さすがに調子に乗りすぎた」

シュンとした顔になって肩をすくめたショウを見て、アーニャもようやくこんがらがっていた自分の気持ちに整理がついてきた。

「私がブラックフットとか、先祖返りだとか。男避けになるレベルの話なんですねー」

そう言って足元の石ころを蹴飛ばすアーニャ。ショウは少し思案した後に、観念したように語り出す。

「ま、そうだな。戦争を知らん世代には分からんだろうが『ブラックフットに出くわしたら生きては帰れない』ってよく言われていたもんさ。昔、知り合いにブラックフットがいたがソイツもメチャクチャに強かった。だが、ソイツでも先祖返りはできなかったからな。もし、時代が違えばお前は猫人族の大英雄間違いなしだったぜ」

「そんなの……全然嬉しくないです」

アーニャは自分の並外れた才能をありがたいと思ったことはない。年寄り達は先祖返りを持って生まれてきた自分を宝物のように扱ってくれたが、争いごとに忌避感を持つ村の住民からは恐れられ、遠巻きに見られることが多かった。シルキと仲良くなったのも、彼女もまたタキリスという部族の先祖返りだったからだ。

村の中では並外れて強く美しく優秀だった二人だが、その強大すぎる力は平和の世を穏やかに過ごそうとする人々からすれば疎(うと)ましい物だったのかもしれない。

「別にお前の傷を抉(えぐ)るつもりはなかったんだが……本当に悪かった。アイツらも別に悪い奴(やつ)らでもねえんだよ。お前のことを知ったら、怖いなんて思わないだろうし」

「ショウさんは怖くないんですか？　あばら折られてるのに？」

意地悪く尋ねるアーニャにショウは不敵に笑う。

「怖くねえよ。ためしに抱いてやろうか？」

「あばら折られただけじゃ分からないんですか？」

気まずかった雰囲気が緩み、軽口を飛ばし合った。酒のおかげでポカポカとした体を冷ますのに良(い)い夜風が吹いており、爽やかな夜のひとときだった。

◇◆◇◆◇

翌朝、昨日の酒精は一切残っていないことを察し、清々(すがすが)しい気分で起床したアーニャはいつもより念入りに身支度をしている。シルキ直伝、ナチュラルに見えるガッチリメイクを施すために長い時間自分の顔を見つめていると昨夜、ゲスペラーズに怯(おび)えられた記憶が蘇(よみがえ)った。

誰もが可愛いと評する自慢の顔の下にはモンスターのような正体が隠れている。そのことを意識すると仮面をかぶって人を騙しているような後ろめたい気持ちになる。

「……関係ないよね。どうせこの街で変身する必要なんてないんだしー♪　私はマリーハウスの看板ネコ娘アーニャちゃん♪」

嫌な記憶をかき消すために自分に言い聞かせるように即興歌を口ずさんだ。

◇◆◇◆◇

正午過ぎ、ブライダルフェアの会場に参加者が集まり始めた。高級感のある結婚式場にそぐうよう参加者も少し綺麗目の格好でめかしこんでいる。結婚間近のカップル達とあってイチャつき具合は最高潮。腕を組んだり、腰を抱いたり、中には軽いキスまでしている者もいる。模擬結婚式を行うホールの前で受付をするアーニャは彼らのイチャつきを見てマリーハウスの仕事の成果だと誇らしく思っていたのだが、

「下品なこと！　男女が人前で身体を触り合うなんて！」

羽根つきの帽子を被った老齢の長耳族の女性が仰々しい大声を上げた。嫌悪感と侮蔑を隠そうともしないその様子からアーニャは彼女が視察団の議員だと察した。羽根つき帽子の女性を先頭にぞろぞろと偉そうな雰囲気を漂わせた男女が受付に集まってくる。その一人、小太りの

小人族(ハーフリング)の中年男がアーニャに尋ねる。

「おい。ドナはどこにおる？」

「式の終わり頃に来る予定となっております」

「ほう、偉そうなことだ！　他の先生がたは押しも押されもせぬこの街の為政者！　多忙の中お越しいただいているというのに挨拶のひとつもないとは！　なあ！」

他の仲間の同意を求めるように目配せしながら嫌みを言う男に、アーニャは奥歯を噛(か)み締(し)めなければ耐えられないほどの不快感を抱いた。

（あー、ショウさんたちが適当にあしらえ、と言った理由が十秒で理解できちゃったなー。怒鳴りつけたりしたらマリーハウスのこと悪く言われそうだし……面倒だなぁ）

心を殺しながら事務的に対応するアーニャ。すると視察団の人数が多いことに気づいた。

「事前にお聞きしていた人数と異なるのですが」

「ああ。こちらの三人は急遽(きゆうきよ)参加してもらうことになったからな」

小人族(ハーフリング)の男はしれっと連絡ミスを聞き流す。さすがにアーニャも黙ってはいられない。

「困ります。お席やお料理の準備は人数分しかできておりません。保安上の問題もあるので、ご遠慮いただき」

「お前が困るからってなんだっていうんだ？　この方々はな、お前のような小娘が生まれる前から英雄と称せられた――――」

「ペラペラと正体を喋るな」

飛鳥族の男が小人族の男の喋りを遮った。すると小人族の男は電気でも流されたかのようにビクビクと身体を震わせて「申し訳ありません！」と頭を下げた。そして、飛鳥族の男は、

「我々は会場の隅にでも立たせてもらう。気遣いは無用だ」

そう言って、魚人族の男と兎耳族の女を連れて式場に入っていった。アーニャはマズいと思ったもののこれ以上揉めるとフェアの進行に差し障ると思い、見逃して式場のスタッフにテーブルと椅子の用意を頼んだ。

ブライダルフェアが始まった。最初は硬くなっていたアーニャだったが、次第に緊張はほぐれ饒舌になり、つつがなく会は進行していく。視察団もさすがに立場のある人間なので無闇に声を上げたりはしない。が、見下すような視線をアーニャにも参加者にも送り続け、テーブルに置かれたノートに批判や問題となる事項を書き殴っている。

休憩時間中、参加者であるグエンとスカーレットがアーニャに訴えた。

「連中どうにかならないのか？　ジロジロ嫌な視線向けられて落ち着かねえよ」

「申し訳ありません。都市議会の視察団とかで、マリーハウスを正しく運営しているか確認に来られているとかで」

「建前はいいわよ。異種族結婚嫌いの連中でしょ」

スカーレットの言葉にアーニャは甘えるように苦笑してうなずいた。

「やっぱりね。ウチの職場にもいるもの。異種族と結婚するなんて信じられない、みたいに言う人。あたしも顔合わせる度に嫌み言われてさあ」

「なんだと⁉　許せねえ！　俺が行ってガツンと」

「やめなさいってば。あたしもムカつくけどやり返したらアイツらの思うツボよ。『鞭で叩かれて心を入れ替える者はいない』って駿馬族のことわざがあるの。あたしたちが幸せになってそれを見せつけることが一番効くんだから」

と言って、スカーレットはグエンの握りしめた拳を手で包んだ。グエンは「むぅ……」と唸りながらも拳を解いた。

「アーニャちゃん。あんたは人に喜ばれる仕事を全身全霊でしてるんだから。口先だけのアイツらと同レベルに落ちちゃダメよ」

スカーレットの励ましに、アーニャはハイ、とうなずく。なだめられたグエンはチラリと視察団の方に目を向ける。

「にしても……あの隅にいる飛鳥族、『八神槍』の一人じゃないか」

「ハチシンソウ？」

「飛鳥族(ウイングス)の中でも特に優れた槍使(やりつか)いに与えられる称号だよ。危険人物だから写し絵で覚えさせられた。名前はたしか……ガルダンディだったかな」

グエンは鬼人族(オーガス)の戦士として終戦まで戦い抜き、生き残った経歴を持つ。

戦後はミイスで自由を満喫し酒と女に溺れた後に、真面目に恋愛して結婚しようとしているあたり、稀有(けう)な順応性の持ち主である。

「ミイスで暮らしているって噂(うわさ)は聞いたことねえんだが、まあ議員さんのツレってことはなんかの仕事で招かれてるのかねえ」

グエンの発した疑問にアーニャは引っかかりを覚えた。英雄とはいえ街の外の人間がマリーハウスに敵意を持った権力者とこの場にいる。すると、いろんなことが目についてくる。サイズの合っていない礼服。大きく多すぎる手荷物。急ごしらえで用意した料理には手をつけず、談笑もしない。不気味に感じたアーニャは意を決して、ガルダンディの元に歩み寄り、声をかけた。

「あのう、すみません。議員様のお連れ様とお聞きしておりますが、どうしてこの場をご見学されていらっしゃるのですか？」

その問いにガルダンディは答えない。代わりに小人族(ハーフリング)の男が怒鳴る。

「無礼だぞ！　このお方はこの街の現状を憂えて馳(は)せ参(さん)じられた我々の同志で――」

「黙れ。小妖魔（インプ）」

ガルダンディの口から発せられた言葉に男は顔を強張（こわば）らせ言葉を失う。

小妖魔（インプ）、というのは小人族（ハーフリング）に対する最悪の侮蔑表現だ。立場のある人間が人前で発していいような言葉ではない。決して大きな声でなかったにもかかわらず、会場内の空気が冷え込んだ。

「……あなたはいったい――」

「『閉じよ、内側に雪崩（なだ）れ込（こ）むように』【ハングド・ロウ】」

気配を殺したまま、会場の中心で魚人族（マーマン）の男が魔術を発動した。ガルダンディと同じ卓に座っていた男である。

彼が手にする大きな水晶から光が輪状に拡（ひろ）がって式場全体を覆う結界が張られる。

「ッ！」

アーニャは直ちに反応して魚人族（マーマン）の男に飛びかかり、蹴りをぶち込んだ。変身していなくても野生のモンスターの首をも一撃でへし折るその威力。だが、響いたのは骨を砕く音ではなく巨木を叩（たた）いたような鈍い音だ。

「ほう。小娘にしてはいい一撃だ」

アーニャと魚人族（マーマン）の男との間に割って入ったガルダンディはそう評すると、受け止めたアーニャの足首を掴（つか）んで身体（からだ）を振り回しテーブルに叩（たた）きつけた。

「カ……ハッ⁉」

テーブルが叩き割られる音とアーニャのうめき声。それが号砲だったかのように会場が騒然とした。

「アーニャっ！　チィッ！　何しやがんだテメエっ‼」

グエンはアーニャを救おうとガルダンディに飛びかかる。しかし、

「【ファイア・ブレイズ】」

隣の魚人族の男が発した炎の塊に身を焼かれた。それを見たスカーレットが絹を裂いたような悲鳴を上げる。彼らを連れてきた議員達も戸惑いながらも声を上げた。

「ガルダンディ殿！　カヌート殿！　いったいなにを」

「見て思い出さない？　戦争よ」

兎耳族の女が手荷物のアタッシェケースを開く。そこにはミイス内に持ち込みが禁止されている短剣が何本も詰まっていた。ガルダンディが「イライザ」と彼女を呼ぶと、細長いケースが投げられる。空中で開いたソレの中から七つに折り畳まれた槍が飛び出し、ガルダンディの手元に収まる。槍を構えた瞬間、ガルダンディから殺気じみた闘気が発せられその場にいた全員が戦意と言葉を失った。

「この場は我々が占拠した。死にたくなければ命令に従え」

飛鳥族ガルダンディ、魚人族カヌート、兎耳族イライザ。年齢は全員四十歳前後、獣人系の種族としては高齢な彼らは種族間戦争の末期に頭角を現し、戦功を挙げ英雄となった者達。

これから語るのは変わりゆく時代に叛旗を翻す者達の反逆劇である。

◇　◆　◇　◆　◇

ブライダルフェアの会場である結婚式場の周りは何十名もの保安官達に取り囲まれていた。ガルダンディ達の立てこもりの手際は完璧で、式場にいる人間は一人残らず拘束され、模擬結婚式の会場である宴会場に転がされていた。助けを呼ぶことすらできない状況にもかかわらず、保安官達が集まっているのはどういうわけかというと、

『我々は新世界会議に異を唱える！　どうして同胞を殺し、尊厳を奪い続けた者どもと馴れ合うことなんてできようか！　神によって分かたれし十七の種は争い合うのが運命！　血で血を洗い剣戟を結び合うことで世界は発展し、人は進化してきた！　戦争の終結は人類の進歩を止める過ちである！　故に我々は今の世界を否定する！　手始めとして民族浄化を推し進めるマリーハウスに制裁を加える！　結婚相談の名目で異種族との交配を推奨し、繁殖力の弱い種を根絶やしにしようとする悪の権化である！　我々はマリーハウスの閉鎖！　及び首領であるドナ・マリーロードの身柄の引き渡しを要求する』

ガルダンディの声が式場の外にて大音量で発せられている。しかし、本人はそこにいない。

拡声結晶と呼ばれる人の頭部程度の大きさの石を使用し、式場内から遠隔で声を発しているのだ。その拡声結晶を小脇に抱えているのは人狼族のジャガーノート。ガルダンディの同志の一人である。

「ってワケだ！　オラオラ、分かったらさっさとドナとかいう女を連れて来い！　人質を殺されたくなかったらな！」

軍人らしい堅い話し方をするガルダンディに対して、ジャガーノートはチンピラさながらの粗野な男だ。一見、小物のように見えるが、周りの保安官達は怯えに怯えている。

ジャガーノートは戦時中、あらゆる種族に恐れられていた有名人である。同盟を組んでいた種族ですら見境なく殺し、同胞ですら気分次第で殺し尽くした。扱いに困った人狼族の将軍が暗殺命令を下したがそれすらも逃げ切って野に放たれた。

ついた異名は『疾駆する暴威』。本気で暴れ回ればこの場にいる保安官が全滅してもおかしくない狂戦士である。

「好き勝手言いやがる。念のために言っておくがノコノコ出ていくんじゃねえぞ」

「ダメなのか？　正面突破で粉々にしてやろうと思うんだが」

　式場から少し離れた建物の陰にショウとドナは潜んでいた。マリーハウスとその関係者に刃を向けられたとあってドナの怒りは天をも灼かんばかりだが、ギリギリのところでショウがなだめている。

「保安官から状況を聞いたが、ご丁寧に立てこもり場所をスッポリ覆うように自爆結界が張られているらしい。外から不用意な攻撃や侵入を試みたら内側に膨大な魔力が流れ込んで爆発しちまう。普通の人間はまず助からねえぜ。それに……」

　ショウは保安官達を煽るジャガーノートを睨み、面倒そうに舌を打つ。

「ジャガーノートは戦争が終わってからも快楽目的で人間を殺し続けている現役バリバリの殺戮者だ。まともにやり合ったら周りの人間に死傷者が出る。それを込みで外に配置してんだから敵もさる者だな」

「くそッ！　こんなことならば私がアーニャの代わりに行くべきだった！」

　苛立ち、拳を壁に叩きつけるドナを横目にショウは思案していた。

（本気でマリーハウスを潰したりドナを攫おうってなら直接マリーハウスの方を狙うべきだ。そうしなかった、というよりも、できなかったと考えるべきか。敵の数は多くない。しかし、おそらくドナの正体を知っている奴が糸を引いているな。だとするとボンクラ保安官どもに任せてもおけねえな）

「一番手っ取り早いのは中にいるアーニャが大暴れして結界を停止してくれることだな。

飛鳥族のガルダンディ……相当な手練だが、天井のあるフィールドなら先祖返りしたアーニャに分があるかもしれねえ」

と、ショウは期待するが、ドナは悔しそうに否定する。

「あの子は変身できない」

「は？　なんで？」

「お前にデリカシーはないのか！　十二歳の少女を酔っぱらい達で取り囲んだ挙句、怪物扱いするなんて！」

「いや、アレはノリというかお約束というか……傷つくとは思わなかったっていうか」

「現に傷つけたろう！　ビリーの一件では魅了状態でタガが外れていたから変身していたが、本来あの子は先祖返りした姿を忌み嫌っている！　昨日のことでダメ押しだ！　アレではたとえ命の危機が迫ったとしても変身できんぞ！」

先祖返りは特別な才能を持った者にしか発現しない。そして才能を持っていたとしても闘争本能を高めなければ変身に至ることはない。アーニャは成長するにつれて先祖返りの能力に忌避感を抱くようになり、能力の発現を無意識下で抑え込んでいる。

「気持ちは分かるが、繊細すぎるぜ……自分の命より羞恥心守る方が大事かよ！」

ショウは舌打ちをしてタバコを取り出して咥える。火をつけようとしたその時、

「いたいた！　ドナさ――ん！　ショウさーん！」

緊迫した現場にそぐわない能天気な声がドナとショウにかけられた。二人が振り向くとメーヴェが駆け寄ってきているところだった。

「バカ！　さっきからガンガン音出しているアレが聞こえないのかよ！　ドナの居場所がバレたら面倒なことになるだろうが！」

「ご、ごめんなさい。わ、私もアレが聞こえてきたから学院を抜け出してきて」

少し離れた区画にあるサンクジェリコ学院まで声が届いていると聞いて、ショウは苦虫を噛み潰したような顔をした。思った以上の範囲にこの騒動が知れ渡っているからだ。長引けばミイス市民に及ぼす影響は計り知れないものとなる。世界で最も平和で安全な街とされるミイスで発生した思想犯によるテロは安全保障の根本を揺るがす大事件である。せめて犠牲者を出さず、且つ多くの市民に不安が広がる前に事態を収拾しなければ、とショウは考えている。

「あら、あなた今日は少し凜々しく見えるわよ。ちょっとステキかも……」

と、緊張感のない言葉をかけるメーヴェ。

「お前なあ……野次馬ならせめてここ以外でやってくれ」

「野次馬!?　失礼ね！　ちゃんとアーニャを助けに来たに決まっているじゃない！　ロキシターノの名に連なる者として友達一人救えないなんて先祖に顔向けできないもの！」

そう訴える彼女が手を当てた胸にはたしかに友に対する想いがこもっている。しかし、

「でも、今の状況じゃ打つ手がないわ。あの結界、念話の術式も妨害するんだもの。せめてア

ーニャに励ましの言葉だけでも届けられればと思ったのだけれど」

「ちょっと待て！　お前さんこの距離で念話できるのか!?」

ショウに肩を掴まれたメーヴェは「あら、荒っぽい……」と頬を赤らめながらうなずく。規格外の能力にドナも唸った。

「アーニャとの間にパスを通してあるとはいえ、道具の補助なしの念話としては異常な出力だな。感服するよ」

「で、でも今は役に立たないわ！　さっきも言ったように妨害が」

「それくらいなら俺がなんとかする」

「あなたが？」

メーヴェはアーニャからショウについていろいろと語り聞かされているが、その中に魔術の才に長けているという情報はなかった。にもかかわらず、彼は「問題ない」と言わんばかりに次の手を模索しているように見えた。そこにカサカサ……と音を立てて黒光りした地を這う虫が近づいてきた！

「ヒッ！　ゴキブリ!?」

メーヴェは慄き飛び上がるが、ショウはむんずとそれを掴み上げると頭と胴体とで真っ二つに引きちぎった。

「ヒイイイイイ！　無理！　いくら顔が良くて凛々しくてもゴキブリを素手でちぎるオトコ

は無理！」

「うるせえな、長耳族(エルフ)の森にもゴキブリなんて山ほどいるだろ。それに俺だって好きでやってるワケじゃない。虫ケラ野郎がもう少しまともな使い魔でも使役できれば……」

ぶつぶつ文句を言いながらショウはゴキブリの体から丸められた細い紙を引きずり出し、拡(ひろ)げて中に書いてある文字を読む。

「……不幸中の幸いってやつだな。虫ケラはご立腹のようだがこれで助け出す算段はついた」

と言って、メーヴェとドナに不敵な笑顔を見せた。

◇◆◇◆◇

部屋の中央にガルダンディ、カヌート、イライザの三人が陣取り、人質達は彼らを囲むようにして壁際(かべぎわ)に並ばされた。少しでも変な動きをすれば制裁を加える、と脅された人質達は息を殺すようにして彼らを見つめていた。

「……退屈だな。ジャガーノートのバカでは交渉は進められんだろうし、人選を間違えたわ」

とカヌートが言う。カヌートは魚人族(マーマン)の国家において宮廷魔術師を務めていたほどの高位の魔術師である。結界術と召喚術に長(た)けており、この場を護(まも)る自爆結界を組んだのも彼である。

「だったら人質連中いたぶって遊んじゃおっか？　別に全員無事である必要はないっしょ？」

そう言ったのは兎耳族のイライザ。かつて暗殺者として名を馳せていたが、終戦直後に敵方に捕まり、戦後五年経って恩赦を受けたという過去を持つ。見た目はバニースーツに身を包んだスレンダーな美女といった風貌だが、残虐趣味はこの三人の中でも突出している。その嗜虐的な笑みに耐えきれず声を上げたのは視察団の一人である老齢の長耳族だった。

「や、やめなさい！　あなたたちどうしてこんなことを！　異種族との婚姻を反対する同志だから招き入れたのに」

「異種族同士の交配なんてもってのほかだ。だが、俺達はそれ以前にこの街で繰り広げられている仲良しごっこに辟易している。いや、憎悪していると言ってもいい」

ガルダンディはギロリと彼女を睨みつけ詰め寄って罵る。

「お前たち長耳族は高慢に他人を見下す！　森を焼かれ逃げてきた貴様らを匿った獣人の村を幾つ乗っ取った？　美貌を鼻にかけ、長寿を誇り、自分達が神に近い存在だと偉ぶる！　俺はな、そんなお前達の耳を削ぎ取るのが楽しくて仕方なかったよ！　こんな風にな！」

そう怒鳴りつけ、彼女の耳に指をかけ、力を込める。だが、

「やめてください！」

アーニャが声を上げた。ガルダンディにテーブルに叩きつけられたがそのダメージは既に回復していた。気の強そうな眼差しを向ける年若い少女をガルダンディは好ましく見つめた。

「敵に対しても情けをかけるか。世が世ならば英雄の素質十分といったところだ」

「昨日も同じようなこと言われましたけど、そんなのちっとも嬉しくないですよ。私たちはどんな種族同士でも愛し合える自由な街で平和を謳歌しているんです！　なんでそれが許せないんですか⁉」

アーニャの訴えをガルダンディは鼻で笑った。いかにも何も知らない子どもの言いそうなことだと言わんばかりに。

「許せるわけなかろう。この街で平和を謳歌している連中の多くは戦時中に他種族を殺して生き残った連中だ。この長耳のババアは何百年も前から長耳族の軍を指揮して他種族の村々を焼いていた。その功績で権力を得てこの地で暮らしている。これでは勝ち逃げのようなものではないか！」

ふと、アーニャはドナのことを思い出した。ガルダンディにとってはドナも憎悪の対象である、と考えると、彼の考えを否定したくてたまらなくなった。

「間違っています……！　酷い目に遭わされたからって仕返しして、そんなの繰り返してたら終わらないじゃないですか。今がその連鎖を終わらせるチャンスなんだって！　どうしてそう思えないんですか⁉」

「そんな甘いことを言えるのは貴様が人の命を背負ったことがないからだよ」

ガルダンディは長耳族の女を投げ捨て、アーニャの顎を摑んだ。

「戦友が、上官が、王が、父が、先祖が、戦争で死んでいった。自分の種族が他種族を滅ぼし繁栄を遂げる日が来るのを願って！　報われなかった幾千億の願いを背負って俺達は生きている！　今さら変えられるか！」

「か、変えられますよ！　少なくとも変えられた人を私は知っています！　世界を変えようと、未来に生きる子どもたちに新しい時代を託そうと頑張っている人が私の、マリーハウスのドナ所長です！　あなただって一度お話しすれば」

敬愛するドナの名前を出し、想いを訴えるアーニャを遮ったのはガルダンディ達のけたたましい笑い声だった。

「グフフフフフフ！　あの邪悪をそう許すとは！」

「アハハハハハハハハ！　何も知らないのねえ！」

「クハハハハハハハハ！　ダメだ、これは！　奴の毒気にすっかり脳髄まで侵されている！　その正体も知らずによくもその眼を輝かせていられるな！」

ガルダンディはアーニャを突き飛ばすと眼前に槍を突きつけた。アーニャの瞳をくり貫こうと迫る槍の穂先が――

「ガアアアアアアッ！　ヤメロォオオオッ！」

咆哮を上げ、その穂先に噛み付いたのはグエンだ。カヌートの魔術に焼かれたが驚異的な自然治癒力で動けるまでになった彼はアーニャを危機から救った。

「チッ！　下賤な鬼人族め！」

　ガルダンディはグエンの腹を蹴り上げる。しかし、グエンは槍の穂先を噛んで離さない。小柄な彼の身体にガルダンディの蹴りが叩き込まれるのを見て、ガマンの限界を迎えた者がいた。彼の恋人であるスカーレットだ。

「せやあああああああっ！」

　両腕を後ろ手に拘束されたまま、蹴りを放とうと彼女は飛び掛かった。しかし、

「うっとうしいなあ！」

　横から割り込んできたイライザに頭を摑まれ床に叩きつけられてしまう。

「グ……グエンから離れろっ！　このトリ頭！」

「ふあーっへっほ！」

　槍に噛みついたまま声を漏らすグエンとスカーレットが眼を合わせた。そのやりとりにイライザは「はぁ〜」とため息を漏らして呆れる。

「アンタ、この鬼人族とできてるんだっけ。趣味悪いね。鬼人族とか十七種族の中でも最悪のハズレじゃん。見た目は悪いし、性格も粗暴。そのくせ性欲は旺盛で繁殖力も強い。こんなんと子作りしたら全部ゴブリンもどきが生まれてくるわよ。プッ、キャハハハハ！」

　異種族間の子どもはどちらかの種族に寄ってしまう。イライザの発言はある意味的を射ており、鬼人族の血は強く、駿馬族との間で子どもを作った場合、八割は鬼人族になるという統計

が出ている。それを示唆しての侮辱のつもりだったが、

「行き遅れてるからって嫉妬しないでよ、オバさん」

「あ？」

床に押さえつけられながらもスカーレットは勝ち誇ったかのように堂々と言葉を発する。

「生まれる子どもが鬼人族(オーガス)になる？　上等だよ。そんなのね、マリーハウスで紹介してもらった時から分かってたよ。最初はそれが不安だったけどさ……そこのアーニャちゃんが諭してくれたんだよ。『好きじゃない種族だって好きな相手の種族だったら好きになれる』って」

その言葉にアーニャはハッとする。自分の言葉がスカーレットの心に突き刺さっていた。

「それもそっか、って思ったからグエンに会ってみたの。そしたら鬼人族(オーガス)らしくスケベで雑な男なんだ。でもね、バカみたいに優しいの。あたしが戦時中に恋人を亡(な)くしているのを知って、防衛軍の仕事を辞めちゃったりとかね。二度と同じ苦しみに遭わせないために、って。アンタたちにはできないでしょ？　いまだに戦争を引きずって、他人も巻き込まなきゃ寂しさに耐えられないほど弱くて情けない！　アンタたちにはねぇっ！」

「この……クソガキぃっ！」

イライザがより強く押さえつけようとするが、スカーレットの凄(すさ)まじい膂力(りょりょく)にジワジワと押し返されていく。

「誰がなんと言おうと、あたしはグエンが好きだ！　鬼人族(オーガス)だろうが駿馬族(ダービー)だろうが！　グエ

ンとあたしの血を継いだ子どもが産めるなら最高に幸せだって！　そう思えるくらいに、あたしたちは恋をして……愛を深め合ってきたんだ！」

そう叫んでスカーレットはイライザを跳ね除けた。それと同時にグエンも両腕の拘束を引きちぎり自由になった腕でガルダンディに殴りかかった。

「チッ！」

攻撃を弾くも退かされたガルダンディ。その隙にスカーレットとグエンが合流し、アーニャを守るように立ち塞がる。しかし、武器を持っている三人に対して二人は丸腰。勝負にならないのは明らかで、アーニャは思わず目を閉じた……その時だった。

《聞こえるか？　アーニャ》

アーニャの脳内にショウの声が響いた。どうしてショウが念話を？　と疑問が浮かんだがそれは大した問題じゃないと判断して言葉に集中する。

《そこにいる連中を助けたければまず変身しろ。先祖返りしたお前を室内戦で圧倒できる奴なんて滅多にいねえ。それで結界術を使ってる奴を倒すか結界の外に追い出せ。そうすれば救出に向かえる》

ショウの言葉にアーニャは「ムリですよ」と心の中で呟いた。

変身して怪物になることが怖い。怪物になった自分を見られて怯えられたり、除け者にされるのが怖い。それを押してでもやらなきゃいけないってのは分かってる。だけど、心がついてこなければ変身できないってことも分かってる。

自身の不甲斐なさに涙が込み上げてくるアーニャ。しかし、ショウは一方通行の念話にもかかわらず、まるでアーニャの心情が手に取るように分かっているかのように、

《こんな時に泣き虫ネコになってるんじゃねえぞ。お前はそういうキャラじゃねえだろ》

と言うものだから、驚いて涙が引っ込んでしまう。

《たしかにあの姿を見りゃ大抵の奴は怖がるだろうな。その場にいる連中も腰を抜かすかもしれねえ。でも、心配するな。俺は怖がらない。当然ドナもだ》

ショウの声はいつもよりずっと優しく穏やかだった。話を聞いてもらうための小手先のテクニック、ではない。アーニャの心に刺さったトゲを抜くために尽力する気持ちの表れだ。

《誰からも好かれるなんて不可能で、誰だって誰かに嫌われたり憎まれたりしているもんだ。だから、お前のことを好きだと思ってくれる奴の気持ちに応えてやれば十分なんだよ。余計なことは考えなくていい》

私のことを……好き？

《そうだ。お前のことを好きな奴はお前がどんな化け物の姿になろうが好きなままだ。だから――――》

脳内で直接受け取ったその言葉が

《お前もお前自身を愛してやっていいんだ》

アーニャの記憶の扉を開いた。

ミイスにはじめて来た日からずっと世話を焼き続けてくれているシルキ姉ちゃん。
友人認定されてからというものしょっちゅう暇つぶしに誘ってくるメーヴェさん。
何も知らない自分に丁寧に物事や道理を教え育ててくれる所長。
不真面目で悪ふざけみたいなことばかりするけれど、転んだ自分に手を差し伸べて立ち上がらせてくれるショウさん。

そして、マリーハウスで結婚相談に乗った人たち。

クセが強い人ばかりだし、悩まされることも苦しめられることもたくさんあったけど、いい出会いがあったり、婚約が決まったりするとみんな喜んで、感謝してくれた。

この数ヶ月の間に出会った人たちと、そのそばにいる自分がまぶたの裏に浮かぶ。

自分自身で作り上げていた醜い怪物というイメージなんかよりも、笑ったり泣いたりして必死で生きている自分の姿がハッキリと浮かんだ。

瞬間、透明な雪解け水のような優しい涙が頬を伝い落ちて、アーニャの心は晴れた。

「ショウさん……ありがとうございます。ようやく分かりました。私がミイスに出てきたのも、マリーハウスで働きたいと思ったのも、相談者のみんなを幸せにしたいと願ったのも、全部ここに繋がってたんですね」

ゆらりと立ち上がったアーニャは紙を引き裂くように容易く、他の人質より頑丈に付けられていた拘束具を引きちぎった。ガルダンディ達の暴力によって支配されていた場の空気が変わる。それはまさに津波の前に潮が引くような不気味な変調。

「貴様……何をするつもりだ!?」

アーニャに対して一層警戒を強めたガルダンディ。そんな敵にアーニャは歯を見せて笑う。かつて獣人の笑みは敵に対する威嚇行為だったと云われている。

「私は…………自分のことを好きになるために、この街に来たんだ！」

刹那、アーニャの封じていた力と質量が解放される。小柄な美少女という殻を破り、殺意と暴力の化身のような獣人が姿を現した。

「グオアアアアアアアアアアアアアアアアアアッッッ！！！」

変身完了と同時に桁外れの咆哮が放たれた。あまりの爆音に式場のガラスが全て割れた。

その光景を外から見ていたショウはグッと拳を握り込んだ。

「よくやったぜ！　それでこそ俺の下僕！」

嬉しがるショウをメーヴェは唖然とした顔で見つめている。

「ど、どうして？　私でさえあの妨害のせいでアーニャに声を届けられなかったのに！」

「いやいや、全部あんたのおかげだって。もうちょっと修業すればできるようになるさ」

ショウはそう言いながらメーヴェの頭を撫でた。彼女も満更ではなさそうだ。つい先程ショウが素手でゴキブリを引きちぎっていたことは完全に忘れている。

「よし！　あとはあの4バカの切り札を切るタイミングだけだ！　《いいか、アーニャ！》」

アーニャの変身に式場内にいた人間は凍りついた。先祖返りという能力を知っている者は何人かいたが、小さな少女が巨大な獣になったそのギャップに驚き、恐怖することは避けられなかった。しかし、そんなことは今のアーニャにとってはどうでもいいことだ。

「ニャアアアアアアアッ！」

まず、手前にいたイライザが標的になった。巨大化したにもかかわらずアーニャの速度は変身前の五倍近くに達している。気づいた時には間合いに入られていて抵抗することはおろか、

「バ……バケモ──────」

頭に浮かんだ言葉を漏らすことすらできずに床に顔を叩きつけられ意識を失った。

次に狙ったのは結界を維持しているカヌートだった。イライザ同様、瞬殺しようと試みたアーニャだったが、ガルダンディが庇うように間に入る。

「ナメるな！　小娘！」

巧みな槍捌きでかろうじてアーニャの攻撃を跳ね返す。だが、すぐに体勢を立て直し、ぶつかり合う二人。今度はアーニャが優勢だ。

「チッ！　この馬鹿力め！」

「そうだニャ！　私は！　力が強いんだニャアアアア！」

体ごと回転させて放った回し蹴りが炸裂し、ガルダンディはそのまま壁に叩きつけられた。

一方、カヌートはアーニャと距離を取り、ガルダンディには加勢はしない。彼の狙いは他の人質だった。

「この……クソネコめぇえっ！　平和ボケしたお前の目に戦いの残虐というものを焼き付けてやろう！『唸れ、煉獄！』【ファイア・ストーム】！」

カヌートの掌から炎が吐き出される。高等魔術により生み出された炎は耐性のない人間など一瞬で焼き尽くす。しかし、

「今ニャ！　アイロン・ブラッド！」

アーニャが人質の方に向かって叫んだ。すると応えるように四つの人影が迫り来る炎の前に並び立つ。ミイスの街の人気四重奏『アイロン・ブラッド』のエレナ、ロイ、ガブリエル、シェイドだ。彼らはブライダルフェアで流す音楽の演奏者として呼ばれていた。だが、この瞬間彼らに求められたのは音楽家としての役割ではない。鉄火場に慌てることなく、それぞれの手をひとつに重ね、同時に詠唱する。

「「「「『我等は他者を守る為に鉄を手に取り血を捧げる』――【四重守護結界！　アイロン・ブラッド】！」」」」

自分達の名を冠したその魔術は魔力の防御壁を生み出すもの。宙に浮かんだ光の壁は四人の手に支えられるようにしてカヌートが放った業火を完全に受け止めきった。

「バカなっ！　即効発動だったとはいえ我が魔術が通らんだと⁉」

驚き目を見開くカヌートに対して、アイロン・ブラッドの四人は笑って顔を見合わせる。

「アハっ！　久しぶりだけど上手くいったね！」

「当然だ」

「私たちは現役のカルテットなんですから」

「ここは任せておいて！　アーニャちゃん！」

中堅冒険者パーティに過ぎなかったアイロン・ブラッド。しかし、その絆の強さと相性の良さは稀に見るレベルである。おかげで全員で力を合わせる必要はあるが、自分達のレベルを遥かに上回る魔術攻撃をも受け止める固有魔術を発現させていた。これはハルマンからショウに伝達された情報であり、先ほどの念話によってさらにアーニャに伝えられていた。

「チ……チクショウ！　ガルダンディ！　何が『平和ボケしたザコばかり』だ！　付き合い切れるか！」

そう吐き捨てると、カヌートは腰に下げていた筒の蓋を開け、床に転がす。

「【リリース・ザケージ】！」

カヌートがそう叫ぶと筒が爆発し、上がった白煙の中からカエル型のモンスターが現れた。人間の大きさと変わらないモンスターが十四。足止めとしてそれらをけしかけると、カヌートは慌てて逃げ出していった。

結界が外れた瞬間、周辺を取り囲んでいた保安官達は喝采を上げた。それを遠巻きに見ていたショウは安堵(あんど)の息を吐(つ)く。

「多分、うまくいったみたいだな」

「結界が消えた……つまりアーニャが術者を倒したってこと⁉」

嬉々(きき)として聞いてくるメーヴェだが、ショウはタバコに火をつけながら否定する。

「いいや、あの消え方は術者が結界の外に出たんだろ」

「へえ……じゃあ大変じゃないの！　あんな結界張れるような奴(やつ)が街で暴れたら」

「結界の外に出る道は三つ。1、普通に歩いて建物から出る。これだったら保安官が反応しているはず。2、空を飛んで建物から出る。これもやってたら一目で分かる。3、式場の厨房(ちゅうぼう)あたりから地下に潜り、下水道を使って逃げる。たぶんコレだな」

「分かってたら追いかけないと！　……でも、下水道なんて汚くて臭いわよね」

騒がしいメーヴェを見ながら笑うショウ。彼女には告げないが、ショウの中でこの問題は片付いていた。

(下水道みたいな場所であの虫ケラの相手とか……俺でもやりたかねーよ)

ショウは犬猿の仲の男が憎悪剝き出しで襲ってくる姿を想像して体を震わせた。

◇　◆　◇　◆　◇

「クソッ！　不甲斐ない！　あれだけ入念に準備しておいて無様に敗走とは！」

汚水が流れる下水道の中でカヌートは吐き捨てる。ミイスの下水道は広く、幅五メートル程度のトンネル状になっている。脱出経路としてあらかじめ調べておいたものだが、目的を何一つ果たせず逃げるために使うことなど想定していなかった。

「この失態をあのお方に知られてはどのような仕置きを受けるか……考えるだに恐ろしい！　せめて井戸に毒を撒くなりして少しでも市民を殺しておかねば申し訳が立たぬ！」

カヌートは精神的な負荷を減らすために独り言を呟くタイプだ。魔術師が冷静さを保つためのルーティンを持つことは珍しい話ではないし、彼の独り言もその範疇である。だが、あまりに場所が悪過ぎた。

「あのお方……か」

呟く声とパシャっ、パシャっ、と水の中を歩く音が行く手から近づいてきたことにカヌートは気づいた。保安官か、と思い神経を尖らせたが、音からして一人であることが確かだったので哄笑した。

「ハッハッハッハッハ！　みくびられたものだな！　こちらが一人と思って油断したか⁉」

カヌートは再び腰につけた筒から大蛙のモンスターを召喚した。カヌートを護るように隊列を組むそれらを彼は忌々しげに睨みつけた。

「ウジャウジャ、ウジャウジャと……どこまで私を不快にしたら気が済むんだ」

汚物の充満する下水道に現れたのは白いタキシードに白いシルクハットをかぶった美青年。ミイスに住む者ならば誰でも彼の仕事の恩恵を受けている。街角にもレストランにも芝居小屋にも広場にも。彼が育てた芸術文化は根づいている。ミイスの芸能王ハルマン。彼のことをつゆほども知らないカヌートは、場にそぐわない清潔感ある格好を嘲った。

「美しい白だ。戦いの場にそのような服を着て現れるあたり、やはりこの街の人間どもは腑抜け腐り切って――」

「余計なことを囀るな。アイロン・ブラッドは無事なんだろうな」

ギロリと向けられた冷たい瞳にカヌートは気圧された。この街の人間は侮れない、と警戒し直し問いに答える。

「アイロン……ああ、あの目障りな守護結界を張った連中のことか！　不本意だが焼き殺し損ねたわ！」

その答えを聞いてハルマンは安堵のため息を吐いた。

「ああ、良かった。貴様らのような下郎のせいで彼らにもしものことがあっては悔しさでおかしくなってしまうところだった」

「フン！　他人のことより自分の心配をしたらどうだ、優男！」

カヌートは大蛙達をハルマンにけしかけた。人間とほぼ同じ大きさの大蛙は怪物そのものである。呑み込まれれば体内の溶解液で皮膚からジワジワと溶かされるし、強力な脚のバネを使った体当たりをくらえば全身の骨が折れる。

「モンスターは人間以上に残虐だ！　楽に死ねると思うなよ！」

勝ち誇るように叫ぶカヌートだったが、次の瞬間——

ガサササササササササササササササササ‼

ブブブブブブブブブブブブブブブブブブ‼

ボコボコボコボコボコボコボコボコボコボ‼

地面が、宙が、水が、一斉に泣き出したかのように音を立てて揺れる。大蛙達は下水に着水した瞬間「グゲエゲエ！」と鳴きながら水の中に引き込まれていった。その様子を目の当たりにしたカヌートは狼狽えて後退りする。

「本当に、くだらない。貴様らにはうんざりだ。既に舞台の演目は変わっている。明るく愉快な現代劇に貴様らのような時代遅れの陰気な大根役者が出しゃばってくるものだから台無しだ。

即刻降板いただこう。座長命令だ」

忌々しげに語るハルマンの周りで無数の黒い影が蠢く。下水に引き摺り込まれていた大蛙が白骨と化してプカプカと浮かび上がってきたのに慄いてカヌートは悲鳴をあげた。

「うわあああああっ！　ま、まさか……お前この下水道の中に巣食うアイツらを使役して——」

「平和な世に育つ子達には観せられない暴力や絶望に溢れた時代遅れの惨劇が好みなのだろう。喜べ、主演は貴様だ。共演はモンスターよりもはるかに残虐なコイツらが務めてくれる——」

芸術に害を及ぼすことはハルマンに対して最大の禁忌である。アイロン・ブラッドが人質になったという報せを受けてから彼の心の中には憎悪の炎と怒りの嵐が暴れ狂っていた。

「さあ！　幕を開けるぞ！　『蟲の餌になる覚悟はできたか？』」

主人の感情に応えるように、蜘蛛が、蠅が、蛆が、蛾が、蜚蠊が……その他一般的にはあまり見られないグロテスクな姿をした虫が下水道の空間を埋め尽くして一斉にカヌートに襲いかかった。一説によると、世界に虫は人間の一億倍の個体数が存在するという。その数の暴力は体格差などモノともしない。

「ウギャアアアアアアッ!!」

虫達には魚人族（マーマン）のカヌートが脂の乗ったマグロにでも見えているのだろうか。おぞましいほどの勢いで彼を捕食しようとする。虫の小さな口であろうとそれが何千何万となって一斉に食らいつき始めたら大型のモンスターであろうとひとたまりもない。魚人族（マーマン）の自慢の鱗（うろこ）もその隙間に入り込まれてしまえば役に立たない。逆に全身を這（は）い回（まわ）られてショック死しそうなほどの痒（かゆ）みをもたらす。たとえやめてくれ、と泣いて叫ぼうとも虫には敵を憐（あわ）れむ心も、言葉を理解する知恵もなく、それどころか音すら受け取れない物もいる。

目の前の残虐な光景をハルマンは手を叩（たた）いて笑いながら観覧していた。

「あっはっはっはっ！　踊れや踊れ！　無様に泣（な）き喚（わめ）いて私を楽しませて見せろ！」

蟲人族（バグズ）は虫の特性を持った人間。特化した能力を持つ者が多い。飛行できるものや水中で呼吸できるものもいる。ハルマン自身はそれらの特殊な能力には恵まれなかった。その非力な身体（からだ）の戦闘力は一般人と大差ない。しかし、彼には稀少（きしょう）なグレイスが備わっていた。

それが『蝗災（こうさい）』のグレイス。

自分の周囲五メートル程度の虫を操る。しかも一度術中に落ちればグレイスの効果は二十四時間持続する。ハルマンが下水道に潜ってからここまで約三百メートル。その経路の虫達をすべて操作対象にしていた。それらを一斉にけしかければ威力は災害そのものだ。

全身を齧られながらも大蛙たちを壁にして後方に逃げるカヌート。ある程度の距離ができたところで、足を止め手を前に突き出す。

「『唸れ、煉獄』!! 【ファイア・ストーム!!】」

放たれたのは上級の炎系魔術。宙を舞う虫達を呑み込んで炎は突き進む。

「術師を殺せば虫は止まる筈！　狙いはあの蟲人族だ！」

カヌートの狙いは正しかった。ハルマンを殺せば全ての虫達は操作が解け通常の状態に戻る。そうなれば自分より大きな生物に自ら向かっていくような真似はしない。狙いは正しかった。ただ、それには力が及ばなかったのだ。

「【変異――――焔巻虫】」

ハルマンがそう唱えた瞬間、燃え尽きるだけだった虫の群れに変化が生じた。体が燃やされても塵にならないのだ。むしろさらに獰猛になり、炎を纏ったままカヌートに飛び掛かった。

「ギャアアアア！　アツイいいいいっ!!　やめろ！　入ってくるなあああああっ!!　イギィアアアアアアアアッ!!」

燃える虫が身体中にまとわりつき皮膚を破り肉を喰らい血を啜る。牛をも喰らう大蛙が指先ほどの大きさの虫の群れから逃げ惑うも焼かれ跡形も残さず喰らい尽くされる。

敵のグレイスは虫を使役するだけという単純なものではないと悟ったカヌートは死を決意した。今なら自害が間に合う、と、刃を首に当て血管を切り裂こうとしたが、

「逃がすか、たわけ」

ハルマンがカヌートを睨みつけると、水中の虫の群れが巨大な手のようになってカヌートの体を握りしめた。

「うごおおおっ!!」

激痛に声をあげるカヌート。諦めず首をかき切ろうとしたが、先に手首の方が喰らい尽くされ刃を握っていた手が落ちた。絶望した彼は捕らえられた罪人のように虫によって引き摺り回されてハルマンの足元に運ばれた。

「洗いざらい話してもらうぞ。貴様らの正体、計画、後ろに控えている連中もすべてだ」

「わ……かった！　分かりましたから勘弁してください!!　あんなふうに死ぬのは嫌だあ!!」

自分の体から離れて落ちた手が虫に喰らい尽くされているのを見て、カヌートは完全に戦意を喪失していた。戦争中、何度も死線を彷徨った魚人族の大魔術師もこれほどの地獄がこの世にあるとは知らなかった。しかし——

ハルマンは懐から細長いガラス瓶を取り出す。その中には糸のように細長い虫が何十匹と詰められて蠢いていた。動物の爪の間や傷口から体内に侵入する寄生虫である。カヌートはその虫のことを知っていた。魚人族にとっては天敵とも言える虫だからだ。鱗の隙間から入られた

時の苦痛は筆舌に尽くし難いと恐れられている。

「話す！　話すって言ってるだろ！」

恐怖のあまり喚き散らすカヌートにハルマンは意地悪そうに笑う。

「なにを当たり前のことを言っているんだ。貴様がこちらの質問に答えるのは当然だ。だが、それで私の怒りが晴れるわけではない」

瓶の蓋を開けて、虫をカヌートの体の上に落とすと、ハルマンはカヌートの脅し文句をそっくりそのまま返した。

「楽に死ねると思うなよ」

◇　◆　◇　◆　◇

その頃、結婚式場を取り囲む保安官達に緊張が走っていた。自爆結界が無くなったことで式場への突入が可能となった。人質の救出を考えれば喜ばしいことだが、均衡状態が崩れたことでもうひとつの問題が出てきた。

「あーあ。カヌートのヤツ逃げ出しやがったな。これで作戦は失敗。交渉材料が無くなっちまったもんなぁ」

わざとらしく保安官達に聞こえるようにぼやくのは式場の外にいたジャガーノート。言葉とは裏腹にその表情は清々しそうにも見えた。何故ならば――

「せいせいしたぜ。せっかく獲物だらけの街に来たっていうのに蹂躙のひとつもせずに帰れなんて生殺しだもんなあ！」

ギラリとした笑顔を見せたジャガーノートは上半身の服を自ら引き裂き、凄まじい咆哮を上げた。直後――ジャガーノートの体が大きく膨らみ、二足歩行する巨大な狼の姿に変身した。ジャガーノートが人狼族でも屈指の戦闘力を誇った理由は、アーニャと同じ先祖返りの能力者だからである。しかも、ジャガーノートのそれは彼に流れる巨人族の血もともに呼び覚まされるため、通常の先祖返りよりも巨大であり背の高さは五メートルを超える。保安官達は目の前に現れた掛け値なしのバケモノに震え上がり、逃げ出すことすらできなかった。

「さあ！　戦争の再開だ！　みんな仲良く血肉になりやがれっ！」

ジャガーノートが鬱憤を晴らすように圧倒的な暴力で周囲にいた人間を肉塊に変える

――ことは起こらなかった。

保安官達の目の前からジャガーノートの巨体は煙のように消え、代わりに赤髪の美女が立っていた。

「ドナ所長⁉　いったい何を⁉」

若い保安官の問いかけにドナは薄(うっす)らと微笑(ほほえ)むと後を追うようにして彼女も消えた。その様子を見ていたメーヴェは驚愕(きょうがく)のあまり口が開きっぱなしになっていた。

「て、転移魔術？　しかも魔法陣もなしに無詠唱に加えて、他者への強制発動ですって⁉」

博識の彼女の常識がひっくり返されるイレギュラーの連発。それが意味するのはドナの力が常識の埒外(らちがい)にあるということ。メーヴェはつくづく思う。

「あの人、結婚相談所の所長なんかに据えとくような人材じゃないでしょ……いったい何者なのよ？　ねえ、ショウさ――あれ？」

メーヴェが独り言を呟(つぶや)いている内に、ショウは姿を消していた。

◇◆◇◆◇

「グハハハハハ………ハ？」

ジャガーノートは目に映る景色が瞬時に変わったことに戸惑った。だがすぐに、

「転移させられたか！　憎い真似(まね)を！」

　自分の状況をすぐに察し、辺りを見回す。そこはサウスタウンにある建築中のビルの屋上だった。自分達以外誰もやってこない場所だと気づくと、ジャガーノートはほくそ笑んで声を上げた。

「グハハハ！　市民を巻き込まずに戦おうというわけか！　構わねぇぜ！　それでお前らが本気を出せるのならなあ！」

　ジャガーノートに新世界会議への不信や種族間融和への嫌悪などという思想はない。ただ、戦いに飢えているから、鉄火場の期待できる場所にやってきただけのこと。どうせ死ぬのなら戦場で全力を使い果たし華々しく散りたいと日頃から考えている。

　だから屋上で一人、タバコを吹かしながら佇んでいるショウを見つけた時、心が逸った。

「お前が俺を転移させたのか？」

「どうでもいいだろ。相手するのは俺だけだからよ」

　ショウの答えにジャガーノートは吹き出しそうになった。目の前に立っているのは明らかに貧相な只人。鼻息ひとつで倒せそうなものだ。と、慢心しかけていたが冷静さを取り戻す。自分が先祖返りの変身ができるように、目の前の貧相な男もなにか切り札を持っている可能性はあると期待した。

「いい度胸だ！　俺がジャガーノートと知っての挑戦か⁉」

「知ってるに決まってるだろ。戦時中から独断専行、命令違反の常習者で、極め付けは世界中で指名手配されてる危険人物。ケモノ並の脳みそでは現代社会は生きづらいだろう。俺が引導渡してやるよ」

ショウは躊躇いなく殺意を口にした。普段の飄々とした態度は変わらないが、冷たい刃のような覚悟が今の彼にはあった。

「さて、そろそろ始めるか」

吸い殻を捨ててそれを踏みつけながらジャガーノートを見つめ、呼びかける。

「『俺とのタイマンに付き合えよ』」

「ああ！　受けて立つ！　せいぜい失望させるなよ!!」

言うや否や巨大な拳がショウに向かって打ち出される。数多の強敵を葬ってきたジャガーノートの必殺の右ストレートパンチ。巨岩をも砕く一撃だが、しかし――

「こうか？」

ショウがそう呟いた次の瞬間、ズドォォン!!　と岩が空から叩きつけられるような音が響く。ジャガーノートの右腕は跳ね上がり、体勢を大きく崩していた。ジャガーノートの巨岩のような拳をショウは拳ひとつで打ち返したのだ。その隙に目を見張る俊敏さで懐に飛び込み、

「フッ」

息を吐きながら三連打をジャガーノートの腹部に打ち込む。ドゴォン、ドゴォン、ドゴォンとおよそ人の拳では発することのない壮絶な音を立てて突き刺さる拳。頑強なジャガーノート

を苦悶させて余りある威力だった。

「な……なんだ……きさま、のパワーは⁉」

「当然、グレイスによるもんだ」

ショウはそう答えると、続けて蹴りを放ち、ジャガーノートを地面に転がした。大人と赤子ほどの体格差があるにも関わらず圧倒されている状況を打破する為、ジャガーノートは相手の能力を分析しようとしたが、

「このグレイスは一対一の状況でしか発動せず、発動して起こる現象は敵の能力をコピーするってだけだ。相手が複数いたり、それどころか味方がいる状況でも使えない。素の能力しかコピーできないわけだから、武器や防具を相手が持ってたら分が悪くなる。ハッキリ言って使い勝手が悪くて仕方ねぇよ」

ショウは自分からあっさりとバラした。戦闘において手の内は極力明かさないのがセオリーだ。にもかかわらず、発動条件や弱点まで開示するのは愚行以外の何物でもない。

「グレイス……その効果をバラすとは、随分調子に乗ったものだな」

「調子に乗っている？　ちょっと違うな。お前にになら話しても構わないと思っただけさ。どうせ、すぐ死ぬんだから。死人に口なし。お分かり？」

「チィッ！　只人風情が！」

ヘラヘラと笑うショウの挑発に乗せられたジャガーノートは奥歯を強く食いしばって、再び

襲いかかる。大振りの攻撃はやめてコンパクトな打撃を心がける。彼の力を以てすれば小振りであろうと一撃必殺の破壊力となる。

「おっと！　まともな連撃もできるんだな」

「当たり前だ！　俺がどれだけの戦いを潜り抜けてきたと思っている！　貴様の力は俺と同等！　ならば戦闘経験と技術で上回る俺の勝ちだ！」

単純明快であるが、正しく弱点を看破していた。ショウのグレイスによって引き摺り込まれる戦闘条件下では、同じ性能の体をどうまく使いこなすかが勝負の決め手となる。当然、その力を普段から使っているコピー元の方が上手く体を扱える。ショウのグレイスは能力値をコピーするだけで、総合的な強さという意味では劣化コピーしか産めないはずなのだ。しかし、

「戦闘経験ねえ」

二人同時に放った拳は交差し、ショウの拳だけがジャガーノートの顔面に突き刺さる。一方的にダメージをくらってよろめいたところに蹴撃を五連撃。どれも急所に直撃する。

「お前、確かに強いわ。負けたことほとんどないだろ。どの攻撃も自分より弱い奴を倒すために放たれてる」

パパンッ！　と派手な音を立てて掌底をくらわせる。目の前がチカチカしているところをすかさずに膝蹴りを鼻先にぶち込んだ。本来ならまともに殴り合うことすらできない体格差だが、足元を崩し、体をくの字に曲がらせることで手の届く距離に急所を寄せる。鮮やかなまでの

大物食いをやってのけた。

「俺は違うぞ。俺は誰よりも弱いからなあ。だからいつだって頭を回している。自分より強い奴をいかにして倒すか？　どうすればハンデを乗り越えられるか？　勝負をひっくり返せるか？　一手一手、目の前の敵を超えるためならば全てを擲つ、ってつもりで頑張ってるんだ。こんな俺のグレイスの名前が『怠慢』だなんて神様はセンスねえよなあ」

「タイマン……『怠慢』だと⁉」

鋭く重い攻撃で叩きのめされっぱなしで意識が途切れかけていたジャガーノートが、驚きのあまり気を持ち直した。ショウを見つめる目の色が変わっていた。

「ぐ、グレイスの中でも最上位に位置する『大罪系』の一つ『怠慢』……お前のグレイスがそうならば！　その使い手は……その使い手は⁉」

「脳筋のくせに案外事情通じゃねえか」

ショウは苦笑混じりにそう評し、推測を肯定した。

戦闘狂のジャガーノートは戦う相手を探すことに関しては余念がなかった。世界中の強者に関する情報をかき集めており、その過程で『大罪系』と分類されるグレイスのことも知った。その効果は亜神殺しすら可能とされてはいたが、稀少なグレイスであり、実在が怪しまれていた。

ところが、世界で最も有名な人物が大罪系グレイスの持ち主であることが判明した。そのグレイスの名は『怠慢』。使い手の名は――――

「人類王……ベルトライナー⁉」

「正解。だが遅かったから0点だ」

軽口を叩きながらジャガーノートの腹に拳を叩き込む。膝をついたジャガーノートは苦悶の表情を浮かべながらも声を絞り出す。

「バカなっ⁉　突然エルディラード帝国皇帝を退位し、行方をくらました男が何故ここに⁉」

「うえぇ、詳しくてキモい。俺のファンかよ。男にモテてもカケラも嬉しくねえのに」

ショウはそう言うが、ベルトライナー失踪事件は世界中の誰もが知る大事件である。

彼の皇帝は新世界会議において全種族を束ね、実験都市ミイス設立をはじめとする新世界構想を打ち立てた人類史に残る名君。さらに言えば、彼が皇帝の座に押し上げられたのは『星落としの魔王』の異名を持つ魔王デモネラ討伐という大偉業を成したからである。

戦士としても、指導者としても頂点を極めた彼が十七種族の頂点に立つ者『人類王』と讃えられるようになったのは極めて自然なことであった。だからこそ、彼の出奔は世界を揺るがす大事件だったわけだが……

「クソしんどい戦争が終わったらクソめんどくさい皇帝の仕事が待っていたなんて悪い冗談だろ？　もう、俺は一生分働いたからな。今は天下無双の遊び人にしてゲスペラーズのリーダーのショウさんさ」

自らの無責任さをうそぶくベルトライナー改めショウ。

ジャガーノートは凄まじく巨大な感情に打ち震えた。目の前にいるのはみすぼらしい中年男だが、ベルトライナーといえば世界最強の魔王すら倒した究極の強者。戦いに身を置く者として自分の腕を試すには最高の相手である。

「俺が……今日この日まで生きながらえてきたのは、貴様と戦うためだったんだな！　その最強の力をどうか存分に味わわせてくれ！」

歓喜に叫びながらショウに突っ込んでいくジャガーノート。しかしショウは冷めた様子で、

「最強ねえ。こんな使い勝手の悪い能力のどこが最強だよ」

とボヤきながらジャガーノートの攻撃を容易く捌き、反撃を絶え間なく繰り出す。

本人の評価どおり、ショウのグレイスは弱い。他の人間が授かっても戦闘に使おうとは思わないだろう。どんな相手の能力もコピーした瞬間に最適な運用法を見出せる抜群の戦闘センス。

そんな天賦の才を持っているショウが使用するからこそ『怠慢』のグレイスは対人戦最強のグレイスに変わる。

「クッ……そおおおおおっ!!」

「自棄になるなよ、未熟者」

破れかぶれで放った攻撃に見事なカウンターを合わされ意識が遠のくジャガーノート。

(ダメだ……強さの次元が違う……俺の力をコピーしているだけなのに……上手く使えばここまで強力なものだったのか?)

「俺の力はアアアアアアッ!」

奥歯を噛み砕く勢いで食いしばり、反撃を試みるが、

「武人気取りも大概にしろよ。無辜の人間を楽しんで殺していただろうが。この腕でよ!」

ショウは苛立ちも露わに吐き捨てると剣の腹を叩くようにして、ジャガーノートの突き出された右腕の関節を破壊した。

完全にショウの術中にハマっていた。彼が行ったグレイスの開示は相手に同等の力を有していることを警告し、威嚇するだけではない。同じ能力の肉体を使っているのに結果として押し負けているのは精神面で凌駕されていることの証でもある。

即ち己の『怠慢』を見せつけられる。大いなる力は自信を抱くものにこそ宿る。己の怠慢を自覚した瞬間、これまで彼を突き動かしていた熱が冷めていく。戦場での華々しい死も、最強

の相手に挑むことも無価値となった。

ジャガーノートの動きが鈍り、防戦一方になる。どうにかグレイスを解除しようと一対一の状況を崩そうと考えるが、逃げの手を探す者は必然、隙が多くなる。

「あの世でテメエが殺した連中に詫びろ。こんなに情けねえボクが、たまたまもらったデカい図体でイキがってゴメンなさーい、とでもな」

「ひぃっ!!」

薄ら笑いで見下すショウ。それに怯え背中を見せてしまったジャガーノート。致命的な悪手だった。

ショウはジャガーノートの無防備な背中から胸を渾身の一撃で貫いた。

絶命の瞬間、闘いの化身だったジャガーノートの心は完全に折られていた。戦いの中に生きた彼のすべてを否定するような不様な死に様だった。

「ふぅ、疲れた疲れた。あとは、若い連中に任せるかね」

ショウはそう呟いて、再びタバコをくわえた。彼の視線の遠く先では壮絶な衝突が繰り広げられている。

◇　◆　◇　◆　◇

「くそ！　くそッ！　どうなっているんだこの街は⁉」

アーニャに強烈な一撃をくらったガルダンディは怒りと驚愕の混じった感情を吐き捨てながら式場の外に脱出した。

作戦は完璧だった。

ミイスの意思決定機関である都市議会の中の急速な変化を拒む保守派の議員を抱き込み、武器や召喚具を持ったまま市内に潜入。標的であるドナとの接敵を避けながら誘き出せるだけの人質を取り、自爆結界内に立てこもる。

全部うまくいっていた。にもかかわらず作戦が瓦解したのは無力な愚民と思っていた人質たちの中に戦士が混じっていたからだ。

グエンはミイスの市設防衛軍に所属していた元斥候兵である。軍の中では戦闘力が高いとは言えないが、持ち前のタフネスと驚異的な自然治癒力の持ち主である。

その恋人スカーレットはミイスで行われている徒競走のプロスポーツ『ダービーレース』の現役トッププランナーの一人であり、その身体能力は並の軍人をも上回る。

アイロン・ブラッドも戦場から遠ざかって久しいが雑魚モンスターに後れをとりはしない。

極め付けはアーニャ。猫人族(レオーネ)最強の部族、ブラックフットであり先祖返りの能力持ち。実戦経験は皆無であるにもかかわらず、天性の勘と身体能力だけで熟達の暗殺者のイライザを瞬殺し、ガルダンディを追い詰めている。

「逃がさニャいニャアアア！」

式場の割れた窓からアーニャが飛び出した。空を舞うガルダンディを追い、木や建物の壁を蹴って立体移動を行い間合いを詰める。ガルダンディは舌打ちしながらアーニャの爪撃(そうげき)を槍(やり)で受け止め続ける。

「貴様っ！　人質は見捨てたか！」

心理的な揺さぶりをかけようとするガルダンディだがアーニャは鼻で笑った。彼女は秘書係(セクレタ)として相談者のプロフィールは当然把握している。ブライダルフェアの参加者の中には戦争中の従軍経験者や上級冒険者として名を馳(は)せた者が複数いることも知っていた。戦後十年しか経(た)っていないこの時代、二十代でも戦争を経験し戦場を生き抜いた者がたくさんいる。まして、ミイスで暮らすには各種族の権力者からの推薦が必要で、その戦闘力を見込まれての者も多い。平和な時代とはいえ、多種族が暮らす街に実力者を配置して発言力や主導権を握ることは種族間戦略の一環である。それが思わぬ形で功を奏した。

「この街の人を……舐(な)めるニャアアアアアアッ！」

ガルダンディの脇腹にアーニャの蹴りが突き刺さる。

「グハァアアアッ！」

アバラをへし折られ吹き飛ばされながらも流石は百戦錬磨。アーニャの間合いから離れたのをいいことに上空へと避難する。百メートル以上の高度に逃げれば飛行能力のないアーニャでは追いかけられない。とはいえ被害は甚大だ。折れたアバラが臓腑に突き刺さり呼吸すらままならない状態での急上昇により、ガルダンディの意識は朦朧としている。

そんな彼の頭の中によぎるのは自分の精神の核となっている光景だ。

●　○　●　○　●

空の覇者と称えられる程に卓越した飛行能力を持つ飛鳥族は他種族から協力を求められることが歴史的にも多かった。それはつまりあらゆる戦場に巻き込まれるということでもあった。翼が飛鳥族に与えたのは栄光だけではない。理不尽と悲劇が彼の種族には付き纏った。

ガルダンディは実体験からそれを学んだ。彼の父は飛鳥族の槍の名手だった。しかし、ある日、父は翼を引きちぎられた状態で帰還した。ガルダンディ一家の住む村に食糧は乏しく、翼のない役立たずの人間を置いておくことはできない。それを分かっていたから敵は翼をもいでガルダンディの父を釈放したのである。ガルダンディは敵の卑劣さを憎みながら自ら父を間引きした。

戦場に出るようになってからも飛鳥族（ウイングス）の不遇は続く。当時、只人（ヒューマン）と同盟関係にあった飛鳥族（ウイングス）は翼のない只人（ヒューマン）に代わって偵察や伝令の任務をこなしていた。他の種族と比べると単純な戦闘力は見劣りする飛鳥族（ウイングス）は、使い捨ての道具のように消費されていった。にもかかわらず「使えない鳥頭ども」と仲間の死は侮辱され労（ねぎら）いの言葉すらかけられなかった。

ガルダンディは飛鳥族（ウイングス）の怒りを背負ったつもりで戦い続けていた。飛鳥族（ウイングス）が他種族を蹂躙（じゅうりん）し根絶やしにすることでしか安寧は訪れず、無念は晴らせない。そう信じきっていたのに、族長をはじめとする指導者達は新世界会議に迎合した。「今までのわだかまりを捨て、新時代を共に歩め」などと言われても納得できるわけがない。彼は戦中の英雄としての立場を利用し、指導者達に陳情を行った。

「過去の清算なくして未来など進めるわけがない。他種族が我等（われら）に行った理不尽や非道を償う手段は死か隷属以外にない」と。

直後、ガルダンディは拘束された。英雄は一転、危険思想の持ち主として監禁される。そのような目に遭っても彼は飛鳥族（ウイングス）の天下を夢見続けた。

今を生きる子供達のこれからよりも、理不尽な死を遂げるしかなかった戦友達の無念を晴らすことが正義であると信じてきた。

●○●○●

「間違っているのはお前達だ！　同胞を殺した者達と馴れ合うなど断じて許されん！」

既に生きて帰るつもりはない。かくなる上は一人でも多くの市民を殺す。無辜の民の死体を媒介としてこの街に憎しみが感染することを願って――

「『貫け！』【ガンド・ボルグ】」

ガルダンディが全魔力を注ぎ込んだ槍を振りかぶる――その数秒前。

「死なばもろとも、ってワケ⁉　まったく！　ロクなこと考えないわね！」

禍々しい殺意に満ちた魔力の反応を察知したメーヴェは、合わせた両手の拳に魔力を集中する。そして、両腕を広げると魔力は引き伸ばされ弓と矢の形に変化した。魔力による武器の錬成を喩えるならば一筆書きで精密な設計図を描くようなもの。ハイエルフの面目躍如たる神技である。魔力の矢をつがえ弦を引き絞り詠唱する。

「『穿て、青の果てまで』――【ディア・アルテミス】」

物理的な制約も重力の影響さえも受けない魔力で作られた矢が、上空にいるガルダンディの背中の翼を貫いた。

「よっし！　あとは任せたわよ！　アーニャ！」

メーヴェは膝を打ち、友の勝利を願った。

「なぁっ⁉　何ぃ⁉」

メーヴェが放った矢に翼をもがれ落下するガルダンディ。

「まだだ！　まだ終わらんぞおおおお！」

体勢を崩しながらも槍を放った。槍の穂先はまっすぐ結婚式場に向かって落ちていく。だが、わずかな投擲の遅れと損なわれた勢いはアーニャにつけいる隙を与えた。

「させニャァアアアアア!!」

アーニャは屋根の上に駆け上がり、【ガンド・ボルグ】の着弾地点に追いつくやいなや、両掌を祈るように合わせ爪を突き出し槍の穂先を受け止めた。ブォン！　と音を立てて槍に込められた魔力が爆ぜた。その熱を浴び続けるアーニャは爪が割れ、腕や脚の骨が軋む。それでも膝を折らない。

「負けて…………たまるかああああああああああっ!!」

断末魔の悲鳴のような凄絶な叫び声。燃え尽きる前の蠟燭のように闘気が高まり、槍を押し返すと同時に獣化が解けた。戦闘形態を維持できないほどにアーニャは力を出し尽くした。

しかし、ガルダンディの放った槍もまた力尽きるようにガシャンと音を立てて屋根の上に転がった。渾身の一撃を防がれたガルダンディは驚愕する。

「バ……バカな！」

「バカはお前だあああああっ!!」

落下するガルダンディに向かってアーニャが飛びかかった。爪も牙もなくなった標準体のアーニャは小柄で華奢な少女だ。しかし、その星空のような瞳は太陽のようにギラギラと怒りに燃えていた。

「この街の人も建物も芸術も恋も愛も！　壊していいものなんてひとつもないっ!!」

グッと握りしめた拳でアーニャはガルダンディの全身を殴りつけた。霰のように絶え間なく浴びせかけられる拳打によって意識が吹っ飛ぶ直前、ガルダンディは悟る。

ああ、俺の戦いは終わったのだ、と。

◇　◆　◇　◆　◇

新世界会議の後、世界は他種族との共存共栄を目指して歩みを進めている。しかし、それを受け入れられない者達がいる。彼らは地図にない場所にアジトを作り、この世界をひっくり返そうと企み続けている。今回のミイスの騒動はそんな連中によって引き起こされたものであり、ガルダンディ達もまた尖兵の一人に過ぎなかった。

「ガルダンディ達は失敗したか」

地図にない王国の中心部に聳える巨城の玉座の間にて、二十メートルを超える体軀の大男が椅子に腰掛けたまま、ミイスで起こしたガルダンディ達の騒動を遠見の魔術にて見届けた。

魔王ベルゼブラ。『暴食』の大罪系グレイスを持つ巨人族。主食はドラゴンで毎日三頭食べる。湖いっぱいに注いだ酒を一夜で呑み干す。など神の如きスケールの逸話を持つ超人である。単騎で十万の兵にも匹敵すると恐れられる力の持ち主であるが、戦争末期の星落としの魔王による大攻勢には関わっていない。その百年以上前、敵対する種族の魔術師によって封印され、先の戦争終結まで眠りについていたからだ。目覚めた彼にとって戦いのない平和な世界は実に住み心地の悪いものだった。力によって他者を蹂躙し、欲が満たされるまで喰らい、犯し、殺し続ける。それを縛られることが我慢ならなかった。

　故に彼は地図にない王国を建国し、再び魔王と名乗った。歴史の時計の針を戻し、戦乱に満ちた世界を取り戻すために。

　ベルゼブラにとって今回の作戦は小手調べのようなものだった。上手くいくならよし。失敗してもどれだけの被害を与えられるかを測れればよし。だが、人一人殺すことができず、平定されてしまったのは想定外だった。

「やはり、駒を使うのは性に合わんな。ワシ自身がミイスに赴くか」

　その巨体を玉座から持ち上げると配下達は口々に王を止めようとした。しかし、かの王がひと睨みするとその声は止む。助言は良い。だが諫言は反感を買いその暴食の餌食となる。配下達はそれを理解していたので、主人についていく覚悟を決めた——その時だった。

　ベルゼブラがゆうに通れる大きさの巨大な扉が弾けるように破壊されたのは。

「こちらから出向いてやったぞ。古き魔王ベルゼブラ」

巨大な扉があった場所にポツンと立っていたのは真紅のドレスを身に纏った悪魔族の美女ドナだった。思いがけぬ訪問者にベルゼブラは笑みを作り、再び玉座に腰を下ろした。

「これはこれは。まさか貴様の方から我が軍門に下ってくれるとはな。やはり、あの退屈な街の暮らしでは満足できなかったようだな」

「軍門？　はて、話が見えないな？　私は自分の街や部下を傷つけられたことに対して文句を言いに来たんだ。脳みそにカビが生えた年寄りなど茶飲み友達にもいらん」

嘲るような笑みを浮かべるドナ。周りの配下達は魔王の怒りに触れると思い、息を呑んだ。

ところが意外にもベルゼブラは豪快に笑った。

「フハハハハハ！　良いな！　噂に聞いていた以上に良い女だ！　このワシを前にして怯みもしない。のう、貴様らも見習え！」

配下達にそう発破をかけると、身を乗り出してドナに向き合う。

「一応、聞いておくがミイスへの侵攻を考え直すつもりはないんだな？」

ドナが気怠げにそう尋ねるとベルゼブラは声を弾ませて答えた。

「無いな。十七種族の傑物が集まる街などこれ以上ない狩場だ。一人残らず喰らい尽くし、我が血肉としてくれようぞ！」

『暴食』のグレイスの力はシンプルだ。人を喰えば喰うほど強く大きくなれる。強靱な肉体や強大な魔力の持ち主を喰（く）えばその効果はより高まる。

もし、ミイスの十数万の人間が喰（く）らい尽（つ）くされた日にはベルゼブラは世界を脅（おびや）かす怪物として君臨することだろう。

「それよりもどうして貴様ほどの女傑があんな街で燻（くすぶ）っている？　しかもなんだ。婚姻を結ばせるために民草どもを引き合わせるなどとせせこましいことを。とても十年前に悪魔族（デーモン）を率いて世界の半分を手に入れた魔王とは思えんなあ」

ピリッ、と空気がヒリついた。ベルゼブラの配下達は期待している。彼女をその名で呼んでくれることを。そしてベルゼブラは期待に応えた。

「『星落としの魔王デモネラ』よ。貴様はどうしてその名を捨て市井（しせい）に堕（お）ちた？」

ドナがかつての名で呼ばれることは滅多にない。彼女は戦争末期に人類王ベルトライナーとの戦いで討ち死にしたことになっており、彼女の正体を知る者はほとんどいないからだ。

「初対面の男に身の上話をするほど尻軽ではないが、見知った顔も少なくないからな。手土産がわりに教えてやろう」

ベルゼブラの配下は現状の世界に不満を持つ者達である。中でも勝利を目前にしながら主君が討たれ戦争を終結させられてしまったデモネラ率いる魔王軍残党は多く、構成員の大半を占

めている。ドナの今日までの歩みは彼らが知りたくてやまなかったものだ。しかし、

「そもそも私は悪魔族が勝とうが負けようがどうでもよかったのだ」

最初の一言からドナはその場にいる者達の期待を裏切った。

「私が目論んでいたのは戦争の早期終結。戦力が充実しており、敵方に話し合いの余地のありそうな陣営を……と考えた時に悪魔族しか選択肢がなかったのさ。ハッ、なにしろ悪魔族と和平交渉なんて世界を滅ぼすより難しいからな」

ドナはそう言って笑い飛ばした。当然、かつての部下達は落胆と怒りで打ち震える。忠誠を誓っていた主君が自分達のことを軽んじていたと知らされてしまっては当然だろう。彼女に向けられた視線には殺意が漲っていく。

「まあ……結果は大失敗だったがな。私の意に反し、配下どもは他種族を根絶やしにしようと苛烈な侵攻を行った。何度、私が諫めようとも巨大になり過ぎた魔王軍を統制することはできず、危うく世界を終わらせるところだった。私が犯した、大きすぎる罪だ」

ドナの言うとおり、戦争末期は歴史上最悪と呼ばれるほど大量の死者を出した激戦の時代である。逆にその悲惨な戦況のおかげで各種族に厭戦の風潮が拡がり、戦争終結に漕ぎ着けられたという考え方もあるが、ドナ自身は受け入れない。自分がやったことは殺戮と虐殺。この世で最も多くの命を奪い、世界中を恐怖に陥れた悪の化身であると自認している。

「だからこそ、私は一度死んでその名とともに時代を終わらせ、新しき名前と共に贖罪の人生を送ると決めたのだ」

「贖罪……だと？」

ベルゼブラは予想外の言葉に狼狽えた。かの王は後進である魔王デモネラも自分と同じように血と破壊を好む暴虐の徒であると思っていたからだ。ドナは堂々と前を向きながらも悲しげに言葉を紡ぐ。

「たくさんの命を奪った。失った命は戻らない。だが、命を増やすことはできる。その命が理不尽に奪われることのない世を作ることも……私のマリーハウスはそのための城だ。ミイスの街に愛をばら撒き、一人でも多くの人間を幸せにする」

人殺しの罪を街の結婚相談で洗い流そうとする。愚かしくもズレているようにも見えるだろう。だが、ドナは信じた。このやり方でしか自分の贖罪は成せないと。

「……バカバカしい。今さら善行を積んで何になる。お前のせいで死んだ人間の数は億に届く。引き算すらできんのか」

「計算は得意だぞ。ミイス商工会議所認定の商業簿記二級持ちだからな。ミイスの出生率はだいたい五になる見込みだから、二百組の男女を結婚させれば二十年後には千人に近い男女となり、その二十年後には数千人。百年経つ頃には万を超える。無駄に長い私の寿命が終わるまでに私が殺した数より多くの命を育む手助けができたのなら――私もほんの少しは自分を赦せるかもしれない」

ドナはニッコリと笑った。子供を見つめる母のような慈愛に満ちた笑みは彼女がミイスでヒトとして暮らしてきた中で得たものだ。彼女は変わった。魔王デモネラはもうこの世にはいない。

「どうやら貴様を買い被っておったわ。悪魔族を束ね殺戮と虐殺を行った重罪人が！　いまさら善人ぶったところで魂が腐るだけだ！」

ベルゼブラはドナに対する興味を無くし、食の対象に扱いを下げた。その空気を感じ取ったドナは中指を立てて吐き捨てる。

「フン。善人だと？　私は今だって悪人だよ。その証拠に今から弱いお前達を皆殺しにするんだからな」

「ほざけっ！」

カッとなったベルゼブラは玉座から転げるようにしてドナに飛びかかった。だが、ドナは宙に飛んでかわし、掌から放った光線で天井に風穴を開け、上空へと飛び上がっていく。雲よりも高い場所に到達すると、胸の前で腕を交差させ、自らの肩を抱くようにして瞼を閉じる。

生物の存在しない天空の聖域で祈りを捧げるかのように。その姿を目視する人は誰もいない。

だが、その光景は静謐かつ厳粛な雰囲気を漂わせており、美しく空を泳ぐドナの姿は神の如き眩さを放っていた。そんな彼女の唇から神の御業を乞う詠唱がこぼれ落ちる。

「『彼方の星の煌めきは、原初の滅びの残火なり』」

瞬間、世界は動きを止めた。ありえない情報量の現象が突如この世界に介入し出したことにより、因果律が処理落ちを起こしたからである。しかし、そのことを知覚できる者も、証拠となる物も存在しない。放つドナですらその停止した時間の存在を知らない。だから、ドナの周りに描かれた何千もの複雑な構造の魔法陣は一瞬で現れたかのように見える。

唯一無二、最強の破壊力を持った対世界破壊型グレイスはその発動の過程すら美しい。天空に描かれた魔法陣が放つ光が縮退し、別世界と繋がるゲートが生まれる。人々がドナを恐れた原因でもある星落としの災害の準備が今整った。

「『虚空より出でし開闢の光。代償を今指し示す』」

ドナは右手首に左手を添え、銃を構えるようにして地上にあるベルゼブラの巨城を指差している。大きく息を吸い込んでは止め、狙いをすまし、心の引き金を引く。

「『我が意に従い落ちよ、この世ならざる星の光よ！』――――」

ドナの指先から光の錨が放たれる。その後を追うようにゲートから召喚された超新星が地に落ちると、世界が揺れた。

その日、地図にない王国がこの世から消えた。魔王ベルゼブラも彼の配下達も一人残らず。

ミイス市内で起こった前代未聞の事件は、背後にいた者達も含めて完全に鎮圧された。

◇◆◇◆◇

結婚式場の中にいた人々が保安官達に連れられて外に出てきた。助かったことを喜び合ったり緊張の糸が切れて泣き出したり、平和なミイスの街では滅多に見られない光景である。野次馬のようにして現場近くに集まっていた者達からも安堵のため息が漏れ、事件の解決を喜ぶ喝采が起こった。

その面々を押しのけるようにしてシルキは結婚式場の敷地内にやってきていた。立てこもり事件にアーニャが巻き込まれていると聞いて、いてもたってもいられなくなって仕事を放り投げてきたのだ。彼女といいメーヴェといい、アーニャは心配してくれる女友達に恵まれている。

「あっ。いたいた～。アーニャ、おつかれー」

式場の庭園にある植え込みに隠れていたアーニャを見つけ、シルキが気安くねぎらいの言葉をかける。すると、

「シ、シルキ姉ちゃん！　いいとこに来てくれた！」

顔を上げたアーニャは目と頰を真っ赤にして縋りつく。シルキは妹分の謎のテンションに首を傾げるがすぐに理由が分かった。

「あらあら。こんなお外で……はしたないわねぇ」

アーニャは丸裸だった。先祖返りの変身によってマリーハウスの制服ははち切れ、なんとか残っていた下着も激しい戦いの中でボロボロになり、ガルダンディを気絶させた頃には一糸纏わぬ姿になっていたのだ。

「好きでこんな格好してないって！　そんなことより着る物貸して！」

「ハイハイ。これに懲りたら変身しても大丈夫なフェザースライム製の下着使いなさいな」

そう言って、シルキはバイトの服の上に羽織っていたコートをアーニャにかけた。

「うん。そうする。ちゃんとカッコいいヤツがいいな」

その言葉を聞いてシルキは「おや？」と思った。野獣さながらの変身姿を良く見せようとするなんて、コンプレックスを抱いている妹分の発想ではなかったからだ。

肩を貸してもらいアーニャは歩き出す。すると、先ほど自分が倒したガルダンディが憲兵に拘束されながらも喚き散らしている現場に出くわした。ガルダンディもアーニャを見つけると、飛びかからんばかりの勢いでがなり立てる。

「子供の分際で邪魔しおって！　戦争も悲劇も知らずに育った者に俺達の無念や怒りは分からんだろう！」

その叫びは変わりゆく時代の中で順応していく同族からも取り残され、孤独の果てに世界を憎み、世界を壊そうとした亡者の叫びだった。

「相手にしなくていいわ」

冷たく言い放つシルキ。だが、アーニャは彼に近づくとその胸ぐらを摑んだ。

「ええ、分かりませんよ。でも、あなただって何も分かっていないじゃないですか」

「なんだと⁉」

「今日ブライダルフェアに来ていた人たちのほとんどは戦争経験者です。兵隊として戦地にいた人もいます。家を焼かれた人も大切な人を亡くした人も………」

当然のことだ。戦争終結から十年と経っていないこの世界で生きている若者とは戦火の中を生き抜いた者達でもある。だが、ガルダンディは異種族と馴れ合う人間のすべてが憎く、そんなことすら気づけないほど目を曇らせていた。だから狼狽えた。

「みんな、それでも幸せになろうと、誰かを幸せにしようと今を生きているんです。戦争を知らない世代の私には本当の意味では分からないかもしれないですけど、そうやって生きている人たちのことを尊く思います」

ガルダンディに挑むようにアーニャはキッと睨みつけた。その力強い瞳は腑抜けてもいなければ曇ってもいない。

憎むべき街の忌むべき結婚相談所で働いている少女にガルダンディは強い信念を感じた。

死んだ戦友達がもし、生きていたのなら、この街にやってきて、異種族の誰かと結婚する未来もあったのかもしれない。

そんなことが頭によぎってしまうほどに。

「……だが、俺とは違う、俺は、死んでいった者の願いを継いで――」

「それだってみんな一緒です。私たちはみんな誰かから生まれ、誰かに育てられて、今まで生きてきたんですから。あなたも同じ人間で必死に生きてきたことは分かります。だから――」

胸ぐらを掴んでいた手を離し、張り詰めていた表情を解くと、ふんわりと笑いかけて告げる。

「あなたが生きていてくれて、良かったです」

ガルダンディは目を丸くした後、ギュッと唇を結び、目からこぼれてしまいそうなものを必死で堪(こら)えた。

保安隊に拘束され、肩を震わせながら去っていくガルダンディの背中が、アーニャにはとても小さく見えた。

ジャガーノートを倒した後、ショウはその場に残り、ミイスの街を見下ろしながらタバコの煙をくゆらせていた。

下水道から出てきたハルマンがやってくると、彼の方からショウに話しかけた。

「まさかミイスでこのような騒動が起きるとはな」

「そうか？　時間の問題だと思っていたぜ。世界から戦火が消えることはない。逆に考えればようやくこの街が世界の縮図として機能し始めたとも言える」

『世界が百人の村だったら』。

ベルトライナーという名前だった頃の彼が発案した実験都市ミイスは大きく、進んだ街となり統治者達の想定を超え始めた。それは人類の歴史を繙いても類似の事例のない未知の時代に突入したことの証左なのかもしれない。

「フン。余裕ぶっているようだが、私の協力がなければ大事になりかねなかったぞ」

「へっ。ちょっと情報提供したくらいで協力した気になってるなんて恩着せがましい奴」

ハルマンが眉を吊り上げ「は？」と威嚇すると、ショウは口を歪め「あ？」と反抗する。二人の間に険悪な雰囲気が漂い始めたのを見計らったかのように、宙に魔法陣が現れ、そこからドナが出てきた。

「元気が有り余っているな。私はこんなにヘトヘトなのに」

「ドナ、お前使ったのか？」

ショウが眉間に皺を寄せて尋ねると、ドナは慌てて言い訳を始める。

「でも、ミイスの外だったし……相手が相手だったから時間もかけられなかったし……」

イタズラがバレた子供のように不安そうな顔をしているドナだが、ハルマンの顔は引き攣っている。

彼はカヌートを拷問し、今回の事件の背後にいる巨悪の存在を吐かせた。その時に伝説の魔王ベルゼブラの名前が出てきて背筋が凍る思いだった。本格的な戦いから遠ざかっているミイスの軍事力では防衛し切れる保証がなかったからだ。そんな相手をドナは数分で片付けてきた。

（星落としの魔王は健在……新世界会議肝入りの実験都市とは言え、このお方はいくらなんでも過剰戦力だろう）

一方、ショウはドナの言い訳を聞き飽きたらしくかぶりを振った。

「あーうるせえな。別にお前がグレイスを使ったくらいで咎めねえよ」

「その割に不機嫌そうじゃないか」

「俺やお前が戦わなきゃならない状況になったことに苛ついているんだよ。ミイスの外の統治はあまり上手くいってないみたいだな」

新世界会議以降、各国の指導者は平和の維持と多種族との関係改善を目指して統治を行っている。にもかかわらず今回の規模の反乱分子を見逃し、育てさせてしまったことは失態と言える。かつて自身がその立場だったこともあり、ショウの見る目は厳しい。

「私は一肌でも二肌でも脱いでやるつもりだぞ。新しい時代の子供達が殺されるのも殺すのも見て見ぬ振りはできないからな」

「はー……お前は責任感強いねえ。さすがは元魔王様」

「その魔王を一市民に引きずり降ろしたのはどこの人類王様だったかな」

「へっ。感謝しろよ。王なんかより一市民の方が暮らしは楽しいだろ」

ショウはそう言い残すとタバコの火を踏み消して建物を下り始めた。ドナはフッ、と小さく笑みを浮かべる。

「そうだな。玉座よりもずっと居心地が良い」

ショウを追い抜いてその前を歩くドナ。ハルマンはその光景を見つめて声を漏らす。

「世界を懸けて、殺し合ったふたりが共に歩む……つくづくこの街はドラマチックだ」

黒メガネをはずして青い空を見上げた彼の口元はうっすら微笑んでいた。

エピローグ

Epilogue

先の立てこもり事件については箝口令が敷かれ、新聞などで報じられることもなかったため数日のうちに人々の記憶からも風化していった。

とはいえ、事件のきっかけは件の視察団が本来の手続きを省略し、ガルダンディ達を街に入れたことにある。関わった議員は全員解任され、ミイスからの放逐が決定した。

なお、標的とされ、事件が起きる原因となったマリーハウスはお咎めなしだった。

事件解決に貢献したと上層部に捉えられたからだ。おかげで結婚式シーズンを無事迎えることができた。


統一暦九年の初冬。冷たい空気が恋人達の距離を近づける季節が訪れる。

そんな中、行われたグエンとスカーレットの結婚式には彼と彼女の心許せる友人や仕事仲間が一堂に会し、二人の門出を祝福した。

　フォーマルな装（よそお）いに不慣れなグエンはずっとどこかぎこちなさそうで、一方、スカーレットは立派なほどにメリハリのついたスタイルを強調するタイトなウェディングドレスを見事に着こなしていた。そんな二人のギャップもまた列席者の話の種となる。立食形式の宴席の場は笑い声の絶えない幸せな空間となったのだが、

「あー、バカで下品で結婚に縁の無さそうだったグエンが結婚ねー。世の中間違ってるわ」

「バカで下品は俺たちの共通点だけどね。それにしても綺麗（きれい）な嫁さんだなぁ。競技場では賭けに夢中で気づかなかったけど、そそるじゃねえか」

「あのデカいケツと太い太ももからのキュッと締まった足首！　たまんね〜。この後は駿馬族（ダービー）の店行こうぜ！」

「お前……不謹慎でクソだけど天才じゃったか！」


　ガッハッハッハ、と大声で笑いながら下品なことを言って騒いでいるのはゲスペラーズの一団である。フォーマルな格好をしていても普段の酒場と変わらぬノリの彼らに周囲の来賓は眉をひそめ、特にスカーレットの同僚である駿馬族（ダービー）の女子達は軽蔑の視線を送っていた。

　苦笑いしながらスカーレットは胃を押さえて青ざめているグエンの肩を叩（たた）く。

「良い友達に恵まれてるねぇ」

「ハハ……おかげで胃に穴開きそう」

頼むからこれ以上余計なこと言わないでくれと祈りを捧げるも、ふらふらと酔いの回ったショウが二人のグラスにワインを注ごうと近づいてきた。

「おうおう。軍の退職金があるからって嫁さんに良いドレス着せてやってるじゃねえか！　エロいねぇ、エロいねえ。ところで素人童貞は捨てられたんか？」

「最っ低だなぁ！　いっぺん死ねよ！」

涙目で怒鳴るグエンをせせら笑い、彼のグラスにワインを注ぐショウ。

「へっ。嫁のいない中年男の嫌みくらい笑って受け流すのが男ってもんだぜ、なっ」

と、うそぶいてスカーレットにウインクし、彼女のグラスにもワインを注ごうとする。

「あたしは飲めないんだ。しばらくはね」

そう言ってお腹を撫でるスカーレット。グエンは、どうせまた下世話なこと言うんだろ、と苦虫を噛み潰したような顔をしたが、意外にもショウは目を丸くして驚き、遠慮がちに笑いながら「おめでとう」とだけ言って二人に背中を向けた。その声があまりにも優しく、噛み締めるような響きだったので二人は顔を見合わせた。

宴もたけなわになったところで司会を務めるアーニャが壇上に上がってスピーチを始める。

「結びに僭越ながらお二人のこれまでを見守ってきた私から祝辞を述べさせていただきます」

結婚式を締める重要な役目を預かったアーニャは緊張で硬くなっていた。しかし、

「アーニャちゃ――ん！　サイコー！」

「今度は俺の結婚式に出て！　新婦席に座って！」

「なんなら初夜だけでも！」

「おっきなアーニャちゃんもちっちゃなアーニャちゃんも可愛いよぉ！」

ゲスペラーズの面々が野次とも冷やかしともつかぬ声を上げるので、

「黙れゲスども！」

と一喝する。会場全体がワッと笑い声で沸き、アーニャ自身の緊張もほぐれた。

「少しだけ昔の話をします。私がこの街に来た時、長耳族と鉱夫族の花婿と花嫁を見ました。とても楽しそうで、幸せそうで驚きました。その頃の私にとっての結婚は義務であり村を守るための手段だと思っていたものですから、どうして彼女たちがあんなに満ち足りた顔をしているのか分からなかったのです」

アーニャは体ごと新郎新婦席に向き直る。グエンとスカーレットも椅子に腰掛けたまま姿勢を正した。

「ですが、グエンさんとスカーレットさんと出逢いの頃からずっとお付き合いさせていただいて分かりました。鳥に翼が二つあるから飛べるように、人間も二人でいてはじめてあるべき姿

になれるのだと」

アーニャが笑いかけると二人も照れくさそうに笑った。笑顔が会場に伝播(でんぱ)していく。

二人の親類縁者と思われる鬼人族(オーガス)や駿馬族(ダービー)が感慨深そうに見守っている。

祝辞を述べたグエンの元上官で強面(こわもて)の龍鱗族(ドラグニュート)が口元を緩ませた。

スカーレットのライバルである芦毛(あしげ)の駿馬族(ダービー)が感極まって目元をハンカチで拭った。

ゲスペラーズですら酒をテーブルに置いてアーニャのスピーチに聞き入った。

「どんなに楽しい気持ちになっても一人だとすぐに冷めてしまうし、倒れたら一人で起き上がるのは難しい。でも二人なら、それも愛し合う二人が一緒にいれば楽しい気持ちはどんどん膨らんで、倒れてもすぐに起こしてあげられる。人生を送る上で最強のパートナーを得たその日なのだから幸せ満面になって当然ですよね。グエンさん、スカーレットさん。あなたたちを引き合わせて、背中を押せたことが私の誇りです」

瞬間、指笛や拍手喝采が会場を埋め尽くした。

まだ年若く、恋愛経験もほとんどない少女が愛を語る。そんな姿を会場の端でニヤニヤしながら見つめているショウとドナ。だが、仕事ぶりは認めており、ドナは拍手をしながら隣のショウに話しかける。

「すっかり我がマリーハウスの看板ネコ娘だな。そうは思わないか?」

「まだまだじゃね？　男のあしらい方も知らないし、自分のご機嫌の取り方も分かってないし、いろいろ危なっかしいところがあるし」

「だったらまだしばらく指導係として彼女のフォローを」

「やっぱ俺が教えられることなんてなかったわ」

かつて十七種族の代表達を取り仕切り、『人類王』の異名で呼ばれたベルトライナー。彼は正体を隠してミイスの街で悠々自適に暮らしていた。そんな彼と、『星落としの魔王』として世界に君臨し、討たれたはずのドナが一緒に結婚相談所を経営していることには、一口では語り尽くせぬ理由があるのだが……それはまた、別の誰かのラブストーリーとともに語るとして――

「これからも私たちは真剣に結婚したいヒトたちの力になります！　どんな種族のヒトもマリーハウスにお越しください！　皆さんの愛を見つけるお手伝いをさせていただきます！」

今は新しい時代を生きる少女の高らかな宣言に耳を傾けよう。

完

あとがき

はじめましての人ははじめまして。お久しぶりな人はお久しぶり。ラノベ作家の五月雨きょうすけです。

この度は電撃小説大賞で銀賞を頂くという名誉に与りまして、本作「クセつよ異種族で行列ができる結婚相談所〜看板ネコ娘はカワイイだけじゃ務まらない〜」（以下、「クセつよ」）を出版する運びとなりました。

ちょっと昔の話ですが、某結婚情報誌のＣＭに、

「結婚しなくても幸せになれる時代に、私はあなたと結婚したいのです」

というキャッチコピーがありました。

「大人になったら結婚しなければならない」という昔からある価値観から脱却し、生き方の多様性を尊重しながらも、「愛し合っているから結婚する」という選択をした二人を賛美するエモい上にバランス感覚抜群な名フレーズです。このキャッチコピーを読んだ時の私の感動が、今作のバックボーンになっていると思います。

私たち人間は自分とは異なる人間に冷ややかな目を向けたり、否定したりしがちです。その根底にあるのが「対立したら勝った方しか残れない」という思いこみから来る不安です。許し

合って住み分けていけば共存できるくらいには、世界は寛容だと思っているんですけどね。

だから私は、他者に対する理解や許容のきっかけを世の中にばら撒きたい、と思い「多様な姿と価値観を持った人間達が織りなす結婚にまつわる物語」――この「クセつよ」を書いたのです。

エンタメ作品として読者に楽しんでもらいたいのは大前提として、できることなら世の中を一ミリでも良い方向に動かしたい。そんな思いで書き上げました。

最後に謝辞を。

路傍に転がる石ころのひとつだった本作を銀だと見出してくれた選考委員の先生方、電撃メディアワークス編集部および選考に携わったすべての方々。銀を叩いて指輪にしてくださった担当編集の田端様、小野寺様。その指輪にダイヤモンドのようなイラストを載せてくれた猫屋敷ぷしお様。その他出版、販売に関わる皆様のおかげで「クセつよ」という私と読者の皆様を結ぶ一冊ができあがりました。心から感謝しております。

出し惜しみはしていないつもりですが、まだまだ書きたい事はたくさんあるので、再びマリーハウスの面々と一緒に、誰かのラブストーリーをお届けしたいと思います。

本書に対するご意見、ご感想をお寄せください。

ファンレターあて先
〒102-8177　東京都千代田区富士見2-13-3
電撃文庫編集部
「五月雨きょうすけ先生」係
「猫屋敷ぷしお先生」係

本書は第29回電撃小説大賞で《銀賞》を受賞した『マリーハウスにようこそ　～ファンタジー世界の結婚相談所～』に加筆・修正したものです。

電撃文庫

クセつよ異種族で行列ができる結婚相談所
～看板ネコ娘はカワイイだけじゃ務まらない～

五月雨きょうすけ

◇◇◇

2023年2月10日　初版発行

発行者　山下直久
発行　株式会社KADOKAWA
〒102-8177　東京都千代田区富士見2-13-3
0570-002-301（ナビダイヤル）
装丁者　荻窪裕司（META＋MANIERA）
印刷　株式会社暁印刷
製本　株式会社暁印刷

●お問い合わせ
https://www.kadokawa.co.jp/（「お問い合わせ」へお進みください）
※内容によっては、お答えできない場合があります。
※サポートは日本国内のみとさせていただきます。
※ Japanese text only

※定価はカバーに表示してあります。

ISBN978-4-04-914875-6　C0193　Printed in Japan

電撃文庫　https://dengekibunko.jp/

電撃文庫創刊に際して

文庫は、我が国にとどまらず、世界の書籍の流れのなかで〝小さな巨人〟としての地位を築いてきた。古今東西の名著を、廉価で手に入りやすい形で提供してきたからこそ、人は文庫を自分の師として、また青春の想い出として、語りついできたのである。

その源を、文化的にはドイツのレクラム文庫に求めるにせよ、規模の上でイギリスのペンギンブックスに求めるにせよ、いま文庫は知識人の層の多様化に従って、ますますその意義を大きくしていると言ってよい。

文庫出版の意味するものは、激動の現代のみならず将来にわたって、大きくなることはあっても、小さくなることはないだろう。

「電撃文庫」は、そのように多様化した対象に応え、歴史に耐えうる作品を収録するのはもちろん、新しい世紀を迎えるにあたって、既成の枠をこえる新鮮で強烈なアイ・オープナーたりたい。

その特異さ故に、この存在は、かつて文庫がはじめて出版世界に登場したときと、同じ戸惑いを読書人に与えるかもしれない。

しかし、〈Changing Times,Changing Publishing〉時代は変わって、出版も変わる。時を重ねるなかで、精神の糧として、心の一隅を占めるものとして、次なる文化の担い手の若者たちに確かな評価を得られると信じて、ここに「電撃文庫」を出版する。

1993年6月10日
角川歴彦

レプリカだって、恋をする。
Even a replica falls in love
榛名丼
[イラスト]
raemz
16歳、夏。はじめての、青春。
愛川素直という少女の
身代わりとして働く
分身体、それが私。
本体のために生きるのが
使命……なのに、
恋をしてしまったんだ。
海沿いの街で
巻き起こる
ちょっぴり不思議な
青春ラブストーリー。
応募総数
4,128作品の
頂点
第29回
電撃小説大賞
大賞
受賞作
電撃文庫